新世纪外国畅销小说书架

男人与男孩

Man and Boy

Tony Parsons

[英] 托尼·帕森斯 著

严忠志 译

人民文学出版社

著作权合同登记:图字 01-2008-6056 号

Tony Parsons
Man and Boy

图书在版编目(CIP)数据

男人与男孩/(英)帕森斯著;严忠志译.—北京:人民文学出版社,2012
(新世纪外国畅销小说书架)
ISBN 978-7-02-008999-4

Ⅰ.①男… Ⅱ.①帕… ②严… Ⅲ.①长篇小说-英国-现代 Ⅳ.①I561.45

中国版本图书馆 CIP 数据核字(2012)第 027702 号

责任编辑:苏福忠
特约策划:吴文娟
封面设计:董红红

出版发行 人民文学出版社
社　　址 北京市朝内大街 166 号
邮政编码 100705
网　　址 http://www.rw-cn.com
印　　制 宁波市大港印务有限公司
经　　销 全国新华书店等
字　　数 270 千字
开　　本 890×1240 毫米 1/32
印　　张 9.75
插　　页 2
版　　次 2009 年 1 月北京第 1 版
印　　次 2012 年 8 月第 2 次印刷
书　　号 978-7-02-008999-4
定　　价 28.00 元

出版说明

新世纪以来，人民文学出版社一方面依托外国文学研究专家和权威机构，每年一度评选世界各国优秀长篇小说，并将获奖作品集成“21 世纪年度最佳外国小说”出版；另一方面携手上海九久读书人文化实业有限公司，高度关注世界各国最新出版的特色鲜明的优秀长篇，共同构成了新世纪人文版外国文学长篇小说翻译出版的豪华阵容。

这套“新世纪外国畅销小说书架”的编辑设想则是在上述豪华阵容中以市场表现为主要依据进行遴选，充分体现我们对于广大读者阅读兴趣的尊重。列入“书架”的作品，内容生动，可读性强，一经问世，便畅销全球，深受不同民族、不同肤色的读者喜爱。需要特别说明的是，入选作品不仅风靡全球，其中不少还是世界各种文学大奖包括诺贝尔文学奖获奖者之作，这表明了经典和畅销完全可以成为一个统一体。

本丛书将分辑出版。第一辑共二十种，以本社初版时间为序编号排列，以帮助读者更好地了解当代外国畅销小说的历史脉络。同时我们也寄望这套丛书能以其既有的品质续写新的畅销奇迹，并有新作品源源不断地充实进来。在编辑遴选过程中，限于版权与视角诸原因，不周全之处在所难免，敬请广大读者不吝赐教。

第三辑补记

“新世纪外国畅销小说书架”自推出第一、第二辑后，受到读者的诸多鼓励，为此我们再次遴选十种，恳请广大读者继续不吝赐教。

人民文学出版社编辑部

二〇一一年十一月

第一部　嬉　戏

世上最漂亮的婴儿

男孩，是男孩！

一个小男孩。

我看着这个婴儿——它像老人一样，脑袋光秃秃的，身上皱巴巴的——心里产生了一种异样的感觉。

它——我是说他——看上去就像有史以来世上最漂亮的婴儿。它——应该说他——真是有史以来世上最漂亮的婴儿吗？或者说，那只是我自己的生物程序在起作用？是不是每个人都有这种感觉？即便那些生下相貌平平的婴儿的父母也有这种感觉吗？我们的孩子真的有那么漂亮吗？

说实话，我无法回答。

婴儿安睡在我所钟爱的女人怀里。我坐在床边看着母子俩，内心有一种前所未有的归属感：我是属于这个房间里的女人和婴儿的。

经历了过去二十四个小时的所有兴奋和激动之后，我突然有一种不能自控的感觉，心底涌起的某种东西——感激、幸福、情爱——就要迸发出来了。

我担心自己会失态地哭起来，我的眼泪会破坏一切，会玷污这一神圣的时刻。但是，婴儿这时醒了，开始哇哇哭着要吃的。我们——我和我所爱的女人——突然哈哈大笑起来，心里感到震撼和惊奇。

它是一个小小的奇迹。尽管我们无法逃避日常生活之中的现实——我什么时候得去上班？——真实的奇迹却使这一天充满光明。我们虽然并没有谈什么奇迹，但是却觉得它就在自己的身旁。

后来，我的父母来了。我母亲抱着孩子吻了又吻，然后开始一个一个地数他的手指，接着又检查他的脚趾。不过，他没有毛病，我们的婴儿没有毛病。

“这小乖乖真漂亮，”我妈妈说，“真漂亮！”

我父亲看着孩子，心里好像有什么东西开始渐渐消融。

我父亲有许多好品格，但却不是一个温柔的人，不是一个轻易流露自己情感的人。他不会在街道上大声逗婴儿发笑，不会对着婴儿呢喃细语。父亲是一个心地善良的人，但是，他一生之中的坎坷经历也使他成为了一个性格坚强的人。然而，他内心深处的坚冰今天开始破裂，而且我看得出来他也意识到了这一点。

这是世上最漂亮的婴儿。

我把自己几个月之前买的一瓶酒递给父亲。一瓶波旁威士忌。父亲只喝啤酒和威士忌，笑呵呵地伸手接了过去。酒瓶的标签上写着“老爷爷”三个字。老爷爷就是他，就是我父亲。

而且，我今天知道我更像他了。今天我也成了父亲。男人该有的全部标志性经历——失去童贞，获得驾驶执照，首次参加选举——只是我青年时代的延伸。我以前虽然经历了所有那一切，但却依然故我，仍旧是男孩。

然而，我今天却帮助了另外一个人降生到这个世界来。

今天，我完成了从儿子到父亲的转变。

今天，我成了男人。

我二十五岁。

1

当你在迎接自己十分重要的、使你有“我终于成熟”感觉的三十岁生日时，有些情况是应该避免的：

与一起供职的同事有了一夜情。

在一时冲动之下购买了自己难以支付的奢侈品。

被妻子抛弃。

失业。

突然成为单身父亲。

如果你即将年届三十，无论干什么都成，可千万别沾上这些事情。

这样的事情将使你终日难受。

三十岁生日时你应该有这个想法：这些年是我的黄金时代，这些年仅是我人生的开始，人生最好的时光尚未来临，以及诸如此类的老生常谈。

你仍旧年富力强，可以通宵熬夜，但所经历的岁月却足以使你拥有一张信用卡。青少年时代的种种不定因素和拮据终成过眼云烟——那些东西还是少有为妙——而你身上的活力却仍然与日俱增。

三十岁生日应该是美妙的一天。一生之中的最好时刻之一。

但是，用什么方式来纪念自己达到这个大写的“三十”呢？找一帮说说笑笑的单身朋友，到某个气氛宜人的酒吧或餐厅去聚一聚？与爱妻一起待在温馨的家里，身旁围着几个流露出崇拜目光的孩子？总得有一种度过三十岁生日的方式。或许，这些方式都不错。

我对这一特殊生日的所有想象看来均源于某部华而不实的美国幽默喜剧。我想到三十岁生日时，出现在我脑海里的是一对引人注目、年满三十岁的夫妇——他们像处于性兴奋期的少男少女一样胡混；一个婴儿在他们的身后咯咯笑着，在一尘不染的镶花地板上爬行。要么，我看到的是一帮模样英俊、妙语连珠的朋友们相聚豪饮，一边炫耀穿在身上的漂亮针织衫，一边以讥笑的口吻对约会游戏表示不满。这就是我自己的问题所在。当我想到自己的三十岁生日时，脑海里出现的却是别人的生活。

然而，那却是三十岁应有的样子：稳重成熟且尚未被人遗弃，安居乐业却不固步自封，知晓人情世故但无委曲求全的感觉。你一生之中的美好时光。

当然，你到了三十岁时已经逐渐意识到：自己不会长生不老。然而，那不是只会使谈笑风生、品尝牛奶泡沫咖啡的此时此刻显得更加美妙吗？你不应该让无法回避的死亡扫自己的兴。不要让滑向坟墓的漫长过程干扰现在的良辰美景。

无论你是在享受单身汉生活最后几年的自由时光，还是与自己心爱的人刚刚开始更为成熟、更具责任感的生活，你都难以想象自己会以十分恼人的方式来度过三十岁生日。

可是，我却鬼使神差地遭遇了一回。

这辆小汽车散发着一股别人的生活气味，散发着自由的气味。

它就摆放在展示室的橱窗里，是一辆外观呈楔形的跑车。即使去掉了车顶，它看上去仍旧像肌肉一样光滑而结实。

实际上，它是红色的，一种像谷粒那样、充满雄性激素的红色。在我年轻一些的年月里，这样耀眼的、散发着雄性气味的谷粒色会使我要么嗤之以鼻，要么暗中冷笑，要么恶心作呕，或者以上三种情形一起出现。

但是，我现在发现，它并不引起我的反感。一点儿充满雄性激素的谷粒色看来正是处于人生这个阶段的我正在寻找的东西。

我并不是那种叫得出各种汽车牌子的人，但是却养成了一种习惯，爱偷偷摸摸地浏览豪华杂志上刊登的广告，以便发现这种小巧、特别的时髦车型的品牌。对，没错。我们曾经见过面。

但是，它是什么牌子实际上没什么关系。我只是喜欢它的样子。还有那种气味。气味是第一位的。那种任何事情都可能发生的气味。那气味有什么特别之处呢？

在皮革、橡胶以及那刚喷涂过油漆的钢材的混合气味中，你可以领略到一种令人心碎的新鲜感。那种新鲜感具有很大的震撼力，几乎完全控制了我。那种新鲜感暗示了另一个世界，那里没有限制，完全自由，是一条通向未来所有美好日子的宽阔大道。在那个世界的某个地方，人们从未听说过锥形交通路标，从未听说过体力衰减，从未听说过我的三十岁生日。

我知道那种来自某个地方的气味，而且我意识到它使我感觉的方式。真滑稽，它使我想起自己怀抱新生婴儿的感觉。

这个类比太不完美——汽车不能像新生婴儿那样细眯着眼睛看我，不能用小手紧握我的指头，不能张开小嘴对着我笑。然而，在那一瞬间，我觉得它可能会做这些。

“人生在世只有一遭，”汽车推销员说着向我走来，鞋子敲击着展示室的地板，咯噔咯噔地响。

我礼貌地笑了笑，示意自己得认真考虑一下。

“你买东西是为了好好地享受吧？”他接着说。“莫里斯 F 型跑车的惟一目标就是给人以享受。”

他一边口若悬河地进行推销，一边用眼光上下打量我，心里盘算着是否值得让我试一试车。

他显得十分殷勤，但是却没有到使人感到肉麻的地步。他只是在尽职尽责而已。尽管我一身周末打扮——因为工作性质的原因，我周末的穿着实际上与平时没有什么太大的差别——但是，他却肯定认为我是一个有经济实力的买主。一个寻找与其快节奏职业相匹配的汽车的人。年轻、自由,而且是单身,所过的生活像啤酒广告里描绘的那样无忧无虑。你到底有哪些方面不相符呢?

“这个型号带有可变阀门控制系统,”他说话的口气似乎充满真正的热情。“通过改变每个凸轮的工作部位的转速,可以改变进气阀的开启过程。”

他在说些什么屁话?那真的与发动机有关吗?

“小巧玲珑的迷人香车,”他说话时,目光注意到我迷惑不解的表情。“可刺激啦。没有哪一款汽车比莫里斯 F 型跑车更适合年轻的单身汉。”

这才是我所喜欢的推销辞令。忘掉那些专业术语吧,直截了当地告诉我,开着这样的车可以尽情享受。那就是我想听到的话。

街上有什么东西吸引了推销员的注意力。我顺着他的目光,视线穿过展示室的玻璃幕墙向外看去。

他正望着一个身材高挑的金发女郎。那女郎手牵一个穿着印有星球大战图案的 T 恤衫的小男孩。他们的周围摆满了超级市场的购物袋。他们也在看着我们。

即使挤在那些塑料袋中间,即使带着小孩,那个女人也属于那种令人回头顾盼的类型。

她的孩子——他肯定是她的孩子——吸引了我的目光:他手里拿着一根长长的塑料棍子,里边有一盏小灯时隐时现。

如果你在过去二十年中进过电影院,你会发现那是一把神光宝剑——《星球大战》中杰迪骑士的传统武器。小孩手里的那把宝剑需要更换电池了。

那个靓丽的女郎对着我和推销员嫣然一笑。小孩举起了宝剑,好像准备将我们击倒在地。

“爸爸,”他在将我们分开的玻璃幕墙的另一侧喊了一声。我听不见他的声音,但是他喊的就是爸爸。

“我妻子和儿子,”我说着准备离开,注意到推销员那两眼中失望的神情。“我得走啦。”

爸爸。那就是我。爸爸。

“你是根本不喜欢汽车的，”我妻子一边提醒我，一边将我们的那辆破旧的大众牌小旅行车驶入傍晚拥挤的车流中。

“只是看一看而已。”

“你还没有到中年危机的年龄呢，”她说。“三十岁还年轻得很，哈利。照这样下去，你得等十五年，然后才能和一个可以成为你第二个妻子的年轻秘书私奔。到那时，连你套装的袖子我都会全部剪掉，更不用说你的那东西了。”

“我还不到三十岁哪，吉娜，”我咯咯一笑，虽然她的话并不是那么可笑。她总是言过其实。“我才二十九岁。”

“只差一个月！”她笑着说。

“你就要过生日啦，”我们的儿子说罢用那讨厌的光剑敲打我的后脑勺，和她母亲一起笑了起来，尽管他根本不知道她笑什么。

“喂，不要这样，帕特，”我说。

他坐在小车椅上，身上系着安全带，旁边是为这一周采购的东西。他小声嘀咕着，假装正与哈利森·福特一起坐在《星球大战》中“千年猎鹰”号的座舱内。

“我已经失去了右边的发动机，”他喃喃自语说。“准备好了就开火。”

我转过身去看着他。他四岁，肮脏的金发耷拉在眼前，眼睛的蓝晕和他母亲的一样。淡淡的蓝色。他见我在看他，脸上露出了小孩特有的纯真而开心的笑容。

“生日快乐，亲爱的爸爸，”他唱着。“生日快乐，快——乐。”

对帕特来说，我的生日是他将自制的贺卡正式送给我的机会。贺卡上画着天行者卢克用他心爱的光剑劈砍太空魔鬼的场面，他一直将它藏在床下。对我来说，我的生日意味着最好的时光已经完结。的确是这样的。

我什么时候能够再有那天晚上听到妻子说要嫁给我的那种感觉？我什么时候能够再有那天早上见到儿子出生的那种感觉？生活什么时候——我不知道——能够再有那么真实？什么时候？

"你是什么时候对汽车感兴趣的?"吉娜问。她不会轻易放过我看汽车的事情。"我打赌,你甚至不知道我们这辆车用的是哪一种油,对吧?"

"好啦,别说了,吉娜。"

"那么,是哪一种呢?"

真见鬼。

"环保类汽油,"我瞎猜。"就是——无铅汽油。那种每次使用都有助于保护热带雨林的汽油。"

"是柴油,你这个笨蛋,"她笑了起来。"我从来没有见过像你这样对汽车毫无兴趣的男人。刚才是怎么一回事?"

我能给她说什么呢?你不会告诉妻子,因为某种原因,某些没有生命的物品代表着所有你自认为绝不可能拥有的东西:你绝不可能去的地方,你绝不可能爱的女人,你绝不可能做的事情。你不可能给妻子讲那样的东西,即使你十分钟爱的妻子也不行,更不用说你不爱的了。

"那车只能坐一个人,"她说。

"什么?"我嘟哝道,故作木讷状。

"你心里明白我的意思,"她说。"那车只能坐一个人——一个身段苗条的女乘客。"

"你仍然十分苗条,而且是女的,"我说。"或者说,我刚才看见你时仍是这样。"

"这一切是怎么回事,哈利?行啦,说给我听吧。"

"可能这是对我变为傻老头的补偿,"我说,"我准备加入傻老头俱乐部,所以在感情上希望重新抓住我辉煌的青春年华。即使我心里明白,这最终是没有作用的,即使我的青年时代并不怎么辉煌。难道那不是男人们该做的事情?"

"你就要满三十岁了,"她说。"我们要开两瓶酒,吃一个插上蜡烛的生日蛋糕。"

"还有气球哦,"帕特说。

"对,还有气球,"吉娜说。她摇了摇她可爱的脑袋。"我们不会让你不开心的,哈利。”

吉娜比我大两个月。她的三十岁生日过得轻松愉快：朋友和家人如众星捧月，她手里端着香槟，和儿子一起在威猛乐队的流行曲声中跳舞。那天晚上，她漂亮极了，真的。但是，我的三十岁生日看来会出毛病。

“你没有觉得后悔的事情，对吧？”她问。

“比如说？”

“怎么说呢，”她说着，突然变得一本正经起来。“比如说我们的事情。”

我们结婚时很年轻。在举行婚礼那天，吉娜怀上帕特已经有三个月了。现在回想起来，那是我一生中最幸福的日子。可是，那天以后，一切都变了。因为过了那一天，就不可能掩盖我们已是成年人这个事实了。

我工作的那个广播电台给了我一周假期。我们回到了自己狭小的公寓房中去度蜜月，白天呆在床上看电视，大嚼从马克斯宾塞超市买回来的三明治，谈论将要出生的漂亮孩子。

后来，我们谈到了怎样过一个正式的、成年人的蜜月——一个不仅仅是在床上看电视和吃三明治的蜜月。但是，等到我们有了一点积蓄，有了一点闲暇时，帕特出生了，我们的生活似乎被固定下来。

吉娜和我发现，结婚戒指将我们与世界隔离开来了。我们认识的其他已婚夫妇至少比我们年长十岁以上。与我们同龄的朋友们都处于短暂的过渡阶段中——以前和母亲住在一起，将来会住在自己抵押贷款买来的住宅中。我们却独立支撑着自己的小家。

晚上，我们的朋友们在夜总会里跳舞欢度时光，而我们却听着儿子磨牙的声音彻夜不眠。他们担心的是找不到合适的伴侣，而我们担心的是如何支付我们新家的日常开支。然而，我并不因此而有丝毫后悔的感觉。不错，我们放弃了自己的自由。但是，我们由此而得到的东西却更好。

我爱我的妻子，我爱我的儿子。他们俩使我的世界有了意义。我无法想象没有他们生活将会怎样。我明白自己是一个幸运的男人。但是,我近来发现自己在思考,我是什么时候不再年轻的——真是没有办法。

“我只是不喜欢生活随着人的年龄增长开始逐渐萎缩的状态,”我说,“不喜欢选择人的范围变窄的状态。我的意思是,我拥有一辆那种车的主意是从什么时候变得荒唐可笑的?为什么会出现这样的笑话?我想知道。事情就这么简单。”

“我的这艘飞船能量强大,”帕特说。

“红色赛车,”吉娜自言自语说,“而你是根本不喜欢开车的。”

“听我说,我只是看一看而已,行了吧?”

“祝你生日快乐,”帕特一边唱,一边用他的光剑敲打我的耳朵。“笨蛋。你——的——样——子——像——只——猴, 你——的——动——作——也——像——猴。”

“这样不好,”我告诉他。车流停了下来,我的耳朵开始疼痛。

吉娜拉上手刹,然后看着我,似乎努力在想她当时最喜欢我什么地方。她看上去显得略微有些为难。

我想起了她那时的迷人之处。她的双腿修长,是我见过的女人中最长的。但是,我仍旧不知道那是否是自己热爱生活的最佳基础。

或者是最坏的基础。

2

我再也无法忍受那辆锈迹斑斑的白色面包车在我前面慢慢爬行的样子，我将自己的莫里斯F型跑车转向迎面而来的车流，然后踩下油门。

我的新车信心十足地吼叫一声，呼的一声超过了白色面包车。当我回到原来的车道，驶在它的前面时，我瞟了一眼开车的人——一个满口坏牙、文身刺眼、面相可憎的家伙——那个模糊的形象随即从我车子的后视镜中消失了。

我感觉良好。这辆莫里斯F型跑车意味着，我再也不用看那些锈迹斑斑的白色面包车，再也不用看坐在车里的驾驶员了。所有的一切都被抛在了我的身后。我这下可以驾驶着这辆敞篷车，接受人们羡慕的目光了。这时前面出现了红灯，面包车在我的旁边停了下来。

上帝，我心里想。道路纠纷。

"你这个白痴小杂种，"他对着我叫骂，放下了车窗玻璃，露出一张可憎的面孔，就像一个漂浮在啤酒杯中大汉堡包。"下来推车吧。"

他开走了以后，我愣愣地对着绿灯发抖，不知道刚才应该怎样回敬他。

如果我下去，伙计，我会对他大吼，会把你那辆破面包车推到你那文过身的背上去！如果我推这辆车，伙计——刚才叫他伙计才好呢——我还是会比你跑得快的。你这个腆着啤酒肚的白痴！你这个胖杂种！

我看见自己很好地控制了情绪，然后发动了车子。车轮发出了一阵尖叫，我的脸上闪过一丝激人发怒的冷笑。不过，实际出现的情况是这样的：我只是坐在车里发抖，发呆，直到我后面的车子开始鸣喇叭，而开车的人则吼叫着，说是绿灯了。

于是，我开动了车子，心里想着我父亲遇到类似情况会如何对付。

他肯定不会坐在车里一言不发。他不会浪费时间去斟酌，以便想出大文学家奥斯卡·王尔德式的言辞来回敬对方。

我父亲会径直跳下莫里斯F型跑车，几拳打得那个开面包车的人两眼直冒金星。他真的会那样干。

给你说实话，这并不是说我爸爸喜欢时髦跑车。他认为跑车是给赶时髦的人开的。

我爸爸开着那种白色面包车时感到更自在。

在购买莫里斯F型跑车这件事情上，吉娜表现出了令人难以置信的理解态度。甚至在我开始觉得购车的想法有点儿愚蠢时，她也鼓励我回到展示室去与那位推销员谈一谈。

而且，我有足够的理由来说明购买跑车是一时心血来潮的举动。它的后车箱还没有超市里用的推车大。我们真的不需要两辆汽车。在伦敦，十四岁的小混混们肩上挂着金属片，袜子里插着小刀子，而软顶篷车正是他们眼中钉。可是，吉娜根本不考虑这些。

她要我买下这辆汽车，要我不再觉得因为自己过了三十岁，青春年华便不复存在了。她说我那是在故作伤感，但是接着却笑了起来，然后伸手抱着我，轻轻地搂了搂，好像要把某种信念装进我的脑子里。好机会。

在过去七年的共同生活中，我们连好一点的二手车都买不起。事实上，我们甚至连陈旧不堪的二手车也买不起。我们买的第一辆破车没用多久也被卖掉了。

但是，我们现在已经不再为每次收到账单而心里犯愁了。我的工作终于有了眉目。

我是电视节目《马迪·曼访谈》的制片人，那一档深夜谈话节目每逢星期六播出。在那之前，我曾经是广播谈话节目《马迪·曼访谈》的制作人。那个节目当时在地方电台播出，全国大部分听众根本没有听说过它的疯狂的杂种主持人的任何情况。现在回想起来,那似乎已是很久以前的事了。

在过去的十二个月中,我们把一档无预算的广播谈话节目变成了低预算的电视访谈节目。二者之间的区别小得令人感到吃惊。但是,跨过那条分界线就足以使马迪·曼成为明星人物。

如果你和他一起走进餐馆,那里的每个人都会停止吃喝,停止交谈,以便能够一睹他的丰采。在几年前,姑娘们即使戴上外科手套也不会碰他,而现在却把他奉为爱神。他即使在没干什么特别的事情时也频频出镜。马迪的名气如日中天,他为人不错,对我多有提携。

那些评论家们——至少是那些欣赏他的评论家们——称马迪童心未泯,认为他心不设防,语言坦白,直觉良好。在他们看来,他往往能提出其他节目主持人觉得最好不提、甚至最好不想的那种问题。这种看法千真万确——马迪的头脑里根本没有我们大多数人都有的斟酌言辞的过程。而且,他的答案随口就来,甚至在他该被大打嘴巴时也是如此。

不喜欢马迪的评论家们也称他童心未泯,认为他自私自利,头脑简单,不讲情面。但是,马迪实际上根本没有什么童心。有时候,我观看我们的儿子帕特摆弄那些星球大战的塑料小玩具,几个小时都安安静静的。那才叫童心未泯。马迪的注意力根本不可能维持那么久。马迪根本没有什么童心。他只是发育不全。

我和马迪是在一家地方电台工作时认识的。那里的员工处于要么提升,要么走人的状态。电台设在一幢荒废的小楼之内,里面充满了已经变质的雄心壮志和刺鼻难闻的烟草雾气。大多数打进电话来的固定听众要么感到非常孤独,要么处于发疯的边缘。然而,我总是有点儿怀念那个地方。因为我是在那里认识吉娜的。

电台总是不顾一切地争取邀请更多的嘉宾。由于某种原因,想到我们那里去挣钱的人从来都不多,支票上面填写的数额太小,肉眼几乎难以看见。所以,我们在预约登记方面常常有临时凑合的做法。

例如,当最初几家日本银行开始倒闭时,我们约来探讨这方面情况的人既不是经济学家，也不是报道金融新闻的记者，而是在电台对面的一家学院中讲授日语的教授。

还好，总算请到了一位教日语的。可是，如同别的语言教师一样，他也热爱自己所教语言的那个国家。要讨论亚洲老虎是如何变成被阉割的小猫这个问题，谁是更好的人选呢？当然，或许大有人在。但是，他是我们当时能够请到的最佳人选。但是，他最终却没有来。

似乎是对日本泡沫经济的破灭表示同情，那位日语教授在预定到场那天早上阑尾破裂。我们临时把他的得意门生吉娜从学校请来作为替身。

身材修长、魅力四射的吉娜。她讲一口流利的日语，看上去颇像一位日本文化方面的专家，那修长的双腿使我想入非非了好几个星期。我把她带进播音室，根本没有勇气和她交谈，甚至不敢正视她的目光。她容貌漂亮，举止迷人，脑袋聪明。但是，最重要的是，她与我根本不是同一类型的人。

后来，播音室的红灯亮了，问题来了。不，或者说，根本没有问题。吉娜由于过分紧张突然呆了。她说不出话来。

刚才见面时，我以为她是无法接近的。然而，当我看着她结结巴巴，汗流浃背，东拉西扯地讲述日本经济衰退的经过时，她突然变得很有人情味了。而且，我意识到自己有了机会。可能是非常渺茫的机会。或许，是一个在火热的地狱中滚雪球的机会。但是，总算是一个机会。

我也确切地知道她的感觉。自己面对那盏红灯时也总是有同样的遭遇。我面对话筒或照相机时从来都不自在，甚至今天想到那样的经历仍然会使我出一身冷汗。

当节目播完，马迪把她从苦难中释放出来时，我向她表示同情也不是什么难事。她心情不错，对刚才的紧张状态付之一笑，并且赌咒说她的播音经历就此结束。

我的心一沉。

我想——那么，我们什么时候能够再见面？

吉娜的特别之处在于她对自己的美貌并不张扬。她知道自己长得漂亮,但是对此却不怎么在意。应该说,她认为,那是她身上最平常的一面。然而,如果你在街上见到我,你是不会多看一眼的。像我这样相貌平平的人绝对不会像吉娜那样不把美丽当一回事。

她请我到索戈去吃寿司。索戈是皮卡迪利大街上最大的日本百货商场,那里的员工都认识她。她用日语同他们交谈,他们叫她"吉娜一桑"。

"吉娜一桑是什么意思?"我问她。

"不好确切地翻译,"她笑着说,"含有'尊敬的吉娜'的意思。"

尊敬的吉娜。她从小就喜欢日本文化,上大学之前就已在日本生活一年,在京都教英语。她称那是"我一生中最快乐的日子",并且计划重访日本。东京的一家美国银行招她去那里工作。没有什么东西可以阻止她。我心里祈祷自己能够让她留下。

我对日本知之甚少,搜索枯肠,总算想起了三岛由纪夫。她却以不屑的口气将他称为右翼读者喜欢的小说家。"你知道,日本文化不仅仅是生鱼片和剖腹自杀。"她告诉我,如果真的想了解日本,就应该读一读川端康成的作品。她说,如果我需要,她可以借几本给我。我看到了自己的机会,并且立刻抓住了。

我们见面喝一杯时,她带来了一本叫《雪国》的书。我一回家就翻开读了起来——写的是腻烦的花花公子在山林休假胜地与在劫难逃的艺妓坠入爱河的故事,实际上相当不错——心里想着吉娜的眼睛,想着她的长腿,想着她微笑时靓丽的脸庞。

她在她的公寓里做晚饭。我在进去之前得先脱掉鞋子。我们在用餐时讨论日本文化——应该说,吉娜给我讲日本文化。在叫出租车回家之前,我一直洗耳恭听,使用筷子的手不听使唤,把日式烤鸡肉碎片弄得满地毯都是。后来,我们在地板——或者按吉娜的说法,在被子——上做爱。

我希望她永远和我在一起。所以,我对她做出了一切承诺——使她幸福,永远爱她,而且最重要的是建立家庭。我知道成家的许诺会打动她的芳心——他爸爸在她四岁时离家出走,她一直渴望安定的家庭生活。但是,当她通知那家银行她不去东京工作时,她还是哭了起来。

她没有去日本生活,而是以自由翻译的身份,为伦敦的日本公司工作。但是,许多日本公司当时要么业务萎缩,要么准备迁回日本。她的工作并非像原来期望的那么顺利。如果我当时不是处于极度兴奋的状态中,我甚至可能会感到有些内疚。

后来,我们结了婚,接着生下帕特,她就待在家里了。她说,为了帕特和我——她叫我们"我的两个男孩"——而放弃工作,她不在乎。

她因为事业不顺而感到失望,我觉得这种情况与她待在家里,追求实实在在的家庭生活的做法是有关系的。但是,她总是尽量使其听起来是世界上最自然的事情。

"我不愿意把自己的儿子交给陌生人照料,"她解释说。"我不愿意看到我在外面上班,而一个肥胖的小保姆让他整天呆在那里看录像片。"

"好的,"我说。

"还有,我不愿意他一日三餐都吃用微波炉制作的食品。我不愿意下班回家后感觉累得要命,无法和他一起玩。我不愿意他在成长过程中没有母爱。我希望他拥有某种家庭生活——无论什么样的都行。我不愿意他的童年像我的那样糟糕。"

"说得对,"我说。我知道这是一个敏感的话题。吉娜的样子看上去好像随时会嚎啕大哭起来。

"女人待在家里照顾孩子有什么错?"她说。"所有那些关于妇女事业的说法都是二十世纪八十年代的旧观念。那些要求女人面面俱到的说法是无稽之谈。少一点钱我们照样能对付,对不对? 而且,你每周也可以给我买一次寿司吃,对不对?"

我告诉她,我会买大量的生鱼片,会让她吃得长出鱼鳃来。于是,她待在家里照看儿子。

我晚上回家时会高喊,"嗨,亲爱的,我回来啦。"好像我们是二十世纪五十年代出品的影片中的角色——就像迪克·范·戴克买回了咸肉，玛丽·泰勒·莫尔在家里做咸肉三明治。

我不知道自己为什么会取笑那样的做法。可能是因为我内心认为，吉娜只是假装扮演家庭主妇的角色，而我假装像我父亲那样行事。

3

马迪小时候总是开着电视吃晚饭。电视是照管他的阿姨，是他最好的朋友，是他的老师。他现在仍然可以一字不漏地把小时候记住的电视节目表背诵出来。他可以用口哨吹出电视剧《达拉斯》的主题曲。他能惟妙惟肖地模仿达勒克的声音。世界小姐的选美比赛使他知道了有关两性的基本常识，当然，那实际也不算多。

虽然我与马迪之间的差别很大，但是，我也出生在类似的家庭中，马迪喜欢我。这说起来算不上建立友谊的基础，但是，你会惊讶地发现，搞电视的人有那样背景的寥寥无几。我们的大多数同事都出身于书香门第。

那时，在我们相识的小电台中，人们都以调侃的口气将我和马迪称为多才多艺的人。马迪最擅长做三明治，分拣信件，端茶递水。但是，就在做那样的事情时，马迪也是满脸笑容，两眼明亮，精力充沛，引人注目，即使没有人把他放在眼里也是如此。

比起马迪来，我的工作稍好一点：编写脚本，制作节目，有时也非常紧张地播报新闻。我总是讨厌在亮着的红灯下直播——比起吉娜来好不了多少。每当那盏红灯亮起来，我不但不能充满活力地面对话筒，反而变得有些死气沉沉。可是，马迪却天生就是干播音的料。

有一次，我们的深夜电话——我们管它叫值“傻瓜班”——节目的主持人突然跳槽到一家有线电视台工作去了，我劝电台让马迪试一试。我那样做的原因之一是觉得他可能会干得不错，但更主要的是害怕那差事落在自己头上。

他结果创造了奇迹，设法处理好了十分差劲的材料。一连五个晚上，马迪接听了各种人打进来的电话，那些人中有密谋滋事的理论家，有敌对的观察者，也有形形色色的另类听众。他成功地主持了广播节目。

马迪的奇特之处在于，他说话的口气给人以这种感觉：他乐于同这个疯狂国家的唾沫飞溅的居民交谈。

我们逐渐形成了人们所说的忠实听众群体。过了不久，我们开始接到邀请，要我们上电视搞谈话节目。人们请我们吃午饭，对我们大加奉承，并且做出种种承诺。于是，我们很快放弃了已经做得十分成功的电台节目——那种老鼠抛弃浮船的例子在我们这一行中是罕见的。

但是，在电视上制作谈话节目困难重重。我们不可能像搞电台节目那样，直接从街道上把嘉宾请进来。像原来那样，仅仅依靠一帮喋喋不休、想法怪异、惹人发笑的疯子是办不好电视节目的。

在担纲主持节目的第一年中，马迪依然像在电台那样，显得得心应手。但是，工作压力已开始渐渐显露出来，他每周得花更多的时间化妆，以掩盖脸上的皱纹。使他浅色金发中显出缕缕灰色的不仅是需要寻找称职嘉宾的压力。我们当初搞广播节目时，马迪没有什么可以失去的东西，而现在的情况却大不相同了。

我到达播音室时，他坐在化妆室的椅子上，与围在他身边的年轻姑娘们绞尽脑汁地讨论邀请嘉宾的问题，不放过任何一个可能有用的主意。那位管化妆的姑娘正设法使他的皮肤在面对镜头时显得自然一点。他端起面前的水杯，不放心地呷了一口。

“是依云牌的吧？”

“您要汽水吗？”一名身穿作战服、脚蹬军用皮靴、面带甜蜜笑容的姑娘问。

“我要的是依云矿泉水。”

她看上去松了一口气。“这是依云。”

“我看不是吧。”

“哦，是巴多矿泉水。”

马迪盯着她。

“可是,售货机里没有依云了,”她解释说。

“到绿色房间里去试一试,”他说罢叹了一口气。

其他的人随声附和。绿色房间——那个用于接待嘉宾的房间——里肯定可以找到马迪要的依云牌矿泉水。那名身穿作战服的姑娘勇敢地笑了笑,垂头丧气地去找马迪要喝的矿泉水。

“我想的是经典作品与好莱坞传奇之间的碰撞,”马迪说。“我想的是迈克尔·帕金森手拿写字板与那些明星们见面的情景。我想的是廷赛尔·汤。我想的是获得奥斯卡金像奖提名的人。我想的是……杰克·尼科尔森?”

“杰克不在城里,”我们的资料员提醒说。她是一位身材矮小,显得神经质的姑娘,干那份工作的时间已经不会太长了。她的手指甲已被她自己咬得可以见到骨头了。

“莱昂纳多·迪·卡普里奥?”

“莱昂不能来。”

“克林特·伊斯特伍德?”

“我与他的办公室联系过。不过——怕不行吧。”

“罗伯特·米切姆?詹姆士·斯图尔特?”

“他们已经死了。”

马迪恶狠狠地盯了她一眼。

“可别那样说吧,”他说。“他们只不过是眼下没有时间来做节目而已。”

他从镜子中望着我,珠子一样的圆眼睛在涂抹着橙色粉底霜的脸上闪闪发光。

“我们为什么不可以弄几个电影界的大腕来,哈利?”

“因为你刚才提到的那些人最近还没有出什么片子,”我告诉他,这样的话每个星期都得反复讲,“况且,在他们可以干时,我们仍然得和其他谈话节目竞争才能请到他们。”

“你看了今天晚上的新闻节目没有?”女化妆师问,带着女化妆师们通常有的恍惚神情,完全没有感觉到出现在周围其他人身上的精神崩溃。“真有趣。让人看到了那些示威者在机场里的情景。你看到了那些用铁索把自己绑在树上的人没有?他们是抗议扩建机场吧?”

“干吗提那些人?”马迪问。“你是想转变话题?”

“我真的喜欢那些抗议活动的领导人,”她说,“那个克里福。就是那个梳辫子头的。他简直酷毙了。”

房间里的女人都表示赞同。我见过那个叫克里福的家伙站在树上的样子——浑身皮包骨头,讲话滔滔不绝,梳着骇人的辫子头——但是从来没想到他会被视为性感人物。

“你应该请这样的人来上节目,”化妆师一边得意洋洋地说,一边用粉扑在马迪的脸上涂抹。“他可有趣多了,远远超过那些头上顶着移植的头发,在大路货动作片中扮演角色的老年大腕们。”

“找克里福来,这主意不错,”我说。“不过,我不知道怎样和他取得联系。不过,他不可能像克林特·伊斯特伍德那么难请。”

“来吧,我这里有他的手机号码,”在化妆室的另一端有人说。“试试看吧。”

我们都转过身去看着她。

她身材苗条,留着红色头发,脸上长着爱尔兰人的皮肤,白得好像从未见过阳光。她二十出头——看样子好像大学毕业还不到四十五分钟——脸上有一点雀斑。她那样的人总是有一点雀斑。我以前从来没有见过她。

“我叫苏波恩·肯普,”她面对大家自我介绍说,脸色开始微微发红。“是新来的制片助理。嗯,要我给克里福打个电话?”

马迪看了看我。我看得出来他喜欢请那个树上人的主意。而且我也喜欢。因为像所有电视人一样,我们最看重的是真实性。当然,除去正宗的、货真价实的名角之外,我们最看重这个。

但是,我们讨厌刚出道的小明星来推销他们那蹩脚的作品。我们渴求真实人物、真实生活和真实故事——真实故事而不是奇闻轶事。那些人以低廉的价格为我们提供高质量的电视节目。我们为他们提供治疗——给他们道出自己心声的机会,给他们在成千上万观众面前一吐为快的机会。

当然,要是杰克·尼科尔森突然打电话来要求上镜,我们会立刻召来一队保安人员,把所有这些真实人物护送出这栋房子。可是,杰克从未屈尊光临过我们的节目。近来,名人们总是供不应求。

所以,我们转而求助于真实人物,求助于那些有感而发的真实人物,那些有事要讲的真实人物,那些没有什么个人前程需要保护的真实人物。所以,那个呆在树上、警犬对着他肮脏的身体狂叫的人的事情听起来的确够真实了。

"你怎么会认识他?"我问她。

"我曾经和他约会,"她回答。

马迪和我交换一下眼色。我们心里一震。看来,这位苏波恩也是一位真实人物。

"后来却没有成,"她补充说。"和一个长时间呆在树上的人约会可难着呢。不过,我们还是保持了密切的关系,而且我崇拜他——他真的信仰他所从事的运动。按照他的观点,地球的生命支撑系统已经濒临枯竭,而政客们对生态问题的所做所为不过是纸上谈兵。他认为,人降生到地球上来,应该只留下脚印,只带走回忆。"

"真他妈的有见解,"马迪说。"谁是他的经纪人?"

在导播室里,我观看着面前的十几个屏幕上显示出来的、从五个不同的角度拍摄的画面:马迪正在采访一名男子。他可以把避孕套从自己的头顶往下拉,用嘴将它吹大——他实际上干得不错。这时,我觉得有人站到了我的身边。

原来是满面笑容的苏波恩,那样子就像一名刚刚转入新的学校、突然发现自己将会一切顺利的学童。

在幽暗的导播室内,她的脸庞被墙上监视器的光线照亮着。其实,它们就是电视机,可我们叫监视器。导演根据它们来选择供传输的画面。监视器所显示的不仅仅是播放出去的画面,而是所有已经拍摄到的图像。苏波恩抬头看着那些图像。她的笑容很美。

“我以为这位克里福不接受采访,”我说。“自从那家报纸的周日版发表文章说,他那样干是为了出名,是为了勾引嬉皮士女郎之后,他就不接受采访了。”这时,我突然想起她曾经和他约会。“我可不是针对你呀。”

“没事儿,”她说。“你说得不错,但是他这次可以接受。”

“为什么? 是因为你的原因吗?”

“不是,”她笑了。“因为他喜欢马迪。他认为马迪不属于正统传媒的人。”

我看着监视器上的马迪:避孕套啪的一声被吹破,搭在那人的脸上,马迪笑得几乎喘不过气来。如果有谁是正统传媒的一分子,那个人就是马迪。他会把它视为赞美之辞。

“而且最重要的原因,”苏波恩说,“在于我们是直播。”

的确如此,我们实际上是电视中惟一直播的谈话节目。迄今为止,大多数谈话节目是“如同直播”——意思是他们假造直播电视节目的生动场面,但却一直使用录像的安全保护网络。完全是虚假的。

但是,《马迪·曼访谈》却是货真价实的东西。当你看见那个头上顶着避孕套的家伙时,那个避孕套真的被吹满了气。

“按照这些生态斗士们的观点,”苏波恩说,“传媒中惟一没有经过新闻审查的节目只有现场直播。我可以问你一个问题吗?”

“问吧。”

“停车场上那辆莫里斯 F 型跑车是你的吗? 就是那辆红色的?”

又来了,我心里一沉。又是那些关于汽车污染空气,造成大气层空洞的说教。有时候,我真的害怕如今的年轻人。他们脑袋里装的全是地球的未来。

“对,是我的,”我回答。

“靓车，”她说。

我回到家里时他们已经进入了梦乡。我刷了牙，然后在黑暗中脱下衣服，耳边传来妻子轻轻的呼吸声。

吉娜在熟睡中发出的声音总是能够在我心里激起温馨的感觉。只有在这样的时刻她显得容易受到伤害；只有在这样的时刻我可以在心中对自己说，她需要我的保护。我轻轻地上了床，伸手搂住她，她动了一下。

“今晚的节目不错，”她嘟哝道。

她身子温暖，睡意蒙胧，我就喜欢她这个样子。她背对着我，那是她通常的睡觉姿势。我挨近她，开始亲吻她的脖子，一只手抚摸那使我难以自控的长腿。她轻声叹息。它们的魅力我仍然难以抵御。

“噢，吉娜。我的吉娜。”

“嗯，哈利，”她温柔地说。“你不想要——对不对？”她伸手把我的手拨开。“好吧。可能你想要。”

“你摸起来很舒服。”

“精力旺盛，是吧？”她笑着，转过身子来看着我，仍旧睡眼惺忪。“我是说，像你这年纪的人。”

她坐起来，脱去T恤衫，将它扔向地板。她用手指梳理着头发，然后冲我一笑。路灯灯光从百叶窗的缝隙间漫进来，照在我所熟悉的苗条身体上。实际上，我们的卧室从来都不黑暗。

“还是想要我？”她问道。“过了这么多年了？”

我可能点了点头。我们的嘴唇刚要接触，这时帕特却突然哭了起来。我们俩对视。她笑了。我没有笑。

“我去看一看，”吉娜说。我啪嗒一声倒在枕头上。

她抱着帕特回到卧室。他有些喘不过气来，泪流满面地解释他做的关于大魔鬼的噩梦。吉娜安慰着他，让他在我们之间睡觉。像往常一样，在我们温暖的床上，他立刻停止了抽泣。

“面对背侧身睡，”吉娜告诉我们。

帕特和我顺从地翻动身体，帕特的两条温暖的小腿裹在拉绒睡衣中，蜷曲着放在我的腿弯里。我能听到他的鼻息声，他这时已经安静下来了。吉娜伸出一条长胳膊，搂着我们俩，用她的身体为帕特做了一个窝。

“现在睡吧，”她低声说。“一切都会好的。”

我闭上眼睛，孩子睡在我们俩中间。蒙眬中我弄不清楚吉娜的话是对我说的，是对帕特说的，还是对我们俩说的。

“没有魔鬼，”她说。我们在她的怀中进入了梦乡。

4

吉娜的三十岁生日并不是完全没有痛苦的。

她父亲在傍晚时来了电话，祝她生日快乐——这意味着，她整个白天都在担心那个一文不值的老杂种会不会给她打电话。

二十五年之前，就在吉娜刚上小学时，格伦——她爸爸坚持要每个人这样称呼他，他的孩子们更不能例外——离家出走，梦想成为一名摇滚乐手。他曾经在丹麦大街上的一家吉他商店站了多年柜台，所有取得辉煌成就的梦想就像他头上逐渐变形的嬉皮士发式一样，已经失去昔日的豪情。但是，他依然觉得自己是某种自由的精灵，可以忘记家人的生日，可以只在心情好时才想起那些日子。

格伦最终没有成为音乐家。曾经和一支乐队签过一份收入中等的录音合同，出过一首比较畅销的单曲。正好在美国总统吉米·卡特离开白宫之前的那些日子里，人们可能见到格伦在"流行之冠"乐队中演奏贝司的身影。

他——格伦而不是吉米·卡特——年轻时的模样非常帅气，颇有点儿罗伯特·普兰特的味道，蓄着一头斯堪的纳维亚人的金色鬈发，身上穿着露出腰部的上衣。不过，我一直觉得格伦的真正事业是建立家庭，然后又将它们一个一个地打成碎片。

吉娜的温馨小家庭是格伦所抛弃的众多妻子儿女之中的第一个牺牲品。格伦的妻子儿女分散在全国各地。在二十世纪六十年代和七十年代，像吉娜母亲那样的女人被公认为大美人，那样的笑脸有时候出现在当时的时尚杂志里。吉娜所在的那种单亲家庭在那时仍旧被称为破裂的家庭。

格伦偶尔闪现在她们的生活中。他漫不经心地忘记她们的生日，忘记圣诞节，然而却在意想不到的时候冒了出来，送来体积庞大但却不太合适的礼物。现在，已经步入中年的他住在郊区，每天乘车到一家商店上班。可是，他依然自认为是我行我素的吉姆·莫里森式的人物，约束他人的规矩对他没有作用。

但是，我对老格伦不能有太多非议。从某种意义上说，他在我和吉娜之间扮演了爱神丘比特的角色。因为吉娜最喜欢我的地方正是我的家庭。

我家是一个人口不多——我是独生子——普普通通的家庭，住在一个正面墙上镶嵌着石子的小房子里。那样的房子在英国任何城市的郊外住宅区中随处可见。我们家的四周全是住家户，我们得走半英里路才能买到报纸。我们虽然与他人为邻，但却总有这样一种感觉：生活在其他地方进行着。那就是住在郊区的特点。

我妈妈站在针织窗帘后面，看着街道上的车辆和行人。（遇到我和爸爸问她在看什么时，她总是说："看我的街道。"）我爸爸在看电视时常常打瞌睡。（他总是抱怨说："从来没有什么可看的。"）我在房子后面的花园里踢球，心里想着温布利大球场的加时赛，脚下小心地避开爸爸栽种的玫瑰花。

这个国家有多少像这样的家庭？可能有成千上万。然而，与从前相比肯定已经减少了许多。我们那样的家庭实际上属于濒危种类。在吉娜看来，我和我父母是最后的核心家庭，是受到保护的珍稀物种，是人们表示尊敬和惊叹的对象。

当然，在我看来，我家过的是平淡无奇的日子。洗汽车，站在针织窗帘后面看街道，晚上看电视，在德文和科恩维尔度过早餐加铺位的假期，在弗林顿租用的小屋中住上一段时间。我羡慕吉娜所拥有的非同寻常的家庭背景：她妈妈以前是模特，她爸爸可以被称为摇滚乐明星，还有那些时尚杂志中刊登的照片——即使那些照片现在已经褪色也没有什么关系。

但是，使吉娜刻骨铭心的是她童年时代被遗忘的生日，是一直不安分守己的父亲，是许诺多次但从未实现过的度假计划，是独守空房、形影相吊、染病自怜，最后孤独死去的母亲。吉娜从来都不敢奢望正常的家庭生活。她没有那样的体会。

有一天，我第一次把她带到我家去过圣诞节。她接过我妈妈给她的圣诞节礼物——那不过是从美容品商店买来、装在篮子里的香水和裹着塑料包装纸、做成北极熊样子的香皂而已——我看见她竟激动得说不出话来。当时我就知道自己赢得了她的芳心。她看着那些北极熊,简直被迷住了。

你不要低估核心家庭的力量。如今,出生在一个没有破裂的家庭中如同拥有独立的手段,如同拥有保罗·纽曼式的眼睛,如同拥有一件值得炫耀的东西。那是真正的人生之福,只有少数幸运儿才能得到。人们难以抗拒对它的向往。

然而,没有破裂的家庭可能误导子女产生一种虚假的安全感。在我成长的过程中,我理所当然地以为,每一桩婚姻——其中也包括我自己的——都该像我父母的那样,稳定而持久。我父母使人觉得保持婚姻关系是一件轻而易举的事情。其实,那并不容易。

如果吉娜的母亲没有死,吉娜可能在多年之前就与格伦断绝了交往。但是,她却在吉娜进入电台,进入我的生活之前死于癌症。这突如其来的变故使吉娜觉得有必要保住残留的家庭碎片。

于是,格伦出席了我们的婚礼,并且和我父母一起主持了结婚仪式。后来,他试图和吉娜的一位伴娘套近乎。他虽然年近五十,但看来却自我感觉良好:他只有十九岁,生活还没有开始。他身上穿的皮裤子跳起舞来吱吱地响。嗯,我现在还记得他跳舞时的那副模样。

吉娜感到十分不安,认为格伦根本不能扮演父亲的角色。在帕特出生以后,她甚至不愿意给他寄孩子的照片。

我不得不坚持自己的观点:作为一个男人,格伦有权看到自己的独养孙子的照片。而且,我暗暗地想,格伦看到我们的漂亮宝贝,立刻就会被他迷住。可是,他却连续三年忘记了帕特的生日,那时我才意识到,我自己也有理由讨厌那个颓废的老浑蛋。

“他可能害怕当爷爷,”我说。“想逃避现实——他不是这样说的吗?”

“不错,就是那么一回事,”吉娜说。“不过,事实上他是一个自私的家伙,好像一直没有长大。我们可不要忘记这一点哦。”

我的父母与吉娜的父母不同，从来没有人认为他们是天生的一对。没有人认为他们的结合体现了一种时代的精神。我妈妈的照片从来没有上过时尚杂志——虽然在她种的西红柿获奖之后，地方报纸曾经专题报道。但是，我的父母却厮守一生。而且，吉娜和我将会效仿他们。

我们有的朋友与恋人一见钟情，然后结婚，离婚。自从出席了我们的婚礼之后，他们开始憎恨从前的配偶。我们绝对不会那样做。尽管我和吉娜的家庭背景各异，然而那正好表明我们的追求是相同的。

我希望婚姻长久，因为我父母的婚姻就是如此。吉娜希望婚姻长久，因为她父母的婚姻不是那样。

“这对我们俩来说非常好，”吉娜告诉我。“我们的梦想正好相合。”

吉娜十分喜欢我的父母，那样的感情是相互的。两位老人看见金发碧眼的吉娜手里牵着他们的孙子，兴高采烈地出现在门前花园的小道上，他们戴着老花眼镜的笑脸在天竺葵后面频频闪现。

他们都不相信自己的运气。我父母认为他们得到的是格雷斯·凯利式的媳妇。吉娜认为她所得到是沃尔顿夫妇那样的老人。

“我要带帕特去看望你的爸爸妈妈，”她在我出门上班前对我说。“把你的手机借给我好吗？我的没有充电。”

我乐意借给她。我不喜欢手机那样的东西。

它们使我有被困住的感觉。

导播室里一片惊慌。

“苍蝇回来了！”导播叫喊着。“我们发现了苍蝇！”

瞧，它出现在监视器的屏幕上。演播室里的苍蝇。

那只苍蝇的颜色像甲壳虫那样黑，翅膀有黄蜂的那样长，身体肥大，如同带着一个起落架。监视器上出现了马迪阅读提示词的特写镜头，我们看着它懒洋洋地在我们的主持人头上绕圈，接着慢慢地向上飞去。

那只苍蝇住在演播室上方的某个黑暗的角落，那里有插孔、电缆和电灯。那只苍蝇在演播过程中只出现过一次，导播室的老员工说，那是它对演播室里灯光产生的热量所做出的反应。但是，我一直认为，人在参与电视直播时会分泌出某种体液，那只苍蝇被体液的气味所吸引。我们的演播室里的苍蝇喜欢人的恐惧感。

如果不考虑那只苍蝇的空中表演，马迪对克里福的采访进行得十分顺利。那位年轻的绿党人士开始时显得紧张，一会儿摸摸胡子碴，一会儿拉拉他那肮脏的辫子，说起话来结结巴巴的，甚至犯下拍摄电视大忌，两眼直愣愣地盯着镜头。但是，马迪遇到感觉紧张的嘉宾时显得异常和蔼可亲，看上去对克里福的事业充满同情。他的举止逐渐使那位年轻人松弛下来。但是，就在马迪对访谈进行最后总结时，演播室里却出了问题。

“我想对克里福今晚光临本台表示谢意，”马迪以其通常的严肃语气说，挥手驱赶那一只苍蝇。“而且，对那些住在机场大树上的他的同事们表示谢意。因为他们所进行的斗争是为了我们大家的利益。”

演播室内掌声雷动，马迪与克里福握手。克里福握住马迪的手不放。

接着，克里福把手伸进他穿的那件邋遢不堪、看上去有少数民族风情的上衣，掏出了一副手铐。就在马迪疑惑不解地笑看眼前出现的情景时，克里福却吧嗒一声将手铐的一端套在自己的手腕上，接着把另一端套在马迪的手腕上。

“让鸟儿获得自由，”克里福低声说，清了清嗓子。

“这——这是在干什么?”马迪问道。

“让鸟儿获得自由，”克里福咆哮着，声音中充满了信心。“让鸟儿获得自由。”

马迪摇了摇头。

“有没有这东西的钥匙，臭狗屎?”

成排的监视器在光线昏暗的导播室内闪闪发光，我们在上面看到了眼前这一幕。导播继续剪切从五个摄影机传来的画面:“二号,镜头对着马迪,不要移开……四号,给我一个手铐的特写。”然而,我只有在现场直播完全搞砸时才可能出现的那种感觉。它堵在我心里,是一种混杂着轻度恶心、麻痹和被迷惑的可怕感觉。

突然,那只苍蝇飞了出来,围着克里福的头发转了几秒钟,然后准确无误地落在他的鼻梁上。

“让鸟儿们获得自由!”

马迪看着自己的胳膊,似乎不相信他真的和眼前这个衣衫褴褛的年轻人铐在了一起。化妆师在克里福脸上涂抹的油彩在灯光下开始融化。马迪端起放在两人之间的水杯,似乎要拍打苍蝇,可是却狠狠地砸在克里福的脸上。顿时血水四溅,马迪的手里只剩下半截水杯的把子。

“去你妈的鸟儿,”马迪骂道。“去你妈的臭氧层空洞。”

一名剧务出现在镜头里,耳机挂在脖子上,一副目瞪口呆的惊讶模样。克里福摸了摸被砸破的鼻子。观众席上有人开始喝倒彩。这时我才意识到,我们被人耍了。

马迪做了一件在我们这样的现场直播中不该做的事情。他失去了观众。

在直播室内,所有的电话同时铃声大作,似乎在庆祝我的辉煌事业一头栽进了厕所。我这时突然发现自己浑身大汗淋漓。

那只演播室苍蝇在所有的监视器上逐一亮相,那样子似乎是在表演庆祝胜利的舞蹈,然后便无踪无影了。

“我真笨,”苏波恩说,几个小时之后的导播室里空荡荡的。“都是我的错。我不该约他来。我当初应该想到,他要利用我们来达到这样的目的。他从来就是一个自私的小杂种。我为什么那样做呢?因为我想给大家一个好印象。唉,你看这样子。”

“你不笨,”我告诉她。“是马迪笨。你邀请他来并没有错。尽管出现了这样的事情,邀请他来本身仍然是对的。”

“怎么办?”她问道,好像突然变得非常年轻了。“他们会怎样惩罚我们?”

我摇头耸肩。“我们很快就会知道。”我不愿去想这件事情。“走吧,我们离开这里。”

我已经把马迪送回了家。当时我们从大楼的后面偷偷溜了出来,钻进一辆等候在货物入口的微型车内,告诉他不要与任何人讲话。那帮记者会把他撕成碎片的。这一点勿庸置疑。我更担心的是电视台会找他的麻烦,找我们的麻烦。我知道,他们需要《马迪·曼访谈》这档节目。可是,他们真的到了非要不可的地步吗?

“天已经很晚了,”苏波恩在电梯里说。“我上哪里去找出租车?”

“住在什么地方?”我问道。

我应该猜到她住在坎姆顿镇。她肯定住在那里某个工人阶级集中的街区里,那个地方曾经是黑人聚居区。实际上,她住的地方离我们在海伯里角的小房子不远。我们的住处分别位于一条街道的两端。但是,在苏波恩所在的那一端,居民追求的是波希米亚式的放荡不羁,而我所在的这一端,居民追求的是郊区住宅的恬静和舒适。

“我可以送你,”我说。

“送我——用你的那辆莫里斯F型跑车?”

“当然。”

“太好啦!”

我们在几个小时内第一次发出了笑声——虽然我不能完全明白其中的原因——然后乘电梯到了大楼的地下停车场。那辆红色小汽车孤零零地停在那里。时间很晚了,已经接近凌晨两点。我看见她将两腿伸到仪表板下面。

“这事儿我不会再提了,”她说。“可是,我只是想说你今天晚上真的很好。没有对我发火,谢谢你。我很感激。”

她用不着对那样的事情如此客气地致歉。我看了看她苍白的爱尔兰人的脸庞,第一次发现自己是多么地喜欢她。

“别说傻话啦,”我说罢很快发动了汽车,以便掩饰自己的尴尬。“我们俩是站在一起的,对吧?”

那是一个暖烘烘的夏夜,城里的街道上几乎已空无一人。在二十分钟之内,我们开车经过关门闭户的跳蚤市场,经过门面古怪的少数民族餐馆,经过挂着光怪陆离招贴的旧货商店:巨大的牛仔靴、硕大的藤椅、塑料制作的妖怪形象——它们一个个像吸食了某种烈性毒品似的,在街道两旁幽灵般地一一浮现。吉娜和我星期六下午曾经在这一带购物。那已经是多年以前的事情了。

苏波恩给我指路,汽车在一幢巨大的白色建筑物前停了下来。那幢房子在很久以前就被改造成了单元式住宅。

“好了,”我说。“再见吧。”

“谢谢,”她说。“你真好。”

“不客气。”

“听我说,我想我现在也睡不着觉。今天晚上经历了这么多事情,我睡不着。要不要进去喝一杯?”

“我喝了酒可能睡不着,”我说罢心里暗暗怨恨,自己说话的口气就像一个领退休金的人,得赶回家去喝一杯可乐,然后心急火燎地上床。

“真的吗?”她问道,而我却自负得可笑,觉得她看上去颇为失望。我心里也知道,她不会再邀请我了。

回家吧,我内心深处有一个声音在说。*礼貌地微笑拒绝,然后回家去吧*。

假如我不是如此地喜欢她,我可能会回家。假如那天晚上发生事情没有那么糟糕,我可能会回家。假如我没有接近三十岁,我可能会回家。假如她的双腿再短几英寸,我可能会回家。

“好吧,”我回答道,那声音听起来比我内心的感觉显得轻松一些。“这主意不错。”

她看了我一眼,我们便互相亲吻起来,她搂着我的脖子,两只小手急切地攥着我的头发。奇怪,我心里想。吉娜从来没有这样的动作。

5

小孩子能够在瞬息之间发生变化。你转过身去，过几秒钟回头再看时，你会发现他已经变了样子。

我至今仍然记得第一次见到帕特微笑的情景。他当时是一个光着脑袋的胖娃娃，就像穿着连衣裤的温斯顿·邱吉尔，正在长牙齿，所以哇哇大哭。吉娜往他那疼痛的牙龈上塞了一点巧克力，他立刻对着我们破涕为笑——那种张大嘴巴，露出牙龈的大笑，似乎刚听我们讲了世界上的头号秘密。

我还记得他第一次学会走路的情景。他手里握着那辆黄色塑料婴儿车的栏杆，身体习惯地左右摇摆，好像被风吹动一样。在没有任何先兆的情况下，他突然跳了起来，从一次性尿布中伸出的两条小胖腿不停地朝前挪动，以便跟上婴儿车旋转的蓝色轮子。

他飞快地蹿出房间，吉娜笑着说，他看上去好像怕上班再次迟到一样。

可是，我记不清楚他是在什么时候改变游戏种类的。我不知道他是在什么时候放弃救火车那样的幼儿玩具，放弃邮递员帕特的录像片，转而迷上星球大战的。那是我没有看到的变化之一。

他脑袋里想的一会儿是会说话的动物，一会儿又全变成了星球大战中的死星、突击队员和光剑。

如果我们同意，他可以不分昼夜地观看那三部《星球大战》的录像片。但是，我们不让他——应该说，是吉娜不让他——那样干。一旦关掉了电视，他可以连续几个小时摆弄他所收集的星球大战的玩具人和灰色塑料太空船，或者在沙发上蹦蹦跳跳，手上挥舞着光剑，口里自言自语地讲着影片中关于乔治·卢卡斯的情节片段。

仿佛就在前天，帕特最喜欢的是他所收集的农场牲畜玩具——他管它们叫“动物”。他坐在小浴盆内，就像一位头上涂着肥皂泡的金发小天使，将那些小牛、小羊、小马摆放在浴盆边沿上，嘴里学着动物叫唤的声音，一直玩到洗澡水变冷为止。

“我在洗澡，”他会说。“我要我的动物。”

现在，他迷上了表现邪恶与正义之争的没完没了的星际战争游戏，而那些动物则被遗忘在他卧室的某个角落里，让灰尘一点一点地在它们的身上堆积。

它们很像我记忆中的童年时代所玩的游戏。有时候，帕特那些关于勇敢的骑士、邪恶的将军、被囚禁的公主的童话故事听起来像是从遥远的过去传来的回声，他似乎在努力寻找某种已经永远失去的无价之宝。

苏波恩睡觉的方法是单身式的。

她要么睡在床的正中间，手脚朝各个方向摆开，要么翻身转向她那一侧，把我的那一截被子裹在她的身上。我躺在陌生的床上，手里抓着手帕大小的床单角，完全无法入睡，眼看着晨光渐渐进入房间。

一切来得太快，没有时间去感到内疚。有关吉娜的想法和我对她的山盟海誓——我当初要她爱我时的誓言、婚礼那天的誓言、那天之后的誓言，以及我当时真诚许下的所有永远相爱、永不变心的誓言——都被置之脑后。我发现，我仍旧爱她。这种感觉以某种可笑的方式，比以前任何时候都更为强烈。

那种感觉是后来才真正进入我的头脑的。那是在我开车回家的路上，我望着后视镜扪心自问，我在什么时候变成了那种我曾经憎恨的人？可是，现在还没来得及产生那样的想法。我在床上，看着夜色渐渐消失，心里自忖——*嗯，看起来还不错。*

多数男人堕落的原因在于机会，绝不要低估不动真情的性行为所带来的快乐。那是一次不动真情、逢场作戏的交合。那是它令我最喜欢的一个方面。

我最不喜欢的是自己已经开始有了背叛者的感觉。

那个过程根本算不上美妙。我努力去适应新人。我竭尽全力，以便真正地享受。与新的女人做爱很像参加驾驶执照考试。不过，考虑到可能出错的种种因素——所有那一切看来都与时机有关——一切还算过得去。

谢天谢地，谢天谢地，谢天谢地。

但是，和苏波恩在一起的时间里，我的一半在想，这可能就是我终身寻找的女人，这个皮肤洁白、想要生几个红色头发孩子的爱尔兰美人。我的另一半却有点儿想念自己的妻子。

我想念与自己相处多年的人在一起时那种驾轻就熟的感觉。如果我要背叛自己的妻子，那么，我倒有点儿希望我的外遇是吉娜。

不过，你可能对总是扮演这样一个男人的角色感到厌倦：支付抵押贷款，打电话叫管道工，无法将需要的家具安装到位。你可能对扮演这样一个男人的角色感到厌倦，因为后来你觉得，自己在更多的时候不像男人，而更像一件家用电器。

所以，你跟某个陌生女人回家，她不让你盖上自己的那半截被子，而结果你更加讨厌自己。咦，我把自己的裤子弄到哪里去了？

晨曦慢慢地照亮了房间，我穿上裤子，苏波恩的生活情况一点一点地浮现在我眼前。这套公寓不错——舒适而整洁，我曾一直希望得到这样的房子，可最终未能如愿。我似乎从学生时代的肮脏环境直接进入了家庭生活的无序状态。

我能够看到的照片都是苏波恩的：少女时期的她笑呵呵的，手里牵着几只龇牙咧嘴的狗，或者与一些面容慈祥的老人在一起。还有宠物和她父母的照片。

墙上贴着几幅表现与风雨抗争的日本农民的图画——那样的东西吉娜喜欢。书架上整整齐齐地摆放着图书和激光唱片。那些文学著作已经改编成电影，那些激光唱片却形成了一种摇滚乐和柔和爵士乐的奇怪组合——有“绿洲乐队”、“U2 乐队”，有斯坦·格茨、切特·贝克尔，也有迈尔斯的柔和爵士乐曲。

看到她的书籍和唱片使我更喜欢她。但是，看到另外一个人的书籍和唱片——

即使她们拥有许多毫无用处的东西——也可能使人有那样的感觉。她们喜欢的东西,还有她们曾经喜欢的东西,这些都可以揭示出她们在通常情况下不愿意公之于众的侧面。

令人感到高兴的是,苏波恩最初喜欢的可能是白人摇滚乐,而现在正在寻找某种更为超然冷漠、更为深奥微妙的东西(看来,她不大可能先喜欢切特·贝克尔和迈尔斯·戴维斯,转而对“U2 乐队”和“绿洲乐队”感兴趣)。

这说明,她实际上依然年轻,依然好奇,依然在探索生活的真谛,依然在创造生活而不是仅仅去发现生活。

这是典型的未婚年轻姑娘的公寓,一个知道如何享受生活的姑娘的住所。尽管这里四处摆放着杂志和衣服,然而却不存在有孩子的家庭给人的那种乱糟糟的感觉,没有我熟悉的家庭的杂乱场面。你可以放心地走到房间门口,不用担心踩着星球大战中的小玩具人汉·索罗。

然而,正如我想成为原来那种言而有信的人一样,我这时有点儿怀念我所熟悉的家里的那种乱糟糟的样子。

我回到家里时,吉娜正在哭泣。

我坐在床沿上,不敢去碰她。

“昨天晚上的节目播出后,情况糟透了,”我说。“我得守在电视台里。”

“我知道,”她说。“不是因为那个。”

“那么,是什么呢?”

“是你母亲的事情,哈利。”

“她的什么事情?”

“她对帕特太好了,”吉娜呜咽着说。“对她来说,那样做很容易。我没法跟她比。她那么耐心,那么和气。我给她说了,自己有时候感觉很坏——整天待在家里,除了小孩之外,连一个想说话的人都没有。”她抬起头来望着我,眼中满是泪水。“我看她根本不理解我的意思。"

谢天谢地。刚才我还担心她知道了我的底细。

"你是世界上最棒的母亲,"我说着将她搂在怀里。真的,我说的是实话。

"不,我不是,"她说。"你希望我是,而且我自己也想,真的。可是,希望是一回事,而事实是另一回事。"

她又哭起来,不过没有像刚才那么厉害。她有时会这样哭泣,而我根本不知道起因是什么。在我看来,她似乎总是无缘无故地哭。不是好母亲?我的意思是,她刚才的话是什么意思?吉娜是不错的母亲。她在白天感到有点儿孤独时,可以给我上班的地方打电话。我的秘书会记下她的口信。我的移动电话也有自动应答功能。她怎么会感到孤独呢?我弄不懂。

我搂抱着她,使她不再流泪,然后下楼去煮咖啡。录音电话录下了许多留言。人们对马迪的行为议论得沸沸扬扬。可是,我对媒体和电视台的事情倒不太担心。

我曾经听说过,工作上的问题如同你可以避免的飞机失事。它与家庭生活中的问题不同:无论你能跑多远,你都无法回避问题。

6

在儿子的眼里，自己的父亲都是英雄，至少在他们年幼无知时是这样看的。

帕特现在觉得，我有能力做好任何事情。在他看来，我有能力驾驭世界——就像星球大战中的汉·索罗或者印第安纳·琼斯。可是，我心里明白，帕特迟早会发现，哈利森·福特和他老爸是不大相同的。当他发现我实际上没有驱牛利鞭，没有光剑时，他对我的看法就会完全改变。

但是，在他们长到一定年龄之前，世界上所有的儿子都认为他们的爸爸是英雄。就我和我爸爸而言，情况略有不同，因为我父亲的确是一位英雄。他有一枚勋章来证明这一切。

如果你看见他在花园里或汽车中，你会以为他只是一个住在郊区的普普通通的爸爸。但是，在我家那幢房子的起居室的桌子抽屉里，有一枚他在战争中获得的杰出服务勋章。我在童年时代一直效仿英雄，而我爸爸却是实实在在的英雄。

杰出服务勋章——那可是了不起的东西。只有维多利亚十字勋章比它的级别更高，但是在通常情况下，那种勋章在你死后才会颁发。如果你在酒吧里，在街道上遇到他，你会以为，只要看一看他那不起眼的穿着，他那头发稀疏的脑袋，他家里的客厅，他爱读的报纸，你就会知道他的一切。你自以为了解他。然而，你大错特错了。

我拿起电话。我可以不管电视台和报纸的电话留言，可是得给我父母打电话。

我老爸接了电话。这是反常现象。他不喜欢接电话。只有遇到我妈妈不在电话机附近，或者他碰巧到花园去经过电话机时，他才会接听电话。

“爸爸吗？是我。”

“我叫你母亲来。”

他接电话时态度生硬，说话一本正经，好像根本不习惯使用电话，好像我们互不相识，好像我在向他推销什么他不需要的东西。

“爸爸，你昨天晚上看我们的节目没有？”

我知道他看了。他们总是要看我做的节目。

没有声音。

“相当不错，”父亲说。

我知道他根本不喜欢谈话节目——不喜欢节目中那些咒骂、暴力和政治问题。我甚至听见他对节目中插播的商业广告大发牢骚。可是，我希望听他安慰我说：那没关系。听到他对我表示原谅。

“那是现场直播，爸爸，”我说罢勉强笑了一声。“事先根本无法预测将会发生什么事情。”

我老爸哼了一声。

“我没兴趣。”

在二十世纪九十年代的某个时候，我父亲开始使用二十世纪六十年代流行的语言。

他讲话时夹杂着许多“没门”或“我没兴趣”等比较个性化的字眼。毫无疑问，他三十年以后仍旧会领取退休金。到那时，他会依靠助步车蹒跚而行，但他仍然要显出一副酷样子。可是，到那时，世人将不会知道他在做些什么。

“无论如何，”我说，“没有必要担心。一切都在掌握之中。”

“担心？我并不担心，”他说。

我们沉默无言。我不知道如何对他说。我不知道怎样才能在我们两人的不同世界之间架起一座沟通的桥梁。我不知道从什么地方入手。

“我去叫你母亲。”

他去叫我母亲时，帕特走进了房间。他穿着睡衣，脏兮兮的黄发乱七八糟地立在头上，带着蓝晕的眼睛仍然睡意蒙眬。我向他伸出双手，心里突然痛苦地意识到我是多么地爱他。他从我身边走过，径直到了录像机旁。

“帕特？过来，宝贝。”

他慢吞吞地走到我跟前，手里抓着一盘名为《杰迪归来》的录像带。我把他抱起来，放到自己腿上。他身上散发着小孩刚刚起床时那种甜甜的霉味。我亲吻他的脸蛋儿时，他张大嘴巴打了一个哈欠。他的皮肤细嫩，刚刚涂过薄荷液，是世界上最柔软的东西。

在我的眼里，他依然是世界上最漂亮的，如同一位金发碧眼的小天使，在去天国的录像店的路途中从祥云间降落到了地上。

他真的有那么漂亮吗？或者说，那只是父母的基因在起作用？是不是每个孩子对父母来说都是那么漂亮？我至今仍不知道这些问题的答案。

“你在爷爷奶奶家里开心吗？”我问道。

他思考片刻。

“他们没有什么好看的片子，”他说。

“他们有什么样的片子？”

“没意思的片子啦。那些只有图画的片子。”

“你是说卡通片吧？”

“嗯。带图画的。给小孩看的嘛。”

我心里火了。

“帕特，它们不是给小孩看的。你不喜欢达姆波吗？不喜欢那个长着大耳朵的小象吗？就是那一头被人们逗着玩的可怜小象？”

“达姆波可是一个傻瓜蛋哦。”

“达姆波棒极了！达姆波有什么不好？上帝，我小时候看的就是达姆波！”

我想给他讲天才艺术家沃尔特·迪斯尼，讲动画的辉煌历史，讲童年的神奇之处，这时我母亲开始接听电话。

“喂，哈利？我们很担心。到底发生了什么事情？你会丢掉工作吗？”

“妈妈，我不会丢掉工作的。昨天晚上发生的事情——那就是我们称为好节目的东西。”

“真的吗，宝贝？我记得你曾经说过，如果嘉宾打主持人，那就是好节目。我可不知道主持人打嘉宾也是好节目。”

“没事儿，”我说，心里知道她的话是有道理的。在我的记忆中，在谈话节目中发生的所有冲突都是主持人挨打，而不是主持人打人。“他们很快就会给我新的工作合同。别着急，妈妈——我们目前还没有穷到把帕特当燃料烧的地步。”

“还有，吉娜怎么啦？她好像——我不知道怎么说——情绪低落。”

“吉娜没事儿，”我说。“有什么值得吉娜情绪低落？”

我挂上电话，帕特急忙走到录像机前，将那盘《杰迪归来》塞了进去。帕特从上次停下的地方开始播放片子——雷娅公主穿着奴隶的衣服，跪在贾巴的脚下。贾巴上下打量他的已到结婚年龄的姘妇德鲁尔，德鲁尔避开贾巴那臭烘烘的嘴唇。我四岁大的儿子看着这些画面，一脸漠然。这不可能对他有什么好处，对吧？

“我们干吗不玩游戏？”

他的脸上立刻出现了兴奋的样子。

“好嘞！”

“你想玩什么？”

“星球大战。”

他笑逐颜开，从床下拖出他喜欢的玩具盒子，将里面的东西全部倒在地毯上——那些使乔治·卢卡斯功成名就的东西。我和帕特坐在一起，他小心翼翼地将星球大战游戏的人物玩偶摆放在用灰色塑料制成的千年猎鹰周围。

“雷娅公主在死星上被关起来了，”帕特说。

“囚徒，”我告诉他，“她作为囚徒被关押起来了。”

“被关起来了,”他说。“我们得去救她,爸爸。”

“好的。”

我坐在地毯上,陪着儿子玩了一会,我知道我与他在一起的时间太少了。过了五分钟或十分钟以后,我决定进房间去工作。我得工作一整天。

帕特对我提前结束游戏感到失望。不过,当我重新播放那部雷娅公主装扮成美丽女奴隶的录像片时,他又高兴起来。他真的喜欢那个片段。

各家报纸连篇累牍地刊载我们的消息。

他们将克里福事件视为传媒病入膏肓的象征:在一个视觉信息过剩而观众注意力有限的世界中,传媒不择手段,力图取得轰动效应。那些小报在流血和脏话问题上大做文章。

他们纷纷要求惩罚马迪·曼。我想在车里给马迪打电话,可是却想起自己把移动电话借给了吉娜。我讨厌诸如移动电话那样的东西。

马迪的公司——马德曼传媒公司——在诺丁山门大街的一幢大厦里租了一层办公楼。那是一个宽大的开放式办公室,一些刻意打扮得很休闲的二十来岁的年轻人在里面,有的忙于编制《马迪·曼访谈》,有的连续数月为马迪·曼策划新的项目。办公室现在忙着准备一档智力游戏节目,一种另类旅行,一种戴着呼吸器的潜水运动。那个节目将使马迪有机会在马尔代夫呆上六个月。那些年轻人还想出了一些几乎肯定不可能实施的创意。

我们将它称为开发,而外界的人们会叫它乱放屁。

在马德曼传媒公司里,只有我和马迪俩拥有单独的办公室。实际上,我们的办公室更像小小的工作间,里边放着许多录像带、拍摄脚本和几台录像机。苏波恩正在我的办公室里等我。

她以前从来没有进过我的办公室。我们看见对方时都有点儿脸红。为什么在和人第一次上床之前交流起来那么容易,有了那种关系之后却突然变得如此困难?

“你离开之前应该把我叫醒啊,”她说。

“我本来打算叫的,”我说,“可是,你显得那么……”

“平静?”

“疲惫。”

她笑了起来。“怎么说呢,昨天晚上的事情很糟糕。惟一开心的事情是和你在一起。”

“听我说,苏波恩——”

“没什么,哈利。我明白。我不会再和你见面的,好吧?我是说,不会像昨天晚上那样。你用不着假装。你用不着撒谎。我知道你是有家的人。”

“你是一个很棒的姑娘,苏波恩。你真的很棒。”

而且,我说的是真话。

“可是,你爱你的妻子。我知道,我知道。别急。我宁愿现在听你说,而不是等到六个月以后。我宁愿在开始真正喜欢你之前承受这些。至少,你与那些人不同。你没有对我说你妻子不理解你。你没有对我说你或许会考虑离婚。你没有拖上几个月时间,每次都悄悄从家里溜出来给我打电话。你不是令人厌恶的伪君子。”

我不是伪君子?我昨天晚上和你上床,而今天晚上却要和妻子睡觉。毫无疑问,我就是伪君子。

“你不善于搞这一套,哈利。我喜欢你的就是这一点。相信我,现在像你这样的人已经不多了。我明白。上次那个人——噢,别提了。我真的以为他会离开他妻子,我们真的会结婚。我就是那么傻。”

“你不傻,”我说着,伸手搂住她的身体。我们紧紧地拥抱在一起,充满真正的激情。既然我们就要分开了,我们将会好好相处的。

这时,她开始呜咽地诉说,要找到一个好人有多难,而我心里却在想——嗯,我终于可以松一口气了。毕竟,我们不会在重拍的《致命诱惑》中扮演男女主角。

我知道,我将平静地与她分手。苏波恩会放我一马,不会往我的莫里斯 F 型跑车上泼酸液，不会把我们饲养的宠物兔子放进热锅里去煮。可是，当那种松一口气的感觉过去之后，我吃惊地发现自己有一点受伤的感觉。就那么不痛不痒地对我说再见？

“我总是遇到这样的情况，”苏波恩笑着说，尽管她的两眼仍旧噙着泪水。“我总是选中已被挑选的人。你的妻子运气好，我记得我在给你的留言中也提到了这一点。”

“什么留言？”

“在你的移动电话上的留言。”

“在我的移动电话上？”

“我在你的电话上留了一个口信，”苏波恩说罢，用手背擦着眼睛。“难道你没收到？”

7

我回家时吉娜正在收拾行李。在我们的卧室里,吉娜脸色苍白,两眼无神,双手挑拣着必需的物品,很快地往一个箱子和一个用于周末外出的大旅行包里塞。

“吉娜?”

她转过身来盯着我,似乎以前从来没有见过我。她看上去几乎气昏了头,神色中带着鄙夷、伤心和愤怒。尤其是愤怒。那样子吓了我一大跳。她以前从来没有用那样的目光看过我。

她转过身去,从她的小床头柜中拿出什么东西。一个烟灰缸。哦,不是烟灰缸。我们家里没有烟灰缸。她把我的移动电话向我砸来。

她扔东西从来就没个准——在我们的争吵中曾经扔过一两次东西——可是,这次距离很近,移动电话狠狠地砸在我的胸膛上。我把它从地上捡起来,感到左胸上方的骨头开始疼痛。

“我是不会原谅你这种行为的,”她说,“绝对不会。”她冲着移动电话点了点头。“你干吗不听听上面的留言?”

我按了一下显示屏上表示信封的标记。苏波恩刺耳的声音传了出来,听起来有些变调而且充满睡意,在我们的卧室里显得很不合适。

“他们在你醒来以前离去,总不是好兆头……不过,求你不要对昨晚的事情有什么不好想法……因为我是不会的……你妻子是一个幸运的女人……嗯,我盼望在工作时见到你……再见,哈利。”

“你和这个姑娘上床了吧,哈利?”吉娜说着,摇了摇头。“我这是在干什么呀?

干吗还要问这个？因为我要你亲口告诉我这不是真的。当然，的确是那么一回事。”

我想伸出手握住她的肩膀。不是拥抱，只是想抓住她。只是想使她安静下来，阻止她走开，阻止她离我而去。她摆脱我的手，几乎咆哮起来。

“办公里的一个小妖精，对吧？”吉娜一边说，一边继续往箱子里塞衣服。她根本没有看手里的东西。显然，她并不自认为是一个幸运的女人。“某个觉得可以从你那里得到好处的小妖精。”

“她实际上是一个好姑娘。你会喜欢她的。”

那是不该说的蠢话。这话刚刚从我的大嘴巴里冒出去，我就意识到了这一点，可是已经太晚了。吉娜从卧室的那一边冲了过来，狠狠地给了我一记耳光。我看见她痛苦地把手收了回去，泪水顿时从两眼中冒了出来。她其实不知道怎样打人。吉娜不是那样的人。

“你以为那样干是浪漫，是激情，是其他的什么鬼东西，”吉娜说。“但是，实际上不是的。那样干卑鄙，肮脏，可悲。真的可悲。你爱她吗？”

“什么？”

“你爱上了那个女孩吗？”

“不是那么一回事。”

“如果她要我的生活，她可以拿去。所有的生活，其中包括你。特别是你，哈利。因为一切都是假的。”

“求你了，吉娜。那是一个错误。一个可怕的错误，行了吧？”我搜索枯肠，找不到合适的字眼。“我并没有把它当做一回事儿，”我告诉她。

她满眼是泪，哈哈大笑起来。“你难道不明白这样会把事情弄得更糟？”她说。“你难道一点也不明白？”

接着，她真的开始抽泣起来，肩膀不断地抽搐。泪水似乎从她胸膛的什么地方涌了出来，而她根本没有伸手去擦拭。我想拥抱她，但是却不敢伸手去碰她。

“你和我父亲是一路货色，”她说。我心里明白，那是能够从她口里说出的最坏比喻。“没有什么两样。”

“求你了，吉娜，”我说，“求你了。”

她摇了摇头，似乎不再理解我说的话，似乎我已经不能用语言表达自己的意思了。

“你说什么，哈利？求？求什么？你就像一只怪叫的鹦鹉。你求什么？”

“求你，”我恳求她，颇像鹦鹉学舌。“求你不要抛弃我。”

“但是，你一定是知道的，”她说着，砰的一声关上箱子。许多衣服还没有装进去，乱七八糟地堆在床上。那个旅行包已经装满。她几乎已经做好了离开的准备，就要弃我而去了。“你一定是知道的，这是世界上我惟一不能原谅的事情，”她说。“你一定是知道的，我不可能去爱一个不爱我的男人——我爱的男人只能爱我一个人。假如你不知道这一点，哈利，那么你就根本不了解我。”

我曾经在什么书上读到过，在任何相互关系中，最不在乎的一方是最有力量的。

吉娜现在拥有了全部力量。因为任何东西对她说来都已经不再重要了。

她拽着箱子和旅行包出了卧室，穿过客厅，进了帕特的房间，我一直跟在她的身后。帕特正小心翼翼地将星球大战的玩具一个一个放进那小邮递员的背包里。他抬起头来，冲我们笑了笑。

“看一看我干得怎么样，”他说。

“收拾好了没有，帕特？”吉娜问道。

“快要好了，”他回答说。

“来，我们走吧，”她说着用衣袖抹了抹眼泪。

“好的，”帕特说。“猜猜我们要干什么？”他现在正望着我，美丽的笑脸闪着亮光。“我们要去度假。”

我让他们走到门口，意识到我无法忍受失去他们。我根本无法忍受失去他们。我伸手抓住吉娜的旅行包。

“你们到哪里去？告诉我你们到哪里去？”

她用力拽着旅行包,可是我不松手。所以,她让我拎着旅行包,伸手开了大门冲了出去。

我跟着他们走到街上,手里拎着吉娜的旅行包,看着她把帕特放在汽车座位上,然后用安全带固定好。帕特发现事情很不对劲,脸上的笑容消失了。突然,我意识到他是我最后的希望。

"帕特怎么办?"我问道。"你难道不为他想一想?"

"你呢?"她反问道。"你想过吗,哈利?"

她把箱子提起来,放进汽车的后部,没有动手拿我手里的旅行包。她让我保留它。

"你打算住哪里?"

"再见,哈利。"

她就这样离我而去了。帕特坐在后面,小脸蛋儿上显露出焦虑的神色。吉娜两眼直直地看着前方,目光坚毅,泪水盈眶。她看上去像是换了一个人。一个我不认识的陌生人。她发动了汽车。

我看着汽车转过我们所在街道的拐角,直到这时我才注意到从邻居窗户里投来的好奇目光。他们正在看我们。我心里一沉,意识到我们的婚姻已经完了。

我拖着吉娜的旅行包走进房子,电话正在响着。是马迪。

"你相信那些杂种们在报纸上对我的攻击吗?"他问道。"听听这个吧——把马德曼传媒公司从我们的电视行业中清除出去。还有这个——口齿笨拙的曼,满口全是脏话。他们想说什么屁话? 这些人想敲掉我的饭碗,哈利。我妈妈非常担心。我们怎么办?"

"马迪,"我说,"吉娜走了。"

"吉娜走了? 你是说她出走了?"

"对。"

"孩子呢?"

"她把帕特带走了。"

"她有外遇?"

"不是那么一回事。是我。我干了蠢事。"

马迪咯咯的笑声钻进了我的耳朵。"哈利,你这条骚狗。是我认识的人吗?"

"我心里害怕,马迪。依我看,她可能再也不会回来了。"

"别着急,哈利。她最多只能得到你所拥有的财产的一半。"

他的话错了。吉娜离开时带走了我希望拥有的一切。她拥有了那一切。

8

巴里·特威斯特在电视台工作。在过去的一年中，我去他家里聚过，他也来我家聚过。可是，按照常见的处世方式，我们严格说来并不是朋友。我不能把吉娜的事情告诉他。我觉得在自己认识的人当中，像他那样的不少。

当初，在我们制作广播节目时候，巴里是最先请马迪和我出去用午餐的电视台的人。他认为，我们的节目可以上电视，而且在促成我们上电视的过程中，他所起的作用最大。在与我们首次共进午餐的过程中，巴里笑容可掬，好像与马迪和我共处一个星球是他的莫大荣幸。可是，他的脸上现在却没有一丝笑容。

“你们已经不再是两个在电台瞎混的小孩子了，”他说，“这些是小伙子的规矩。”他的谈话充满了“小伙子的规矩”这样的词汇，似乎干电视这一行如同指挥一支秘密的特种航空部队。“我们接到了九百个电话，批评你们所使用的脏话。”

他是负责组织节目的编辑，但我是不会因此在地上打滚死去。

“自行发挥的电视节目，巴里，你付钱请他是干这个的。在这类谈话节目中，有价值的不是嘉宾的语言，而是他们的行为。”

“我们并没有付钱让他去袭击嘉宾。”巴里微微一笑，示意摆放在他桌子上面的报纸。我顺手抓起几张。

“《镜报》和《太阳报》的头版，”我说。“《每日电讯》头版的一条双栏的报道……《泰晤士报》第三版上马迪的漂亮彩色照片……”

“这种新闻是负面的，”巴里说。“当然你是知道这一点的。我再说一遍——这已经不是广播谈话节目了。你们的对象不仅仅是两个老人和他们的小猫。而且，我们不是那种破烂的小型卫星电视台，眼巴巴地等待观众。这里涉及的有广告商，有广播电视管理机构，还有观众协会和老板。哈利，请相信我说的——这些人都会大为光火的。”

我把报纸放回他的桌子上，手指上沾染了黑色的油墨。我尽量漫不经心地擦了擦手，可是手上的墨迹仍旧没有褪去。

“让我告诉你将会出现什么情况，巴里。马迪将会遭受各种攻击——到了下周，我们的收视率将会再创新高。这就是将会出现的情况。在今后许多年中，人们将会谈论昨天晚上的节目——这也是将会出现的情况。”

巴里·特威斯特摇了摇头。

“太过分了。遭殃的不只是马迪一个人。老板受到了各种攻击——而他并不喜欢这样。在过去两年中，《马迪·曼访谈》邀请的嘉宾有酒气熏天的，有破口大骂的，有当众脱衣的。可是，让嘉宾挨打这是破天荒第一回。必须制止这种做法。我们不能让一个精神明显失常的人在全国性电视节目中亮相。”

“你的意思是什么?”

“停止现场直播，哈利。在播出节目的当天下午预先进行录制。这样一来，如果马迪袭击别的人——或者决定凸现自我，将嘉宾置于死地——我们可以将画面删去。”

“录播？你希望我们采取录播的方式？马迪是决不会同意的。”

“劝他同意录播，哈利。你是他的制作人——就应该干点制作人的事情。你们的合同不是很快就要续签了吗?”

我知道他们是不会放弃马迪的。马迪名气很大，不会遭到那样的厄运。然后，我第一次意识到，处于危险之中的并不是马迪的前途。

其实是我的。

帕特尽管爱玩那些死亡和毁灭的游戏，可实际上是一个充满爱心的孩子。他总是和人拥抱和亲吻,即使是初次见面的陌生人也是如此——有一次我看见他拥抱在我们街上扫地的那个古怪老头。在这个令人讨厌的现代社会中,那样的待人接物方式已不再是得到允许的,甚至不再是明智的。

可是,帕特既不知道也不在乎这些。他只有四岁,充满爱心。他看见我站在他外公家门口的台阶上时,显得非常高兴,小手捧着我的脸,和我亲吻起来。

“爸爸,你和我们一起住吗?和我们一起在格伦爷爷家度假吗?”

我在他们母子俩离家后第二天找到了他们。那并不难。我给吉娜的大学朋友们打了几个电话。尽管吉娜多年来与他们的联系并不密切,他们还是来参加了她三十岁的生日聚会。她曾经让他们从她的生活中渐渐淡出,并且调侃说,她可以从我和帕特那里得到她所需要的一切。就我们家这样密切的关系来说,那就是问题所在——一旦出现麻烦,你就会变得孤立无援。

我没有花多少时间就估计到:吉娜急于找到一个能够待下来的地方,一定是去了她父亲那里。吉娜的父亲离婚后目前暂时还没有结婚。

格伦住在郊区的一套小公寓里,周围是高尔夫球俱乐部和绿化带。他当初搬来时,肯定以为这样的环境有点儿像音乐名人聚居的伍德斯托克。但是,他每天并非出席“迪伦乐队”的爵士音乐会,而是搭乘火车去丹麦街的吉他店上班。我敲门时他在家里。我抱着孩子站在门口,他与我互致问候时看上去真的很热情。

“哈利,过得怎么样,伙计?对你遇到的麻烦表示遗憾。”

格伦已经过了五十岁,稀疏的头发经过精心打理,依稀可见他当年的斯堪的纳维亚样式。他仍然是那么干瘦,仍然是一身街头艺人的打扮。而且,他长相仍然不错,有一点老风流的味道。但是,当他一九七五年走在君王大街时,他的样子看上去一定相当古怪。

尽管格伦干了许多错事——忘记家人的生日,言而无信,每隔几年就会另寻新欢,抛弃妻子儿女——可实际上并不是坏人。他待人友好,容易相处,具有魅力,这在吉娜的言谈举止中也有所表现。格伦的致命缺点在于,他鼠目寸光,只顾自己一时舒服，没有任何远见。然而，他带来的一切伤害都不是故意的。除去他的意志不坚被视为残酷的另外一种表现形式外，他并不是一个残酷的人。

“来找吉娜的吧？”他说着伸出一只手来搂着我。“她在里面。”

在格伦的陈设简单的公寓里，音响传出震耳欲聋的“活力乐队”的音乐。他不是那种古典摇滚音乐迷，他的唱机的针头不是永远指向他青年时代的曲目。格伦对音乐的追求十分执着，总是喜欢追逐最新出现的大牌乐队。我不明白他是怎样做到这一点的。

吉娜从狭小的客房出来，表情严肃，脸色苍白。白得可怕。我觉得自己想吻她，可是却没有那么做。

“嗨，哈利。”

“我们可以谈一谈吗？”

“当然，附近有公园。”

我们带上了帕特。格伦告诉我们，尽管附近绿树成荫，他的家离公园实际上还有一大段距离，到那里去要路过一连串经营惨淡的小商店和一长排豪华住宅。所以，我建议开着莫里斯 F 型跑车去。帕特高兴得几乎要尖叫起来。吉娜虽然不是四岁男孩，但是我希望也给她留下深刻印象——从我见到莫里斯 F 型跑车那一刻起我就知道，我就想驾车带着某位特殊的人物兜风。这时我清楚地看到，那位特殊的人物一直都是吉娜。可是，她在去公园的路上一直沉默无言。

“不必担心你重获青春的事情，哈利，”她说着伸腿下了我的新车。“你实际上从来都没有失去它。”

帕特在我们前面蹦蹦跳跳地走着，手上挥舞着光剑，嘴里嗷嗷地叫着。他走到攀登架前停下了脚步，两眼流露出羞涩的目光，默默地看着两个大男孩在架子上面慢慢移动。他总是对年龄比他大的男孩子充满羡慕。吉娜和我一起看着我们的儿子注视他们的样子。

“我很想你，”我说。“回家去吧。”

“不，”她说。

“那不是什么爱得疯狂、充满激情的东西。只是一个晚上。”

“绝对不是什么一个晚上的事情。如果能做第一次，就可以有第二次。就可以一而再，再而三地干下去。而且，下一次会更容易。这样的事情我以前见过，哈利。格伦让我领教了这一切。”

“噢，上帝，我和你爸爸可大不相同。我甚至连耳饰也不戴。”

“我早该知道的，”她说。“喜欢浪漫的人是最糟糕的。浪漫心配上鲜花情。那些赌咒发誓绝不看别的女人一眼的人总是最糟糕的。因为他们总是需要新鲜刺激。经常需要浪漫的刺激。哈利，你难道不是这样的吗？”

我不喜欢她谈论我的方式，似乎我与世界上其他男人没有什么两样，似乎我只是那些浑身长毛、与人通奸的家伙中的一员，似乎只是又一个在鬼混时被人抓了现行的可怜工薪族。我希望自己仍旧与众不同。

“对不起，我伤害了你，吉娜。我会永远对此感到内疚的。在这个世界上，我最不愿伤害的人就是你。”

“生活不可能总是度蜜月，这你明白。”

“我明白，我明白，”我嘴里这么说，可内心深处却在想——为什么不能呢？为什么不能呢？

“我们在一起已经很多年了。我们有了共同的孩子。不可能全是那一套罗密欧与朱丽叶的废话。”

“这些我全理解，”我说，我内心的绝大部分真的理解。但是，我内心中很小、很小一部分想说——好啦，我就要没有事啦。

吉娜说得对——我希望我们俩相爱如初。我希望我们俩永远都是那样。你知道为什么吗？因为那时我们俩都非常快乐。

“你以为我在家里过日子容易吗？”她说着，突然火冒三丈。“听你哀叹你不再年轻，叫帕特在看《星球大战》时休息五分钟，料理家里的各种事情，你以为这一切都容易吗？而你一点也不帮忙。你像所有的男人一样，以为自己只要干了那份工作就万事大吉了。”

“哦，”我吓了一跳，“你竟然没有在几年前离开，这使我感到惊讶。”

“你没有给我机会。现在有了。我才三十岁，哈利。有时候，我觉得自己像一个老太婆。你骗了我，”她说。“你骗我爱上了你。”

“还是回家吧。你、我、帕特。我希望一切都和好如初。”

“绝对不可能像原来那样了。你改变了一切。我一直信任你，可是你却辜负了我对你的信任。你使我觉得信任你是在干蠢事。”

“人们不会因为一夜情就这样分手，吉娜。成年人不这样处理问题。人们不会因为类似的事情就放弃一切。我知道这事伤害了你。我知道我干了错事。但是，我怎么会突然从模范先生变为狗屎先生呢？”

“你不是狗屎先生，哈利。”她摇了摇头，尽力停止哭泣。“你只是变成了另外一个人而已。我现在可以看到这一点。你与其他男人没有什么两样。难道你还不明白？我在你身上花了那么多工夫，想使你与众不同。我为你放弃了很多东西，哈利。”

“这我知道。你本来要去国外工作的。你本来要去体验另外一种文化。你的生活本来会非常有趣。可是，你后来为了我留在了这里。这些我都知道。正是因为如此，我希望我们的婚姻持续下去。正因为如此，我希望再作努力。”

“我想了很多，”吉娜说。“我已经明白，没有人会对待在家里看孩子的女人感兴趣。甚至她的丈夫也是这样。特别是她的丈夫。我太使他感到厌倦了，他得去和别人睡觉。”

“事实不是这样的。”

“照看你的孩子——那应该是世界上最令人尊敬的工作。那应该比去任何办公室上班更有价值。可是，现实不是这样。你知道吗，在那些看着电视吃晚饭的人当中，在那些来聚会和吃午饭的人当中，有多少人使我觉得自己毫无价值？而你的工作呢?”她说话时带着讥讽的口气。“你是干什么工作的? 说我? 对了,我什么也不干。我只是待在家里,只是照看小孩。他们两眼盯着我——除了男的还有女的,实际上女的态度可能更糟糕——好像我是某种低能儿。我比你一半的同事要聪明一倍,哈利。聪明一倍。”

“我知道你比他们聪明,”我说。“听我说,吉娜——我听你的。你要什么?”

“我要重新找回我的生活,”她说。“仅此而已,哈利。我要重新找回我的生活。”

这话听起来像是麻烦。

9

我爸爸当初是如何计划的,有些因素我尚不清楚。不是关于他的家庭的事情。不是关于我的事情。

当年我父母买下我家的老房子时,那一带还是乡村。但是,城市在过去三十年中一直在慢慢地向我家逼近。在当初我扛着气枪游逛的地方,如今已经盖满了丑陋的新房子。古老的正街上开了好多家房地产公司和律师楼。从我们迁居到这里的那天起,我父母原来所想象的电视连续剧《乡村轶事》中那种的充满生气的场景就已经开始被郊区住宅慢慢地蚕食。

我妈妈对这些变化不太在意——她是城里的姑娘。我还记得自己幼年时她常常抱怨说,我们小镇里商店太少,而且没有电影院。可是,我和父亲的观点相同。

他不喜欢平日拥挤在火车站、周末汇集在高尔夫球场上的上班族。他不喜欢成群结队的小混混。他们在住宅区里游荡,好像那里是洛杉矶的市中心。他当初没有预料到,他竟然离嘈杂的人群和犯罪如此之近。后来,我出生了。

我父母来到大门口,以为会见到我们一家三口回家吃饭。可是,只有他们的儿子。他们用疑惑不解的眼光看着我开车经过他们的院门,寻找停车的地方。他们不明白是怎么一回事。

在我小的时候,这条街道上没有人停放汽车——一家人有一间车库就完全够了。如今,找一个停车的地方真的要急得你疝气病发作。一切都变了。

我吻了吻我妈妈,然后和爸爸握手。他们不知道我家出现的情况,他们做的饭菜肯定吃不完。他们以为吉娜和帕特会来。他们所期待的是幸福美满的一家人。

然而，他们看见的只有我。

“妈妈、爸爸，我有事情给你们说。”

家里的立体声音响里放着老歌，托尼·本内特在美国卡内基音乐厅演出的实况录音。当然，他们也很可能播放辛纳特拉，迪安·马丁，小萨米·戴维斯的唱片。

他们坐在他们喜欢的椅子上，用期待的目光看着我。那样子就像两个小孩子。我敢发誓，他们以为我会宣布又有一个孙子将要出世。可是，我像往常面对父母的感觉一样，站在那里不知所措——那感觉更像电视剧中的人物，而不是他们的儿子。

“唉，看来吉娜已经离开我了，”我说。

说话的语气完全不对——太随便，太轻松，太无所谓。但是，另外的办法是趴在地上，对着他们的长绒地毯大哭一场。昨天在公园和她谈过以后，我在空荡荡的大床上度过了第二个不眠之夜。我逐渐开始相信，她可能不会回来了。然而，我觉得自己已经老大不小了，不应该给父母带来坏消息。他们年事已高，不该让他们听到这样的消息。

他们在几秒钟内一言不发。

“什么?”我父亲问，“离开你到哪里去了?”

“孩子在哪里?”我妈妈问。她立刻明白是怎么一回事情了。

“帕特和吉娜在一起。在她爸爸那里。”

“就是那个朋克摇滚乐手？可怜的小东西。”

“你说的她离开你是什么意思?”我老爸追问。

“她离家出走了，爸爸。”

“我不明白。”

他真的不明白。他爱她，他爱我们，而现在那一切都不复存在了。

“她溜了，”我说。“逃了。没了。”

“注意语言，”我母亲说。她用指头捂着嘴，好像是在祈祷。“唉，哈利。我非常难过。”

她从房间另外一边向我走来，我有些迟疑。假如他们对我不好，那没什么关系。假如他们不和我拥抱，不说他们理解我，那么，我可以对付过去。但是，如果他们十分关心我，我想我是无法控制自己的情绪的，我知道一切情绪都会积蓄在我心里。还好，我老爸及时帮了我的忙。我的好老爸。

"出走了？"我爸爸说着火冒三丈。"什么？你们在闹离婚？你说的是这个意思吗？"

我真的还没有考虑这一点。离婚？从哪里入手呢？

"我想是吧。对。人们就是这样做的，对吧？他们分手时就这样做。"

他站起来，脸色开始发白，眼里噙着泪水。他取下眼镜擦拭。我不忍心看他的模样。

"你毁了我的生活，"他说。

"什么？"

我不相信自己的耳朵。我的婚姻出了问题，他怎么成了受害者？这怎么可能？我感到遗憾，他的宝贝儿媳妇从他的生活中走了出去。我感到遗憾，他的孙子看见自己的父母分开。最重要的是，我感到遗憾，他的儿子结果成了一个大笨蛋，跌跌绊绊地走向离婚法庭。但是，我不会让我父亲在我们的小型悲剧中扮演主角。

"我怎么可能毁了你的生活呢，爸爸？如果说这件事情有什么受害者，那就是帕特。而不是你。"

"你毁了我的生活，"他重复道。

我的脸上火辣辣的，既觉得羞愧，又感到愤恨。他有什么可感到难过的？他的妻子从来没有离开过他。

"你的生活完了，"我愤愤地对他说。

我们互相盯着对方，流露出近似于敌意的目光，他随即走开了。我可以听到他上楼时的沉重脚步声。我已经对自己刚才说的话感到后悔了。可是，我觉得他让我别无选择。

“他想说的不是那个意思，”我妈妈说。“他很不安。”

“我也很不安，”我说。“我以前从来没有遇到过这么糟糕的事情，妈妈。我一直都很顺利。在这以前，我从来没有遇到过什么糟糕的事情。”

“别在意你父亲的话。他只是希望帕特能像你小时候一样。既有父亲又有母亲。父母安居乐业，为儿子的生活打好基础。所有那一切。”

“可是，帕特的生活不可能是那样的，妈妈。如果吉娜真的离开，情况就变了。我感到难过，可是生活不可能像过去那么简单。”

后来，我爸爸下了楼。在我们艰难地吞咽晚饭的过程中，我给他们讲了一些相关的情况。在此之前家里就有一些麻烦，有一段时间情况不太好，我们仍旧在乎对方。还有和好的希望。

我没有提及和同事上床的事情，没有提及吉娜觉得她放弃了自己的生活的事情。

我担心，那些事情可能会使他们让羊肉片堵住喉咙。

我离开时妈妈拥抱了我，告诉我一切都会好起来的。我爸爸尽量表示关心——他拥抱了我，要我在需要帮忙时给他们打电话。可是，我无法面对他。

在你认为自己的父亲是英雄时，你就会有这样的麻烦。

他不用说一句话语就能使你觉得自己又成了八岁孩童，你打的第一次架已经以失败告终。

“我们今晚的下一位嘉宾无需介绍，”这是马迪第三次说同样的话了。“妈的……妈的……妈的……这倒霉的提词器究竟有什么毛病？”

提词器没有问题，而且这一点他是知道的。

在导播室里，导播通过马迪戴着的耳机低声安慰了几句，要他在准备好时重来一次。可是，马迪一把扯下夹在身上的小话筒，径直走出了演播室。

我们原来进行现场直播时，马迪面对讲稿提词器从来都不害怕。那时候，他如果没有正确地读出在屏幕上滚动出现的文字,只会笑一笑,然后继续下去。因为他知道他必须那样做才行。

录像却大不一样。在录像时你知道总是可以停下来,然后重新开始。本来,这应该更容易一些。可是,它可能使你处于瘫痪状态。它可能影响你的呼吸。它可能使你开始出汗。然而,一旦镜头中出现你汗流浃背的画面,你就玩完了。

我在绿色房间里追上他,他正在开啤酒罐。他的这一举动比在演播室里大发脾气的情形更令人感到担心。马迪可以高声大叫,但喝酒却不行。几罐啤酒下去,他的神经就会稳住了,身体也会无法动弹。

“录制节目是一种不同的节奏,”我告诉他。“在现场直播过程中,你身体的能量水平很高,能够从头到尾一气呵成。在录制节目时,肾上腺素的分泌得加以更多的控制。不过,这一点你是可以做到的。”

“你知道个屁?”他质问我。“你主持过多少次节目?”

“我知道,大骂那个操作提词器的姑娘是不会使事情变得更容易的。”

“她把那东西弄得太快了!”

“对,那是为了赶上你说话的速度,”我说。“如果你慢一点,她也会慢下来的。马迪,我们一年来用的是同一个姑娘。”

“你根本没有努力去保住现场直播的方式,”他抱怨说。

“你动手揍了那个家伙,所有这一切都是必然的后果。电视台不能冒险让那样的事情再次出现。所以我们才进行现场录制。”

“在狗屁磁带上的现场直播。这就是问题所在。哈利,你到底站在哪一边?”

我正要给他解释,这时苏波恩探头进来,看了看绿色房间内的情况。

“我设法找一个人来替换那个操作提词器的姑娘,”她说。“我们要不要再试一试?”

“我们正在看电视,”我到达格伦的住处时,帕特告诉我。

我把他抱起来吻了吻。他像猴子那样用四肢搂住我,我抱着他走了进去。

“你在和妈妈一起看电视吗?”

“不是。”

“和格伦爷爷?”

“不是。和萨莉、史蒂夫。”

小起居室内有一个男孩和一个女孩搂抱在一起。两人都在十五岁左右,身上穿的滑雪服没有滑雪板相配,显得不太合适。

我走进房间时,那女孩——身体瘦弱,无精打采,表情漠然——抬起头来看我一眼。那男孩——神情傲慢,满脸痘痕——用录像机遥控器敲着下齿,两眼仍旧盯着电视屏幕:一名满脸怒色的男子光着身体,一名歌手像是在回答警察的询问。格伦应该知道那男子是谁。格伦有他录制的所有唱片。然而,这使我自忖,到底是音乐变糟了呢,还是我的年龄太大了。或许,两方面的原因都有。

“嗨,”姑娘说。

“嗨。我叫哈利——帕特的爸爸。吉娜在吗?”

“不在——她去机场了。”

“机场?”

“对呀——她得去,我是说,怎么说来着?赶飞机。”

我放下帕特。他在摆满星球大战玩具的地板上坐下,望着在沙发上看音乐电视录像带的年轻人。帕特真的喜欢大男孩,即使是举止迟钝,长相丑陋的大男孩他也喜欢。

“她要去哪里?”

那女孩——萨莉——因为集中精力而眉头紧皱。

“到中国去,依我看。”

“中国?真的吗?或许是日本吧?这很重要。”

她脸上一亮。

“对——可能是日本。”

“去中国与去日本可大不相同，”我说。

那男孩——史蒂夫——第一次抬起头来。

“对我可没什么不同，”他说。

女孩子哈哈大笑。帕特也笑了。他的年龄太小，不知道自己在笑什么。我发现他的脸蛋儿是脏的。也用不着谁鼓励，帕特历来对个人卫生持满不在乎的态度。

史蒂夫脸上挂着满足的傻笑继续看电视，仍旧用电视遥控器敲击着他的下牙齿。我真想把那遥控器塞进他的喉咙。

“你知道她走了多久吗？”

她哼一个“不”字，顺便伸手捏了一下史蒂夫的肌肉发达的大腿。

“格伦不在家？”

“不在——我爸爸上班去了，”萨莉说。

原来如此。那姑娘是被格伦遗弃的孩子之一，大概是他同吉娜的母亲分手之后的第一次或者第二次婚姻生下的孩子。

“你在这里做客？”我问道。

“在这里待一段时间，”她说。“我妈妈老是在我耳边念叨，说我的朋友，我的衣服。我在家时她说，我不回家时她也说。”

“那样做不对吗？”

“什么你把这家当成青年旅馆啦，”萨莉说话时声音刺耳。“什么你还年轻，不要抽那玩意啦。真是没完没了，没完没了。”她说着一声叹息，神色中显露出小姑娘的疲惫。“这是家常便饭。好像她以前从来不干这些事情似的，口是心非的老婊子。”

“婊子，”史蒂夫重复道。

“她是婊子，”帕特说，小手里握着一个星球大战的玩具人，史蒂夫和萨莉冲着他一笑。

这就是问题所在，我心里想。夫妻分开，子女成了弃儿，在白天的电视节目和被回避的责任中晃荡。欢迎光临这个讨厌的现代世界。在这里,父母当中与你住在一起的那位是一个不可亲近的可鄙角色,而不和你在一起的那个是深感内疚,一旦家里关系紧张就给你提供庇护的人。

但是,我的儿子不能这样。

我的帕特不能这样。

“把衣服和玩具收起来,”我对帕特说。

他肮脏的小脸蛋儿一亮。

“我们去公园吗?”

“宝贝,”我说,“我们回家去。”

10

我们本来是打算进行庆祝的。

巴里·特威斯特想出一个主意,让节目延后十五分钟,意思是我们还是回到现场直播的方式,但在发射信号之前有一个短暂的延时,可防止主持人或嘉宾出现疯狂举动。

电视台方面感到高兴,因为这意味着他们仍旧有时间去剪掉广告商不愿意看到的画面;马迪也感到高兴,因为这意味着他再也不会被讲稿提词器搞得不知所措了。

所以,马迪请我到他最喜欢的那家餐厅吃午饭。餐厅位于一个时髦的斯巴达式建筑的底层,讲究饮食的电视人在那里花大价钱享用意大利式乡村菜肴。

与我们光顾的大多数餐馆相似,那里的地板上没有地毯,墙壁也没有装饰,那环境与其说是餐厅,不如说是健身房。总体效果可能是要使我们觉得在那里用餐对身体大有好处。我们在到达那里时刚过两点——我送帕特去我父母家,晚了一点去上班——餐厅已经座无虚席,不过接待柜台前面没有顾客。

一名女招待走了过来。她看上去显然运气不好,头上冒汗,脸颊泛红,白色的工作服溅上了红酒的痕迹。她不停地用手捋着她的头发——黝黑发亮,呈铃铛状的老式造型,它使人想到斯科特·菲茨杰拉德小说中的女人,想起二十世纪五十年代的香港姑娘。短发。人们是这样叫的。她努起下唇,向上吹气,前额的刘海不住地上扬。

“欢迎光临,”她问候道。

“我们预订了座位,”马迪说。

“我看一看，”她说着拿起了预定登记册。“贵姓？”

“马迪·曼，”他回答时略加强调，那语气表明他希望她立刻明白他的身份，并且兴奋得晕倒过去。可是，马迪这个名字对她来说没有什么特别意义。她是一个美国人。

“对不起，”她说着，又查对一遍预定登记。“这上面没有您的名字，先生。”

接着，她冲着我们一笑。她的笑容迷人——嘴巴张开，牙齿洁白，表情开朗。一种魅力四射的笑容。

“相信我吧，”马迪说，“我们确实预订了座位。”

“可这上面没有，没有。”

她啪的一声合上登记册，准备转身离开。

马迪挡住了她。她露出厌烦的神色，努起下唇，嘴里呼出的空气吹动着刘海。

“劳驾，”她说。

她个子高挑，身材苗条，长着舞蹈家的双腿，一双大眼睛呈棕色。模样漂亮但是年龄不小了。可能比我大两三岁。在这家布局像健身房的餐厅工作的人大多数是有点儿傲气的年轻人，他们显然自认为可以找到更好的出路。她一点也不给人那样的感觉。

她看着马迪，伸手揉着腰部，似乎那地方已经痛了很长时间了。

“你知道我是干什么的吗？”马迪问。

“你知道我有多忙吗？”

“我们可能没有在这个订座名册上，”马迪慢慢地说，似乎他的谈话对象刚被做了脑部部分切除手术。“可是，我认识的人有一个叫保罗的——就是经理？你认识保罗吗？”

“嗯，”她不卑不亢地说。“我认识保罗。”

“保罗说没有问题，总是没有问题。”

“我真高兴，你和保罗能够如此相互理解。不过，如果我没有空余的桌子，我就没法给你找一张，对吧？再次表示歉意。”

这时她离开了我们。

“真他妈的愚蠢，”马迪说。

但是，保罗看见了我们，急忙穿过顾客满座的餐厅，向他的名人顾客致意。

“曼先生，”他说，“见到你非常高兴。有什么问题吗？”

“看来没有座位了。”

“哦，我们总是为您专门留有座位，曼先生。”保罗那享受过日光浴的脸上露出了高加索人的笑容。他的笑容也显得殷勤，但是与她的却大不相同。“请往这边走。”

我们走进餐厅。马迪的出现像往常一样，吸引了食客们的目光，他们窃窃私语，有的露出了傻乎乎的笑容。保罗打了一个响指，有人从厨房里搬出了一张桌子。只用一眨眼工夫，桌子上面就摆放好了台布、餐具、一块农家粗麸面包和一银碗橄榄油。一名女招待出现在我们身边。正是刚才的那位。

“再次表示问候，”她说。

“让我听一听，”马迪说。“那个和气的老式美国女招待到哪里去啦？就是那个微笑服务的女招待。”

“今天她没有上班，”女招待说。“我去给您拿菜单。”

“我不需要菜单，”马迪说。“因为我知道自己要点什么菜。”

“我还是去拿吧，您的这位朋友需要。我们今天有不错的特价菜品。”

“在你打开你的助听器开关后，我们可以继续谈话吗？”马迪说。“看着我的嘴巴——我们是这里的常客。我们不需要菜单。”

“放她一马吧，马迪，”我说。

“好啦，”她说着，第一次与我的目光相对。“放我一马吧，马迪。”

“我要旋转形状的意式面条加牛肉酱，他也是一样，”马迪说。

“旋转形状的意式面条，”她一边念一边在小本子上写着，“加牛肉酱。明白了。”

“给我们来一瓶香槟酒，”马迪说着拍了一下她的屁股。“乖孩子。”

“把你的臭汗手挪开，不然我要弄断你的胳膊，”她说。“乖孩子。”

“去给我们弄点喝的来，好吧？”马迪说着，立刻把手缩了回去。

女招待离开了。

“够呛，我们应该要外卖，”马迪说，“要么早一点来。”

“路上耽误了时间，对不起，”我说。“交通情况不——”

“没关系，”他说着举起了一只手。

“我感到高兴，你同意使用十五分钟延迟系统，”我对他说。“我向你保证，那不会影响节目的质量。”

“那只是我们所进行的改善措施之一，”马迪说。“正因为这个我想找你谈一谈。”

我等着他开口，后来发现马迪显得紧张。他学会了一套呼吸方法，是他在发抖时用来掩盖紧张模样的，但是现在却失去了作用。而我们呢，根本谈不上什么庆祝。

“我想让苏波恩更多地参与预约嘉宾的工作，”马迪说，“而且，我希望她每周都在导播室内。希望她能减轻我在电视台里的压力。”

我没有立刻发言。女招待为我们拿来了香槟。她倒了两杯。马迪喝了一大口，盯着手里的杯子，接着张开嘴巴，打了一个响嗝。“不好意思，”他抱歉地说。

我没有伸手去端放在桌面上的酒杯。

“但是，所有那些事情——都是制片干的活儿，”我说罢勉强一笑。“那是我的工作。”

“好啦，那些就是我所需要的变化。”

“等一等。不让我签新的工作合同了？”

马迪摊开两手，似乎在说——我有什么办法？这是一个疯狂的世界！

“听着，哈利。你不希望我把你撂到一边，去干那些你闭着眼睛也能做好的杂事。那样会使你感到难堪，对不对？”

“马迪，”我说，“马迪，停一下，暂时停一下。我真的需要这份工作。比以往任何时候都需要。我和吉娜的问题还没有解决——我得供养帕特——而且，我不知道结局如何。这一切你都知道。所以，我不能失去工作。现在不能。”

“对不起，哈利。我们得进行一些改进。”

“这是干吗？在婚姻面临崩溃时，我没能每天二十小时随时听候差遣，就因为这个对我进行惩罚？我今天早上不在办公室，我表示歉意，行了吧？我不能让我的儿子单独呆在家里。我必须——”

“哈利，没有必要提高嗓门。我们可以用文明的方式来解决问题。”

“得了，马迪。你是一个吵架的好手。这一点小冲突对你来说算不了什么，对吧？”

“我表示抱歉，哈利。苏波恩进来了，你出局了。将来你会因此而谢我的。对你来说，这可能是最好的结果。不会感到难过吧？”

这个小杂种居然真的伸出一只手来。我没有理他，猛地站了起来，大腿撞击在桌子的侧面上。他摇了摇头，对我大失所望，我让他独自一人坐在桌子旁。

我大步走向餐厅的大门，我的两腿疼痛，脸颊发烧，听到马迪痛苦的尖叫声时才回过头去。

不知是何原因，那名女招待把一大盘意式面条全都倒在了他的腿上。

“孩子，对不起，”她说。“那上面要不要来一点意大利干奶酪？”

我父母开车把帕特送回了家。

母亲到各个房间去，打开了所有的电灯，父亲询问我工作的情况。我告诉他一切都非常顺利。

我去社区的超级市场买东西，他们和帕特留在家里。那一家超市离我家只有五分钟车程，可是我却用了较多的时间。我在超市里暗中观察我认为是单身母亲的那些女人。我以前从未想到过她们，可是现在认为那些妇女一个个都是英雄。真正的英雄。

她们独立面对生活中一切问题。购物、做饭、招待朋友,诸如此类的事情。她们独立承担起抚养子女的重任。

而我呢,甚至不会给帕特洗头发。

“他的头发太脏了,”在他们离开之前母亲叮嘱我。“应该好好地洗一洗。”

我早知道他的头发脏了。但是,帕特不愿意让我给他洗。我们从格伦家回来之后,我提到这事时他告诉我他的想法。帕特希望他母亲给他洗头,用她平常的方式。

可是,我们无法再拖延下去了。没过多久,他便站在水淋淋的卫生间地板中央,身上只穿着内裤,脏兮兮的金发耷拉在额头上,两眼哭得红红的,浑身涂着吉娜一直给他用的儿童香波。

不行。我的方法不对。

我跪在他的身边,可他却看也不看我一眼。

“是什么问题,帕特?”

“没有问题。”

我们俩都明白问题出在哪里。

“妈妈要离开一段时间。你要爸爸给你洗头吗?”

愚蠢的问题。他摇了摇头。

“杰迪骑士遇到这样情况会怎样做?”我问他。

他没有回答。有时候,一个四岁大的小孩是不想回答问题的。

“听着,”我说,尽量强忍住心里想高声尖叫的冲动。“你觉得天行者卢克洗头时会哭吗?”

“不知道,不想知道。”

我已经试着要他俯身对着浴盆,我动手给他洗,可那办法不行。于是,我让他脱掉裤子,把他抱起来,然后放到浴盆里坐着。我将水调到合适的温度,他用手擦去小鼻子上的鼻涕。

“这很好玩,对吧?”我说。“我们应该更多地一块儿洗头。”

他皱着眉头看了我一眼。但是,他身体向前倾斜,让我用水冲洗他的头发。接着,他感觉到我用手把洗发水涂抹在他的头发上,有什么东西吧嗒响了一声。他站立起来,一条腿跨出浴盆,可怜兮兮地想逃到一旁去。

"帕特!"我叫道。"坐下,坐下吧。"

"我要妈妈洗!"

"妈妈不在这里!坐下!"

"她在哪里?她在哪里?"

"我不知道!"

他不顾一切地想要爬出浴盆,洗发水流入了他的眼睛,他开始大哭起来。我把他按在浴盆里坐下,赶快用水把洗发水冲去,不去理会他的哭喊声。

"杰迪骑士不是这样的,"我说。"这是小孩子的行为。"

"我不是小孩子!"他说。"你才是!"

我用毛巾擦拭他的身体,抓住他的手,把他拽进他的卧室,他的两条小腿飞快地移动以便赶上我的脚步。我给他穿上睡衣,我们俩互相瞪着对方。

"又哭又叫的,"我说,"我真的对你感到失望。"

"我要妈妈。"

"妈妈不在这里。"

"可是,我什么时候能见到她呢?"他问道,突然变得可怜兮兮的。"我想知道什么时候。"

"我不知道,"我说。"我不知道,宝贝。"

"可是,我做错了什么吗?"他问道。他的话使我心碎。"我不是故意的,我真的不是故意的。"

"你什么事情也没有做错,"我安慰说。"妈妈非常爱你。你很快就会见到她的。我保证。"

然后,我把他抱在怀里,闻到了自己想闻的洗发水气味。我紧紧地搂着他过了许久,心里自问:两个残缺不全的成年人怎么可能造出如此完美的东西?

他在我朗读《野生动物的秘密》的声音中进入梦乡。我从他的房间里出来,发现录音电话上显示有三条留言。全都是吉娜的。

"你永远也不会知道你使我多么伤心。永远不可能。哈利,婚姻本应是一辈子的事情,直到你我当中有人感到有点儿厌倦为止。永远——直到你我当中有人觉得古老婚床的事情有些乏味为止。那样做是不行的。绝不能像那样做。你以为在我知道你与别人亲近的情况下,还可能让你与我亲近吗?你的双手,你的嘴唇……我无法忍受这些。说谎,行为偷偷摸摸,每天晚上在哭泣中入眠。我在小时候就已经受够了这些东西。如果你觉得——"

录音机切断了她的话。那东西只让人讲一定的时间。它嘟的响了一声以后,是她的第二条留言。她平静了一些。或者说她努力显得平静一些。

"我刚跟格伦通了电话。他告诉我,你把帕特接走了。那样做实际上没有必要。帕特在那里很开心。我知道你上班有多忙。但是,如果你打算在我回来之前一直照顾他,那么你需要知道,每个星期日要给他洗头。不要让他往可可爆玉米花里加白糖。他可以自己上厕所——这你是知道的——但有时会忘记掀开马桶盖。记住要他刷牙。不要让他成天看《星球大战》的录像片。如果他下午没有睡觉,那么,他晚上上床的时间不要晚于——"

又是嘟的一声。这是最后一条留言。她已经不再平静,说的话有些不连贯。

"告诉帕特我爱他,好吗?告诉他我很快就会见到他的。好好照顾他。嗯,不要对你的行为感到太难过,哈利。你不是模范先生。世界上到处都有独自抚养孩子的女人。这样做的女人成千上万。真的数以百万。你有什么与众不同的呢?"

我关了所有的灯,在黑暗中久久地望着已经入睡的儿子。这时,我明白我已经辜负了所有的人。

吉娜。我的母亲和父亲。甚至还有马迪。我不够坚定，我给他们的爱还不够，我辜负了他们的期望，或者说辜负了自己的期望。我在不同的方面背叛了他们所有人。

我把帕特踢开的毯子拉到他的肩部盖好，许下了我这次将要信守的诺言——我绝不会背叛这个孩子。

但是，远处有一个声音在说话，就像在通话效果不好的线路上从世界另一边打电话，那个声音一直在说——*你背叛了，你背叛了，你已经背叛了。*

11

小孩生活在瞬息万变的情绪中。与他们发生纠纷的好处在于,他们第二天就会把它忘得一干二净。至少,四岁大的帕特是这样的。

“你早饭想吃什么?”我问他。

他打量了我片刻。

“绿色意大利面条。”

“你想吃意大利面条? 早饭时吃?”

“绿色意大利面条。对,想吃。”

“可是——我不知道怎样做绿色意大利面条。你以前吃过吗?”

他点了点头。

“就是在大街对面的小餐馆里,”他说,“和妈妈一起去的。”

我们家住在海伯里角相对僻静的一侧,靠近霍洛威路,而不是上行街。在这一侧有旧货店而不是古董店,有小酒馆而不是大酒吧,有清静的小饭馆而不是时髦的大餐厅。那些小饭馆有的非常清静,简直有一种走进殡仪馆的感觉,但是在街道的拐角处有一家店堂宽敞的餐馆。这家餐馆名叫“特里维”,那里的雇员在店堂里讲英语,在厨房里讲意大利语。肌肉发达、态度和蔼的店员在柜台后面喊着帕特名字,向他问好。

“就是这个地方,”他说着在靠近窗户的一张桌子边坐下。我看着一位女招待员从厨房里出来,来到了我们坐的桌子前。原来是她。她仍旧满脸倦容。

“我给你们两位小伙子弄点什么?”她说罢对着帕特一笑。她讲话带有一点南方的口音，我上次和马迪一起见到她时，没有注意到这一点。

“你们有叫做绿色意大利面条的东西吗？”

“你说的是鲜辣面条吧？当然有啦。”

“你吃会不会太辣？”我问帕特。

“是绿色的吗？”他问。

我点了点头。“是绿色的。”

“我要的就是它。”

“你呢？”她问。

“同样的，”我回答说。

“还要别的什么？”

“嗯，我在猜你有几份工作。”

她第一次与我对视。

“噢，我想起来了，”她说。“你就是那个和马迪·曼在一起的伙计。那个要他放我一马的人。”

“我还以为你不认识他。”

“我在这里快要一年了。我当然认识那个小龟头，”她瞟了帕特一眼。“抱歉。”

他对着她一笑。

“我不怎么看电视——干这种活儿的没法看——但是，他那张丑脸经常上报纸。依我看，他没有什么了不起。真有意思，你们是我在那家餐厅接待的最后两位顾客。保罗不喜欢我的风格。”

“嗯，对了。如果能让你感到有点安慰的话，我在那天也丢了工作。”

“哦？你甚至没有机会把一盘意式面条倒在马迪那阳痿的小——”她用目光扫视了一下帕特，“脑袋上。不管怎么说吧，他那是活该。”

“那当然。不过，你丢了工作，我表示遗憾。”

“没什么大不了的。女孩子总是可以找到另一份当招待的工作，对吧？”

她的目光从记事本上移开。她的两眼之间的距离很远,我难以同时看到它们。它们是棕色的。大眼睛。她转眼对着帕特。

“和爸爸一起吃午饭?你妈妈今天到哪里去了?”

帕特焦灼地看着我。

“她母亲在东京,”我说。

“那是在日本,”帕特补充说,“他们也和我们一样,汽车靠着左边开。不过,那里是晚上时,这里是白天。”

她用那一双棕色大眼睛看着我,我觉得她大概知道我们的小家庭已经支离破碎了。这真奇怪。她怎么可能知道呢?

“她很快要回来的,”帕特说。

我伸出一只手去搂着他。

“对,”我说。“不过,暂时只有我们两个人。”

“这样的情况不多见,对吧?”女招待员说。“我是说——你照料孩子。这样做的男人不多。”

“我想也有的,”我说。

“我想是的,”她说。

我看得出来,她知道我照料帕特,有点儿喜欢我了。当然,她并不了解我。她根本不认识我。她对我的看法完全错了。

她看见一个单独带着孩子的男人,于是认为我比其他男人好——更善良,更富于同情心,让女人失望的可能要小一些。一种新型的、经过改良的男性,具有履行抚养孩子义务的基因。似乎我蓄谋已久,想使自己的生活变得这样。

“你呢?”我问道。“你为什么会到伦敦来?老家在哪里?”

“休斯敦,”她回答说。“得克萨斯州的休斯敦。我是因为男朋友到这里来的。过去的男朋友。这里是他的家乡。”

“千里迢迢地来这里追男朋友?可真不容易。”

她看上去真的感到惊讶。

"你这样看？我原来一直这么想，如果你真的爱上了一个人，你会跟随他到天涯海角。"

看来，她是那种浪漫的女人。

在那副"如果你再对我动手动脚，你的大腿就会吃宽面条"的强硬外表下面，她是那种为了某个男人愿意付出自己一切的女人，而那个男人却肯定不配得到她的爱。

或许我的妻子说得对。浪漫的女人是最糟糕的。

吉娜次日晚些时候回到了家里。

帕特正在地板上摆弄玩具，我在用移动电话和马迪通话。我们没有理会黑色出租汽车在外面停下时柴油机的轰隆声。但是，当我们听花园生锈的小门的哐当响声时，互相看了一眼。接着，是钥匙转动门锁的声音，最后是客厅里她的脚步声。帕特转过头去看着房门。

"妈妈？"

"帕特？"

她突然冒了出来，笑眯眯地望着儿子，两眼带着从日本成田机场出发，飞行十二小时之后的疲惫，那只旧行李箱上仍然贴着我们上次去遥远的安提瓜度假时留下的残破的不干胶标签。

帕特猛地一下扑到她的怀里，她紧紧地拥抱着他，他消失在她的轻便夏装的衣襟内，只露出他的脑袋和一簇与他母亲的头发颜色完全相同的金发。两人的脸紧紧地贴在一起，使我一时难以分辨。

我看着他们，心里的感觉不只是高兴。我百感交集，相信我的世界已经得以恢复。但是，她这时看着我——那神情不是冷酷，不是愤怒，而是一副拒人于千里之外的样子，似乎她仍旧在某个遥远的地方，而且将会一直如此——我的心一下子沉了下去。

她回来不是为了我。

她是为了帕特。

“你没事儿吧?”我问。

“有点儿累,”她说。“飞行时间很长。你在同一天出发和到达。所以,这一天的时间好像长得没有尽头。”

“你该告诉我一声。我们会到机场去接你的。”

“那没什么,”她说罢,伸手抓住帕特,仔细检查起来。

我看得出来,她以为我不能照料孩子,所以赶了回来。她以为她不在家时我一个人不能胜任。她以为我不是一个真正的父亲,不能像她那样真正尽到父母的责任。

她怀里搂着帕特,目光扫视着邋遢凌乱的起居室。室内的一切似乎已经证实,她那可恨的父亲比我要好一些。

到处都扔着玩具。电视里放着没人观看的《狮子王》的录像。地板上摆着两个披萨盒——一大一小,是“米兰先生”餐厅用于装外卖的。帕特前一天换下来的内裤仍然摊在茶几上,就像一块污秽的桌垫。

“天哪,看看你的头发有多脏,”吉娜的声音响亮。“我们好好地洗一洗吧?”

“好嘞!”帕特欢呼,那样子就像被邀请去迪斯尼乐园。

他们向卫生间走去,我开始动手清理房间,耳边传来他们的笑声和流水的声音。

“有人给我提供了一份工作,”她在公园里告诉我。“工作量很大。为一家美国银行当翻译。实际上主要是口译。我的日语笔译已经生疏,做不了文件翻译工作。但是,我做口译却完全能够胜任。我将会出席各种会议,与客户进行联络,以及做其他类似的工作。干这份工作的那个女孩——她不错,是日裔美国人,我和她见过面——将要请假生小孩。如果我愿意,我可以得到那份工作。但是,他们现在就需要确切的答复。”

“等一等，”我问道。“这工作是在东京吗？”

她的目光从正在攀登架下部爬行的帕特身上移开。

“当然是在东京，”她干脆地说，目光又回到了正在爬行的帕特身上。“你以为我这次去那里干什么？”

老实说，我以为她是去度假的，看一看她当年在日本认识的老朋友，坐一坐那子弹列车，参观一下京都的寺庙，总之是去散散心而已。

我忘记了她想要找回她的生活。

她搬到她父亲家以后一直就忙着这件事情——打国际电话，重阅原来的工作合同，以便了解她是否有机会找回因为我而放弃的那些东西。

我很了解她，知道她对这份工作的态度是十分认真的。但是，我仍旧不完全相信自己的耳朵。

“你真的要去日本工作吗，吉娜？”

“我几年前就应该去的。”

“要干多久？是长期的吗？”

“合同是一年。到期以后再看。”

“帕特怎么办？”

“嗯，和我一起去。明摆着的。”

“帕特和你一起去？去东京？”

“那当然。我是不会把他留在这里的，知道吗？”

“但是，你不能使他生活不稳定，”我劝说道，尽力使自己的声音不显得歇斯底里。“你打算住在什么地方？”

“那家银行会解决的。”

“他吃什么？”

“和这里一样的东西。没有人会要他早饭喝酱汤的。在日本可以买到可可爆玉米花的。你不要为我们担心,哈利。"

"我不放心。这不是闹着玩的,吉娜。你上班时谁照看他?他的东西怎么处理?"

"他的东西?"

"他的自行车,他的玩具,他的录像带,所有他玩的东西。"

"我们通过海运弄过去。装箱搬运一个四岁孩子的东西有什么难的?"

"可他的爷爷奶奶呢?你打算把他们也装箱海运过去?他在幼儿园的那些小朋友呢?我呢?"

"你无法容忍我离开你独立生活这个主意,对吧?你真的无法容忍。"

"不是那么一回事。如果你真的希望这么做,那么,我希望你把事情做好,而且我知道你能够做好。可是,帕特的生活应该在这里。"

"帕特应该和我在一起,"她的话中带着一种强硬的口气。不过,我看得出来,我的话正在产生作用。

"把他留给我吧,"我说,其实是在恳求。"等你安定下来以后再带他去,行吗?几个星期,几个月,无论多久都行。等你适应了工作,找到了住处以后他再去。在那以前让他和我在一起。"

她仔细地打量着我,似乎我的话有道理,但人却不可信赖。

"我不是要把他从你的身边夺走,吉娜。我知道,我绝对不能那样做。但是,我无法容忍这样的情形:某个陌生人在一套狭小的公寓中照看他,而你却在办公室里努力适应自己的新工作。况且,我知道你也不能容忍。"

她看着我们的儿子慢慢地爬上了攀登架的顶端。他小心翼翼地转过身体,对着我们微笑。

"我只有试一试了,"她说。"我得看看自己能不能做好。只有这么一次机会。"

"我理解。"

"当然,我会每天给他打电话的。在条件允许的时候,我会尽快来接他。或者,你也可以送他去。”

“这主意听起来不错。”

“我爱帕特。我爱我的儿子。”

“我知道你爱他。”

“你真的觉得你自己可以照顾他一段时间,对吧?”

“我可以尽力而为。我可以。”我们对视了好长一段时间。“等你安定下来以后再说。”

我们把帕特带回家,然后照料他上床睡觉。他既开心又疲倦,很快就睡着了,开始做那些在第二天早上无法回忆起来的梦。

“别担心,”我说。“我会好好照看他的。”

“到我安定下来以后为止。”

“到你安定下来以后为止。”

“我会回来接他的,”吉娜说,更像是在自言自语,而不是对我说。

她最终将会回来接他。但是,那时情况会略有不同。

到了吉娜回来接帕特的那一天,茶几上不会摊放前一天换下来的内裤,地板上也不会有“米兰先生”餐厅的披萨饼盒子了。到了她回来接我们儿子的那一天,我也会更像真正的父亲了。

那就是吉娜估计错误的地方。她觉得她可以改变,但却以为我是一成不变的。

我父母对付吉娜离开的办法是尽力使帕特的生活变得像聚会一样开心。

一夜之间,他们的“一天一瓶可乐”的铁定规矩就被废除。我们突然出现在他们的家里,等待帕特的是各种各样的礼物,比如说《杰迪归来》的特辑(上面写着“新的场景、新的音效、新的特技”)。他们越来越多地要帕特留下来和他们待在一起,无疑是希望用他们勉强的笑声——那种强装的笑声使我觉得像是在哭泣——代替我沮丧的面孔和郁闷的沉默。

现在,他们总是要抽出一个人陪我们一起到帕特就读的幼儿园去。对他们来说,那一段路很远——在上下班的交通高峰时段,需要在二十五号高速路上沿逆时针方向开一个小时的车才能到我们住的地方——但是,他们却愿意日复一日地操劳。

"作为特殊的待遇,"我父亲说罢,呻吟着将他不灵便的双腿伸进我低矮的汽车里。

我理解他们所做的一切,我因此而爱他们。他们努力使他们的孙子不要哭泣。因为他们担心,他一旦开始哭泣,就永远不会停下来。

但是,吉娜不在身边,帕特的生活不像聚会那样开心。无论多少和星球大战相关的商品,无论多少良好的愿望都不可能使他的生活变为欢乐聚会。

"你今天打算做什么,帕特?"我父亲用最好的游戏主持人的声音问。"再做一些蜡泥小虫子?看看邮递员帕特和他的花猫在干啥?那棒极了。"

可是,帕特没有回应。他望着早上堵塞的车流,脸蛋儿洁白而漂亮,无论我老爸怎样逗他开心,他都不感兴趣。我们到达坎农伯里幼儿园门口时,他才开口说话。

"不想上幼儿园,"他嘟哝道。"想待在家里。"

"可是,你不能待在家里,宝贝,"我说,准备使用父母的最好借口,告诉他爸爸必须工作。可是,爸爸其实已经失业了。爸爸可以成天躺在床上,不用担心上班迟到了。

一位老师出来接他。她轻轻拉住他的手,同时意味深长地看了我一眼。这已不是他第一次表示不愿意离开我了。在吉娜走后的第一个星期中,他曾经不愿意让我离开他的视线。

我爸爸许诺晚上让他玩玩想象不到的快乐游戏,我们这才目送帕特走开。他拉着老师的手,蓝色的眼睛里含着泪珠,小嘴已经开始抽搐起来。

他可能一直不哭地走进小教室。他们可能为他脱去衣服。但是,到了那些蜡泥虫子被搬出来的时候，他会抑制不住，大为伤心，失声大哭起来。那时，别的孩子会看着他，会漠然地继续玩那些幼儿的游戏。我们是不愿意看着这样的场面的。

“我还记得你四岁时的情景，”在我们走向汽车时我父亲说。“在圣诞节与元旦之间的那一周里，我领着你去了公园。那一天的天气非常冷。你坐在小雪橇上。我从家里一直把你拉到公园。我们在公园里看那些野鸭子如何在结冰的湖面上降落。它们一只一只地往下飞——接着砰的一声，屁股重重地砸在冰面上。而你呢，高兴得哈哈大笑，笑啊，笑啊，你一直笑着。我们肯定看了几个小时。你还记得吗？”

“爸爸？”

“什么？”

“我不知道我能不能做好，爸爸。”

“做什么？”

“我不知道我一个人能不能照料帕特。我不知道我能不能胜任。我告诉吉娜我能够做到。但是，我不知道我行不行。”

他转过身来，眼冒怒火，在那一刹那我以为他要揍我。我这么大了，他从来没有对我动过一个手指头。可是，万事都有第一次。

“难道你不知道自己有这样的能力？”他说。“难道你不知道自己有这样的能力？你别无选择。”

他说起来容易。他的青年时代可能因为德国士兵的谋杀企图而变得糟糕，但是，父亲的角色在那时至少是铁定不动的。他一直确切地知道自己该干什么。

我爸爸是一位模范父亲，而且——问题的关键在于——他甚至不用在家就成了模范父亲。等待父亲回家这一行为本身就足以使我知道该如何去做。我母亲只要一提他的名字，我就会立刻明白作为好孩子应该知道的一切。*等你父亲回家再说*，她会告诉我。只要一提我父亲，就足以使宇宙中的一切问题得以解决。

如今，人们不再听到像过去那样的告诫。如今，有多少女人真的说，*等你父亲回家再说*。寥寥无几。因为现在有的父亲从不回家，而有的却整天待在家里。

但是，我明白他是对的。我可能无法做得像他那样好——我无法想象帕特会以我看待父亲那样的眼光来看待我——但是，我必须尽力而为。

而且，我确实记得那些野鸭子试图在结冰的湖面上降落的情形。我当然记得那些野鸭子。我记得非常清楚。

只能得到微薄的收入，没有社交生活，缺乏诸如医疗保险这样的标准的雇员福利。除此之外，干女招待员这份工作最糟糕的一点在于：她在上班时得与社会上的混混们打交道。

与小裙子和记事本一样，混混们也伴随着女招待员这个职业。有的男人想和她聊一聊，有的男人想要她的电话号码，有的男人不愿让她独自待着。混混，混混比比皆是。

从建筑工地来的混混，从写字楼里来的混混，衣冠楚楚的混混，穿着破烂牛仔裤、袒胸露臂的混混，以及其他各种各样的混混——有的自以为有幽默感，有的自以为是上帝的宠儿，有的自以为她给他们端来了例汤，他们就已经跨过了和她谈情说爱的障碍。

我在餐馆的僻静地方落座时，她正在伺候一帮混混。一个混混——一个写字楼来的混混而不是建筑工地来的混混——正斜眼瞅着她，而他的那帮混混朋友——一个个衣服上佩带别针链，头上喷着发胶，桌上摆着移动电话——用羡慕的目光看着他下流的嘴脸。

“叫什么名字啊？”

她摇了摇头。“你有必要知道吗？”

“依我看，一定是典型的南方名字，对吧？佩吉-苏？贝基-卢？”

“肯定不是。”

“比利-乔？玛丽-贝思？”

“听着，你到底点不点菜？”

“什么时候下班啊?”

“你和女招待员约会过没有?”

“没有。”

“女招待员下班很晚。”

“你喜欢做招待工作? 你愿意当餐饮业的客户经理吗?”

他的问话使桌子旁其他所有混混们哄堂大笑。他们以为,在顾客满座的餐馆中用移动电话闲谈的样子很酷。

“别取笑我。”

“我不是在笑你。”

“工作时间长,工资收入低。干女招待员就是这样的。还要和许多浑蛋打交道。不过,到此为止吧。”她啪的一声把菜单扔在桌子上。“你看看再点吧。”

那个写字楼来的混混满脸通红,尴尬地笑着,眼睁睁地看着她走开。他的那帮混混朋友仍然在笑,可是那笑声却没有刚才那么开心了。

她朝我走来。可我还不知道她叫什么名字。

“你儿子今天到哪里去了?”

“上幼儿园。”我向她伸出一只手。“哈利·塞弗。”

她看了我一眼,接着便笑了起来。我从来没有见过那样的笑容。她的笑脸照亮了整个餐厅。那笑脸光芒四射。

“希德·梅森,”她说着和我握手。那是一种非常轻柔的握手。只有男人握手时才试图弄断你的骨头。只有混混才用力握手。“认识你很高兴,哈利。”

“是西德·维舍斯那个西德?”

“是希德·查里思那个希德。你可能从来没有听说过希德·查理思,对吧?”

“她在《穿丝袜的巴黎女人》中与弗雷德·阿斯泰尔一起跳舞。她的发式与你现在的类似。那种发式叫什么来着?”

“中国波浪。”

"中国波浪,是吗？对了,希德·查理思。我知道她。她可能是世界上最漂亮的女人了。"

"就是那个希德。"她说,我发现她让我的那一番话给镇住了。"我母亲是米高梅公司拍摄的那些老影片的影迷。"

我眼前闪现出她童年时代的情景:她十岁时坐在某个狭窄的公寓房里看着电视,空调机在全速运转。她母亲看见影片中的弗雷德和希德的境遇时,已经呜咽不止了。难怪她在成长过程之中对浪漫产生曲解。难怪她会跟着某个混混来到了伦敦。

"我可以给你介绍一下今天的特价菜品吗?"她问。

她真的不错。我本想和她聊一聊休斯敦,聊一聊米高梅的音乐剧,聊一聊她和那位带她到伦敦来的男人之间的关系。然而,我却看着摆在我面前的意式面条,没有开口说话。

因为我不想我们之中的任何一方开始觉得,我只是另外一个混混而已。

吉娜走了,但是又无处不在。房子里到处都是我从来不听的激光唱片(那种感伤的关于爱情得失的黑人音乐),我从来不读的书籍(妇女如何在堕落的男人世界中寻找自我),还有我从来不穿的衣服(短小的梅森牌内衣)。

还有日本。许多关于日本的书籍。那些她要我阅读的古典作品——《黑雨》、《粉色武士》、《赤脚将军》、《丝草忆》——还有一本翻得皱巴巴的《雪国》。那一本书我读过,她告诉我如果要理解爱,就必须要读那个爱情故事。吉娜的东西,每当我看见它们,它们都会撕咬我的心。

它们必须离开我的视野。

我觉得抛弃它们不合适,但是,如果某人离开你,她就应该把自己的东西随身带走。因为我每次看到路德·范德洛斯的唱片,看到马格丽特·阿特伍德的小说,看到那些关于广岛的书籍,一股股令人窒息的悲伤便从内心深处涌起。到了最后,我再也无法忍受下去了。

我知道,吉娜带着永不消退的爱情梦想,带着努力奋斗去获得独立的梦想,能高兴地接受内奥米·沃尔夫的冷酷的后女权主义思想,接受惠特尼·休斯顿的虚幻的甜歌。

那就是我所知道的吉娜。

于是,我开始动手把她留下的全部东西塞进垃圾袋。第一个袋子很快就满了——女人从不扔东西吗——所以,我走进厨房,找到一大卷强负荷垃圾袋。

我把她的那些平装书挪开之后,书橱看上去像是满嘴烂牙的口腔。扔掉她的衣服要容易得多,因为不需要进行分类。转眼工夫,衣橱里便空荡荡的,只剩下樟脑丸和铁丝衣架。

我的感觉已经好多了。

我汗流浃背,在室内巡视,清除她留下的痕迹。还有她结婚之前买的那些日本画。有一张是帕特小时候我们在安提瓜度假时她买的。在浴盆边上有一把粉红色剃须刀。两盘李小龙主演的功夫片录像带。一张我们举行婚礼时拍摄的照片:她看上去像是世界上最美丽的姑娘,而我咧开嘴笑着,那模样像一个充满幸福、脑袋迟钝的浑蛋,根本不相信天下居然有这样的好事。

所有这一切都成了垃圾。

最后,我检查了装脏衣服的篮子。在帕特的印有星球大战图案的睡衣和我的褪色的卡尔文牌内衣中间,有一件吉娜喜欢穿着睡觉的盖普牌旧T恤。我手里拿着那件T恤衫,在楼梯口坐了一阵,心里想着她今天晚上穿什么衣裳睡觉。后来,我把T恤衫扔进了最后一个垃圾袋中。

可以如此迅速地把一个人生活的痕迹从房子里清除掉,这使我感到吃惊。她花了那么长的时间使家里有了她的标志。然而,我却可以在很短的时间内把它们一一清除干净。

但是,我又用了几个小时时间,在垃圾袋中一件一件地找,仔仔细细地把那些衣服、唱片、书籍、画片等东西放回原处。

因为我想念她。我对她的思念已经到了疯狂的地步。

我希望她所有的东西都保持她离开时的原样，等待着她，以便她在万一想回家时能够使用。

12

我在超市里突然感到一阵害怕。

没有什么大问题,没有什么大问题。只是我突然觉得,一个像我这样的男人,小家庭已经支离破碎,竟敢在为幸福家庭提供食品的地方采购东西。我觉得自己像一个骗子。

我站在第八区里,四周是穿着奇装异服的人——文身的女人、戴着耳饰的男人、大人打扮的儿童、青少年打扮的成年人,这应该使我感觉好一点,但是却不行。

在收银台前,我浑身发抖,汗流浃背,希望这一切早一点结束,希望离开那个地方。我的呼吸变得短促,当柜台后那个麻木不仁的年轻人一边漫不经心地摆弄着他的鼻饰,一边把找补的零钱递给我时,我觉得自己就要高声尖叫或大哭起来,要么同时又哭又叫。

我飞快地冲出超市,到了外面。就在这时,那只购物袋的提手突然断了,里边的东西——猫食、我和帕特两人的晚饭——全都落在街道上。

吉娜用的超市购物袋从来都不会破。七年以来,我们每个星期六都一起采购下一周的东西,我从来没有见到她装的购物袋有过一丝破损。但是,吉娜不可能像我今天这样,买这么多只需微波炉加热的方便食品。它们太沉重了,这些东西。

顷刻间,地上到处都是罐装猫食,到处都是加热即食方便餐:有的在购物车的轮子下面,有的在卖《热点问题》杂志的无家可归的年轻人脚下,有的滚向街面。我蹲在地上,准备拾起一个上面印着“意大利风味”的盒子,有人看见了我。

“哈利?”

原来是马迪。他的身边还有一个姑娘。苏波恩。马迪和苏波恩。两人手拉着手!

看见他们俩在一起,我大吃一惊,这抵消了被人看见收拾散落一地的食品的尴尬。但是,这仅仅维持了一瞬间。接着,我觉得自己的脸上开始发烫,发烧,越来越厉害。

上次见到他们之后的时间虽然不太长,但总也有些日子了。我失业刚刚一个月。但是,我作为制片人实际上不是以周以月来计算时间的。五次节目,我心里算着。他们不要我参加,已经独自做了五次节目。

他们看去上不错,甚至马迪那个丑陋的小混混也是一副春风得意的样子。两人都戴着深色太阳镜,穿着白色的裤子。苏波恩手里拎着一个超市购物袋,里边装着一块法式面包和一瓶干白葡萄酒,是价格不菲的那种。里面可能还有一块肉末饼。但是,那袋子没有破裂的迹象。两名信心十足的专业人士顺便买一点东西,然后回到他们那无比风光、影响巨大的工作中去,一点也不像那种不得不为猫食操心的人。

“在这里,让我帮帮你,”苏波恩说着,弯腰捡起一个正向排水沟滚去的牛杂猫食罐头。

马迪还有一点羞愧的样子,可是苏波恩见到我显得高兴。当然,她也稍稍有点儿吃惊,看我蹲在人行道上,手忙脚乱地收拾那些猫食、厕所纸、盒装快餐,而不是拿奥斯卡奖杯。

“看来——这些日子你在忙些什么呀?”她问道。

“噢——你知道的,”我说。

上午,我把帕特送到幼儿园以后,心里一直惦记着他的情况,担心他是否又在大哭。我几个小时里都在起居室里来回踱步——“就像一只关在笼子里的狮子,”我妈妈有这样的感觉。我每天下午等着吉娜在四点整——在她那边是午夜十二点——打来电话。然而,我总是把听筒直接递给帕特,因为我知道她打电话只是因为他。

还有什么呢? 自言自语。喝下的酒太多,摄取的食物不足。我心里一直在问,我的生活是怎样变得如此糟糕的。这就是我这些日子干的事情。

“仍在考虑我的方案，”我回答说。“节目怎么样？”

“从来没有这样好，”马迪说，带着一点挑衅意味。

“不错，”苏波恩说，她的口气显得满意但却是中立的，似乎不认为这档老牌节目的命运真的牵动着像我这样的人的心。“收视率略有提高。”

我觉得自己想要呕吐。

“那太好啦，”我笑着说。

“嗯——我们该走啦，”马迪说。那不仅仅是因为我的原因。几个购物的人已经开始傻笑着指点起来。那人真是马迪吗？

“对，我也该走啦，”我说。“得快一点。有事要办。”

苏波恩抓住我，飞快地吻了一下我的脸。我真希望自己今天剃过胡须。或者昨天剃过。甚至前天也行。

“回头见，哈利，”马迪说。

他伸出手来。没有恶意。我想伸手去握，可是他手里拿着一个猫食罐头。我接了过来。

“再见，马迪。”

烂杂种。

烂杂种，全是些烂杂种。

我正在给帕特洗澡，电话响了起来。我让他躺在浴盆里——他就像一条小鱼，能够高高兴兴地在那里待上几个小时——然后走进客厅，用湿淋淋的手拿起电话，以为是我妈妈打来的。但是，电话里嘟的响了一声，那是越洋电话接通的信号，耳边突然传来吉娜的声音。

“是我，”她说。

我看了一眼手表——还有二十分钟才到四点。她今天提前了。

“他在洗澡。”

“让他洗吧。我在平常的时间再打来。我本以为他在电话机旁边。他怎么样?”

“很好,”我说。“很好,很好,很好。你还在那边,是吗?”

“是的。我还在这边。”

“怎么样?”

我可以听到她长长地吸了一口气。吉娜在世界的另一边吸了一口气。

“比想象的要困难得多,”她说。“日本的经济糟糕透了。我的意思是真的一团糟。我上班的那家公司正在裁员,我是一个外国人,自己的日语水平比我原来估计的要差一些,所以工作没有多少稳定性。不过还算过得去,没有我不能对付的活儿。这里的人不错。问题出在其他方面。特别是住的地方太小,只有我们家的厨房那么大。”她又吸了一口气。“我过得并不容易,哈利。不要以为我在享受生活。”

“那么,你什么时候回家?”

“谁说我要回家?”

“好啦,吉娜。忘掉那些寻找自我的事情吧。你这样做不过是要惩罚我而已。”

“有时我在想,我到这里来是不是对的。可是,听你说了几句话后,我突然意识到,我做得对。”

“这么说,你要待在那边,对吧?就待在那个只有我们厨房那么大的公寓里?”

“我会回去的。不过是为了接帕特。把他带到这里来。我真的想试一试,哈利。我希望你能理解。”

“你在开玩笑,吉娜。把帕特带到那边去?我甚至无法让他吃煮黄豆加吐司。我可以想象他吞咽一盘大米饭拌西鲱鱼的样子。还有,他住什么地方?住你那间和我们厨房一般大的公寓?”

“上帝,我真希望自己没有提过这个倒霉房间的面积。我没法再和你说了。”

“帕特和我过,行吗?”

“暂时可以,”她说。“我们当初说好的。”

“除非对他有好处,否则我是不会把他交给你的。不是为了你。而是为了他。我就同意这一点,行吗?”

沉默。接着是语气迥然不同的声音。

“那一点应该由律师来决定,哈利。”

“你去给你的律师说吧——帕特和我过。是你离家出走的。告诉他这一点。”

“那么,你告诉你的律师,是你到处和别人乱搞的。”

“我不能——我没有律师。”

“你应该找一个,哈利。如果你头脑里闪过把我的儿子偷走的念头,那么,去找一个很棒的律师。但是,你的话不是认真的。你我都知道,你无法长久照顾帕特。你甚至无法照顾你自己。你只是想伤害我。喂——你愿不愿意像成年人一样来讨论这个问题？或者,你只是想争吵?”

“我想争吵。”

一声叹息。

“帕特在那里吗?”

“不在——他出去和几个刚刚交上的朋友吃饭去了。他当然在这里。他只有四岁。你认为他会在哪里？和内奥米·坎贝尔热恋？我给你说了,他在洗澡。难道我没有给你说过?”

“你说过。我可以和他说说话吗?”

“当然可以。”

“喂,哈利?”

“什么事?”

“生日快乐。”

“是*明天*,”我愤怒地说。“我的生日是*明天*。”

“我这里已经差不多是明天了。”

“我不在日本,吉娜。我在这里。”

“还是祝你生日快乐吧。为明天说的。”

“谢谢。”

我把帕特从浴盆里抱出来,擦干他的身体,然后用毛巾裹起来。接着,我在他前面跪下。

“妈妈想和你说话,”我告诉他。“她正在打电话。”

每天都是如此。他的蓝眼睛里闪过一丝惊异的目光,接着出现的可能是高兴或者伤心。但是,当我把电话递给他时,他的脸上更多的是防备的神色。

“喂?”他低声说。

我以为会看到心酸的眼泪,听到愤怒的控诉,感受到激烈的情绪。但是,帕特却始终冷漠而镇定,用单个的词语来回答吉娜的问话,最后把电话递给我。

“我不用和妈妈说了,”他平静地说。

他走进了起居室,身上仍旧裹着那条像披肩一样的毛巾,在地板上留下一道湿漉漉的小脚印。

“我明天再给他打电话,”吉娜告诉我,她比我想象的更为不安。我实际上非常坦然,感觉比前几天要好一些。“行吗,哈利?”

“任何时候都行,”我说,心里想要问她:我们是怎么到了如今这个地步的?两个人都以律师来威胁对方,两个相濡以沫的人怎么会变成离婚法庭上常见的对手?

真的全都是我的过错吗?或者说,这一切不过是运气不好而已,就像被汽车撞了或者得了癌症?如果我们是那么相爱,为什么那种爱没有持续下去?在这个可恨的现代世界上,夫妻俩是否真的不可能永远相守?还有,这一切会对我们的儿子造成什么影响?

我真的想知道答案。然而,我却不能向吉娜提出这样的问题。我们处于世界上对立的两方。

13

在回家的半路上，我的移动电话响了起来。是我母亲打来的。她通常是一个镇定自若、不易激动的女人，是容易激动的家庭中的平静中心。但是，今天的情况却不是如此。

“哈利。”

“出了问题？”

“是你爸爸。”

上帝，我心里想——他死了。就在我三十岁生日的这一天。即使在今天他也得是人们关注的中心。

“怎么回事儿？”

“我们遭到了抢劫。”

上帝。就在那里。就在住宅区的中心地带。再也没有任何地方是安全的了。

“他没事儿吧？你没事儿吧？”

“快，哈利……快点回来……警察正往这里赶……快点……我无法和他说话……”

“坚持一下，好吗？坚持一下，妈妈。我会尽快赶到的。”

我挂上电话，将汽车转入快车道，猛地一脚把油门踩到了底。莫里斯 F 型跑车风驰电掣般地急速行驶，好像它就是专门为这一时刻制造的。在我身边的座位上，帕特高声大笑起来。

“好身手，”他说。

他是从哪里学到这样的字眼的？

穿着漂亮服装的母亲开了门，那一身精心打扮是为了庆祝儿子的生日。但是，她的生日服装被她脸上那惨白、惊恐的模样给破坏了。

“太可怕了，哈利。我们被盗了。就在起居室里。你去看一看。”

她把帕特领到厨房，小心地把他所提的关于爷爷的问题引开，而我自己走向起居室，心里告诫自己要坚强，去面对父亲倒在发黑的血泊之中奄奄一息的场面。但是，我老爸却站在壁炉旁边，被太阳晒黑的、布满皱纹的脸上笑容灿烂。我从来没有见到过他这么高兴。

“喂，哈利。生日快乐，儿子。你见过我们的客人没有?”

在他的脚下是两个年轻人，脸朝下趴在地上，两只手被反绑在背后。

乍看第一眼，我以为自己认识他们：他们和我那天在格伦家见到的萨莉的男友类似，长着那种靠不住的危险面孔，当然现在他们并不显得有多危险了。但是，我只是认出了那一类人。他们的脚上是高档的运动鞋，身穿名牌斜纹布牛仔裤，头发上涂抹着发胶，看上去像太妃苹果皮一样又粘又脆。父亲用我去年圣诞节给他买的那一副丝绳子把他们捆绑得结结实实。

“早就看见他们在街上晃荡。他们在那里寻欢作乐。但是，结果却不仅仅是寻欢作乐。”

有时候，我觉得我老爸是英语的守护人。除了喜欢过时的爵士音乐术语之外，他的语言的另一特别之处是夹带着他年轻时使用的短语。那些短语和配给供应本一道，已经被其他人抛弃了。他总是使用寻欢作乐那样的字眼——那是他用来表示恶作剧、闲逛，和广义的鬼混的过时说法。那样的字眼与大英帝国一样，早就不在人们的常用词汇之中了。

“他们是从落地玻璃门钻进来的，胆大蟊贼。以为没人在家。你母亲买你过生日的东西去了——她买了非常好的吐司——而我正在楼上穿衣打扮。”

穿衣打扮。这是他保存在他的文字档案中的又一个说法。

“我走进来时，他们正在拔录像机的插头。其中一个竟敢向我扑来。”他用穿着拖鞋的脚轻轻地踢了一下那个枯瘦如柴、形容猥琐的年轻人。“你不是那样干的吗，老伙计?”

“我他妈的哥哥会他妈的杀了你，”那个年轻人嘟哝道，他说话的声音刺耳，就像我小时候在教堂里放屁一样。他的长满粉刺的脸上有一块黄中带紫的伤痕。“他会杀了你的，老家伙。他是黑社会的。”

我老爸听了咯咯地笑了起来。

“我只得给他一拳，”我父亲用右手在空中来了一个有力的勾拳。“一下就把他击倒在地，出手像闪电一样快。另外一个拔腿就跑，但是我一把抓住了他的颈项。”

父亲演示着抓那年轻小偷脖子的情形，在他的短袖T恤衫下面，刺着文身的胳膊上肌肉一鼓一鼓的。一只胳膊上是一个带有着我母亲名字的红心图案，另一只上面是特种部队突击队的双翼短剑标志。两个图案因岁月久远，已经模糊不清了。

“我把他摔在地上。我正想着用什么东西来捆绑，一眼看见了它们。你给我买的那些绳子，干这个正合适。”

“哎哟，爸爸，他们身上可能有刀子哦，”我大声说。“报纸上经常有挺身而出的英雄在对付犯罪分子时被害的报道。你为什么不先报警?”

我父亲开心地笑起来。看来争论这一点毫无用处。他喜欢我行我素。

“来不及了，哈利。一下楼就碰上他们两个。活生生的抢劫案，就在我的家里。有点儿讨厌，实在讨厌。”

我知道，制服那两个小无赖对他来说是一件轻而易举的事情，可我还是对他动手擒贼的做法感到不高兴。我也有一种找到丢失的小孩时那种既生气又欣慰的感觉。但是，我心里还有另外的感觉。我感到嫉妒。

要是我在自己家里发现那两个小坏蛋——或者说，成千上万的那类角色中的任何一个——我会如何处置？我会挺身上前，不顾后果地去亲手对付他们吗？或者，我会逃之夭夭?

无论我怎么做，我心里明白，我都不可能用我父亲所具有的那种男子汉的镇定态度去处理。我无法完全像他那样，去保护自己的家园和家人。我和他不一样。但是，我从内心深处希望自己像他。

警察终于来了，警笛呼啸，警灯闪亮。帕特跑到门口去看他们，两眼充满惊讶的目光。

来了两位警官——一个长得健壮的年轻人，年龄与我相仿，对父亲的英雄壮举颇为不满；另一个年长一点，魁梧的身材，立刻和我老爸拉上了关系。

事实上，我父亲历来都对警察没有好感。我记得在我小时候，他有好几次因为开车超速被警察拦下。但是，他总是桀骜不驯，从来都不表示谦恭，从来都不愿意委曲求全。无论在什么时候，只要看见警车鸣着警笛在街道上呼啸而过，他总是露出鄙夷的神色。“他们这是赶着回家吃饭，”他往往会这样说。

可是，他这时却和那名年长的警官一起品着热茶。两位深藏不露的男子汉打量着脚下被捆得结结实实的小无赖，不知道这世界究竟会变成什么样子。

“当然，你可以想象出他们是在什么样的家庭中长大的，”我父亲说。

“母亲靠社会救济金生活，”年长的警官猜测说。“父亲如果在那家里待过的话，可能已经出走多年了，所以，政府只得支付抚养这些小家伙们的费用。这就是说，是你我这样的人在供养他们。”

“完全正确。别以为他们会对纳税人抱有感激之情。如今，这些都是他们的权利，对吧？只有权利，没有责任。”

“你可以在各种社会福利计划中看到这样的人。妇女带着一群吵吵闹闹的孩子，而她们却没有结婚。”

“令人吃惊，对吧？开车需要执照。养狗需要执照。可是，任何人都可以随意把孩子带到这个世界上来。”

我与妈妈和帕特一起走进厨房，心里想着为什么世界上所有的勤劳公民都会对单身母亲们颇有微词。我想，在孩子的双亲中，单身母亲毕竟是留下的一方。

尽管父亲能够像吃早餐一样打发掉那两个窃贼，但他不是一个喜欢暴力的人。他不是神话和电影里所刻画的那种因战争变得铁石心肠的老兵。他是我一生中见过的最富于温情的人。

诚然，在我小的时候，我曾经几次见过他大发雷霆。在我有帕特那么大时，我母亲在一家糖果店做非全日制工作。她父亲——也就是我外公——那时身患癌症，命在旦夕，可是，那个商店的浑蛋经理却不让她接她自己的电话。我看见他掐住那个经理的脖子——他的颈项，父亲会这么说——一下把他提了起来。那人以为我父亲会杀了他。我当时也是这么想的。

还有另外几次他也来了火气：一次是一名趾高气扬的游泳池管理员见我戴着两只粉红色浮袋练习游泳时，嘴里说了脏话；另一次是在一个公共假日，那是一个闷热的星期一，在我们去海边的途中有人开车截断了我们的路。他动手把他们打倒在地，那方式和今天对付这两个脸上长着粉刺的窃贼完全一样。但是，他从来没有对我和母亲动过一个手指头。

第二次世界大战的后果一直存在，就像留在他结实的身体之中、一直在慢慢地往外钻的那些锯齿形的黑色小霰弹片，这是无法否认的。但是，在他二十岁时，他生命中真正的剧烈变化——那些还没有长大成人就结束了生命的朋友，他在战争中杀死的人，他经历的难以想象的事情——已经完结。尽管在我的心目中，他一直是一名战士，一名胸前挂着银质奖章的皇家海军突击队员，我爸爸在五十年中做的却是另外的工作。

战争结束之后，他在一家小店中卖了五年水果和蔬菜。后来，他和我母亲结了婚，开始经营我们住的公寓楼下的一家蔬菜水果商店。他们俩没有孩子，在那公寓里住了十余年。他们非常想要一个孩子，可是一直没能如愿。

肯定就在他们几乎绝望的时候，我母亲终于怀上了我。就在那一天，他们搬出了商店楼上的那套狭小的公寓。我父亲退休之前一直是一家超市连锁店的采购经理，穿梭于各个超市之间，足迹遍布肯特、埃塞克斯和东英格兰地区，确保销售的蔬菜水果达到他所要求的高标准。

所以，他在世人眼里不是战士。然而，在我的心目中他是战士。可是，他甚至不会伤害一只苍蝇。或许，这是因为他已经见过太多的血腥场面，在心中留下了永久的记忆。不过，如果有什么动物从他精心照料的花园出来，溜进我们的小房子，父亲总是不让母亲和我去碰它们。

如果他看见折断翅膀的蝴蝶或不知归途的蚂蚁——或者黄蜂、苍蝇、老鼠什么的，对他来说，无论动物多么脏，多么微小都值得救助——他会蹲下把它们捧起来，用火柴盒或果酱瓶装起来，把它们护送到后门，轻轻地放回野外。在这种时候，母亲和我就会笑他，并且齐唱《生来自由》的歌词。

但是，尽管我们笑他，然而我幼小的心灵中却充满敬佩。

我父亲是一个已经学会了如何表现温情的强者，一个饱经死亡考验，从而知道如何珍惜生命的人。而我却无法和他相比，真的无法相比。

帕特不愿意吃饭。或许是因为他母亲打来的电话。或许是因为这次未遂的盗窃案。但是，我觉得不是这样的。依我看，是因为我做饭的手艺太糟糕。

我已经开始担心他的营养问题。我给他吃的意大利馅饼和微波炉速热食品到底有多少营养成分呢？不会太多。他能吃到可以称得上健康食品的机会要么是在我父母家时，要么是上餐馆时。所以，我一天晚上试着用水煮了一点蔬菜，然后把它们加到速热意式面条中。

“怪怪的，”他说罢仔细看着在饭匙尖上的橙色碎片。“这是什么？”

“那叫胡萝卜，帕特。你必须记住胡萝卜。它们是健康食品。来，吃吧。”

他把他面前的盘子推开，做出一副恶心的样子。

“我不饿，”他说着想从餐桌上下来。

“别动，”我说。“没有吃完饭你哪里也不能去。”

“我不想吃饭。”他看着冒着气泡、稀糊糊的意式面条，那上面漂浮着橙色碎片。“这吃起来味道怪怪的。”

“把你的饭吃掉。”

“不。”

“请把你的饭吃掉。”

“不。”

“你吃还是不吃?”

“不吃。”

“那么睡觉去。”

“可时间还早!”

“对——现在是吃饭时间。如果你不想吃饭,那么就去睡觉。”

“这不公平!”

“生活是不公平!睡觉!”

“我讨厌你,爸爸!”

“你不讨厌我!你讨厌我做的饭!去把睡衣穿上!”

他冲出厨房以后,我端起那盘添加了水煮蔬菜的速热食品,统统倒进了垃圾桶。接着,我手持盘子,伸到热水龙头下猛冲,直到我的手感到发烫为止。其实,我并不是责怪他不吃饭。那东西可能本来就难以下咽。

我走进帕特的卧室时,他正躺在床上轻声地抽泣,衣服一件也没有脱。我让他坐起来,擦干他的眼泪,帮他穿上睡衣。他简直疲倦极了——眼睛半眯着,嘴巴里呼着气,脑袋耷拉着,就像一只挂在汽车挡风玻璃后面的小玩具狗——所以早点睡觉不会对他有什么害处。但是,我不愿意他带着对我的怨恨入睡。

“我知道我的饭做得不好,帕特。没法和奶奶或者妈妈相比。但是,我会努力去做的,对吧?”

“当爸爸的都不会做饭。”

“这话根本不对。”

“你不会做饭。”

“嗯,这话是对的。我这个爸爸不会做饭。可是,有许多男人会做饭——高档餐厅中的那些有名的厨师。而且,也有一般的男人。那些独自生活的男人。那些照料小男孩和小女孩的爸爸们。我会努力干得像他们那样好,行吗?我会努力做你喜欢吃的好东西。好吧,宝贝?”

他转过头去,鼻子里哼了一声,显然对某种不大可能出现的情况持怀疑态度。我知道他的感觉。我也无法相信这一点。我担心我们父子俩都会对三明治情有独钟。

我领着他进了卫生间,让他刷牙。回到他的卧室以后,我还是设法从他那里得到了一个不大情愿的晚安吻别。但是,他事实上对装模作样不感兴趣。我心里告诉自己,到了明天早上,他就会把我做的倒霉胡萝卜忘得一干二净。我为他盖好床单,然后关了电灯。

我回到起居室,啪嗒一声倒在沙发上,心里告诉自己:我需要工作。那天早上我收到了一份银行寄来的结算单。我没有勇气拆开它。

他们用现代方式把我解雇了——让我的合同自动到期,这样就只给我一个月工资。那笔钱已经花光了。我们急需钱用,所以我需要工作。但是,我需要工作的原因还在于:它是我在这个世界上惟一擅长的事情。

我拿起一份工会报纸,翻到分类广告栏,目光落在那些可能给我机会的制作广播电视节目的职位上。但是,经过几分钟不太认真的搜寻之后,我把报纸撂到了一旁,伸手揉了揉眼睛。我太疲倦,这时无法考虑工作的事情。

录像机仍旧播放着《帝国反击战》——那是在某个遥远星球上的雪地里进行的正义和邪恶之间的较量。尽管这种东西在我们的生活中是一种无休无止的背景噪音,有时会使我觉得自己正在失去理智,可这时我却疲惫得无法关掉它。

战场从冰雪荒原转到了某个黑暗的、冒着气泡的沼泽地,睿智的大师正在给天行者卢克讲述他的命运。这时我突然发现,卢克面对许多父亲角色,那些父亲角色看来涉及父母可能面对的诸多问题。

首先是尤达，那位睿智的大师能够通过他那尖耳朵得到有益的见解。接着是奥比万·肯诺比，他将朴素的说教与某种老派的执着爱心结合起来。

最后还有达斯·维德，西斯王国的黑暗君主，他可能与我们时代的精神更为一致：一个不在家里的父亲，一个不负责任的爸爸，一个把自己的愿望——在维德先生身上体现出来的是征服宇宙的欲望——置于父亲责任之上的自私老头。

我老爸肯定属于奥比万·肯诺比那种类型。那也是我想成为的父亲类型。

然而，我却在沙发上睡着了，身边摊放着招工广告，觉得自己总是更像戴着黑色帽子的那个男人，那个没有足够的耐心，没有足够的时间，永远被阴暗面所控制的父亲。

14

“我知道，你家里有一些问题，”幼儿园的老师说。她使这件事情听起来好像开动洗碗机那么简单，好像我只需拿起一本电话簿，便可解决自己的生活中的一切问题。“要相信我，”她说，“坎农伯里幼儿园的所有人都是具有同情心的。”

这话没错。我每天早上把帕特送到幼儿园时，老师们总是要小题大做地忙碌一阵子。帕特眼见自己要被老师带走，又是一天见不到我，顿时脸色发白，下嘴唇开始抽搐，那双蓝色的大眼睛噙着泪水。在这样的情况下，老师们的态度真的无法显得更和蔼了。

但是，在她们眼里，他毕竟不是什么问题。她们无论显得多么和蔼可亲，都无法弥补出现在他生活之中的裂缝。

除非和我故作开心的父母待在一起，帕特是不愿意和我分开的。每天早上，当我们俩在坎农伯里幼儿园门口道别时，总是要出现使旁观者为之动容的场面。接着，我回到家里，在地板上来回踱步数小时，心里惦记着他在幼儿园里的情况。在幼儿园里，可怜的帕特一边问老师他还要等多久才能回家，一边用小手不停地抹着满是泪痕的脸蛋儿。

送帕特上幼儿园这办法行不通。就在老师们开始关切地谈论是否能请一位儿童心理工作者帮忙，是否需要时间来弥合他所有的创伤时，我决定不让帕特继续上下去了。

孩子们用蜡泥做着虫子，我牵着帕特的手，最后一次走出那个涂着彩虹颜色的地下室。他立刻破涕为笑，显得十分高兴和轻松，再也没有任何不适应的感觉了。

老师们愉快地向我们挥手道别。那些小朋友抬起头来看了看,然后又埋头继续他们充满童真的手工劳动。

这时,我想象着从幼儿园辍学的儿子十年以后回到坎农伯里的情形,他会对他们大讲挖苦话,表示嘲笑和轻蔑。

这份工作看来对我非常合适。

电视台方面希望以这位年轻的爱尔兰戏剧演员为核心,搞一档谈话节目。这位爱尔兰人的名气日渐上升,已经不适合在俱乐部演出,可是他的名气目前尚未大到能为啤酒做广告的水平。

实际上,他并不做类似于传统的讲笑话那样的节目,但是,他却在爱丁堡艺术节上完全控制了他和观众的关系,上演了一出引起轰动的独角戏。

他并不插科打诨,而是面对观众侃侃而谈,凭借睿智的提问,凭借凯尔特人的魅力赢得了喝彩。他看来天生是主持谈话节目的角色。与马迪和其他所有的主持人不同,他既不依赖那些自吹自擂的名人,也不依赖那些自我贬低的公众。他甚至还能自己动手撰写脚本。至少,人们是这样说的。他们需要的是一位有经验的制片人。

"在这里见到你,我们非常兴奋,"坐在我对面的女人说。她是电视台负责组织节目的编辑,身材瘦小,三十五岁左右,具有改变别人生活的本领。站在她的左右的两名戴着眼镜的男子——一个是系列片的制片,另一个是系列片的编辑——笑着表示赞同。我也报之一笑。我也觉得兴奋。

这档节目正是我改变自己的处境所需要的东西。我是从另一档谈话节目转来的,而不是从某个名声不好的偏远电台来的,所以报酬比为马迪·曼工作时高出了许多。不必再为支付房屋按揭款,支付汽车的分期付款而担心,这使我可以松一口气,但是,我的感觉与是否能够挣钱没有关系。

我已经发现,我非常想每天去办公室上班。我想念那些电话、会议以及一周中那些使人觉得舒服的种种常规。我想念拥有办公桌的感觉。我甚至想念那个来办公室兜售三明治和咖啡的女人。我已经厌倦每天待在家里,厌倦为儿子做那些他难以下咽的饭菜了。我已经感到腻味了,觉得生活好像在其他的某个地方进行。我希望回到工作中去。

“你在《马迪·曼访谈》工作的良好记录本身就是最好的说明,”那位节目组织编辑说。“能够上电视的电台节目并不太多。”

“怎么说呢,马迪是一位出色的节目主持人,”我说。那个忘恩负义的臭狗屎袋。让他在地狱里腐烂吧。“承蒙他帮忙。”

“你对他非常好,”系列片编辑说。

“马迪这人很不错,”我说。那个以怨报德的小杂种。“我喜欢他。”我的新节目会把你轰出局,马迪。别梦想什么减肥食品,别梦想什么私人教练了。你将滚回地方电台去,伙计。

“我们希望你能够与本节目的主持人保持同样的良好关系,”那女人说。“伊曼是一个有天赋的年轻人,但是,如果没有像你这样经验丰富的人在幕后支持,他是无法做好这一档持续九周的节目的。正是因为这一点,我们向你提供这个职位。”

我可以看到未来几周快乐、忙碌的情景。

我想象出了一系列情景:每个星期一的脚本研究会议,嘉宾失约带来的小问题,更换嘉宾成功的喜悦,最终形成的拍摄脚本,演播室排练的紧张和失败,做节目时的灯光、摄影机和紧张状态,以及无法用语言来形容的“这七天总算过去了”的轻松感觉。而且,我将有堂而皇之的理由来回避自己不愿意做的事情:我工作太忙,我工作太忙,我工作太忙。

我们站起来握手,他们把我送到帕特等我的那间大办公室里。他坐在一张桌子上,两名研究人员正在逗着他玩。他们抚摸他的头发,轻拍他的脸蛋儿,惊异地看着他的蓝眼睛,对他充满新鲜感,简直给迷住了。在这样的办公室内,人们很难见到四岁儿童。

我本来对带帕特来有一点担心。他可能拒绝单独待在接待室外面,我不愿意给他们留下我正扮演着单身父亲角色的印象。他们怎么可能去雇一个有孩子拖累的男人呢?他们怎么可能把制片这个工作交给一个找不到人看孩子的男人呢?

我的担心是多余的。他们对我带着孩子来谈工作的做法显得既惊讶又感动。况且,帕特表现得非常迷人,喋喋不休地回答那两名资料员提出的有关他父母分居的所有细节问题。

"对,我妈妈在日本,那里像我们这里一样,汽车靠着路的左边走。对,她会来接我的。我和爸爸住,但是周末有时候去奶奶和爷爷家。我妈妈还是爱我,可现在只是喜欢我爸爸了。"

他见我出来,脸上露出了笑容,跳下桌子,扑到我的怀里,学着吉娜那样猛吻我的脸颊。

我一把搂住他,在场的那些工作人员看见这个情形,全都笑了起来。我看到了自己的全新工作——周末忙着撰写脚本;从早到晚出席会议;连续几个小时待在演播室里。那里的室温接近零度,以免主持人头上冒汗——而且我知道,我不会接受这份工作。

如果单身父亲和孩子的日常事务得以严格控制,他们是会喜欢的。

但是,如果他们看见我每天晚上六点下班回家为孩子做鱼排,他们是不会喜欢的。

他们肯定是不会喜欢的。

15

帕特在我父母那里过夜,我给吉娜打电话。我已经意识到,我需要和她谈谈。好好地谈谈,而不是高声大叫,不是抱怨叫苦,不是相互威胁。把我心里的事情告诉她。让她知道我的想法。

“回家吧,”我说。“我爱你。”

“你怎么可能爱一个人——真正的爱——而同时却和另外的人上床呢?”

“我不知道怎么解释。但是,那很容易。”

“哼,不过要人原谅却不是那么容易,对吧?”

“上帝,你真的希望我跪在地上求你,是吗?”

“不是你的事情,哈利。是我的事情。”

“难道你不爱我了吗?”

“我当然爱你,你这个愚蠢的浑蛋。可是,我现在却没有与你相恋。”

“等一等。你爱我,但现在却没有与我相恋?”

“你给我的伤害太大了。你还会那样干的。而且,下次你也不会有这么深的内疚感。下次你能够为自己找到理由。长此以往,将来某一天你会碰到你真正喜欢的人。你真正爱的人。那就是你抛弃我的时候。”

“绝不可能。”

“事情就是这样的,哈利。我在我父母身上已见过这一切了。”

“你爱我但现在却没有与我相恋?这话是什么意思?”

“在失去相恋的感觉之后,爱是剩下的东西,懂了吧?你非常在乎一个人,你希望他幸福,但是,你却已经不再对他抱有任何幻想。或许,那样的爱情并不令人振奋,并不充满激情,并不是那些随着时间而淡化的东西。所有那些你非常在乎的东西。但是,最终只有那种爱才是真正重要的。”

“我完全弄不懂你在说些什么?”我说。

“这恰恰就是你的问题,”她告诉我。

“忘掉日本吧,”我说。“回来吧。你还是我的妻子,吉娜。”

“我在见一个人,”她说。我顿时觉得自己像一名被证实身患绝症的疑病症患者。

我并不感到惊讶。我长时间处于恐惧之中,自己最担心的事情得到证实反而给我一种悲凉的轻松感。

她离家出走之后,我一直担心——或者说害怕——出现这样的情况。在某种程度上,它的出现使我感到高兴,因为我现在不用因为它而提心吊胆了。而且,我现在不会那么愚蠢,认为自己有权因此大发雷霆。但是,我现在还不知道如何处置我们的那些结婚照。夫妻离异之后应该如何处理结婚照呢?

“可笑的陈辞滥调,对吧?”我说。“我是说,‘见一个人’这个说法。听起来像是你在检查什么似的。观察一下。只是看看。但那恰恰不是你在干的事情。我是说,只是看看。当你见一个人时,哼,那才不只看一看就算了的。到了什么程度?”

“我不知道。我怎么知道?他是结了婚的。”

“去他妈的。”

“可不是那么一回事——显然,他们已经很久没有那种关系。他们处于半分居状态。”

“这是他告诉你的吗?半分居状态。你竟然相信他的话,对吧?那是一种模棱两可的托辞。我以前从来没有听过这种说法。半分居状态。真有意思。那会掩盖真相。那会使他把你们两个女人都很好地拴住。那使他能够在家里养一个娇妻为他做寿司,同时却和你在附近的某个情人旅馆里暗中偷情。”

“好啦,哈利。你是不会希望我过得好的。”

“他是干什么的?一个想通过和西方女人睡觉来寻找刺激的日本工薪族?你不能相信日本人,吉娜。你以为你是日本文化的大专家,可是你却根本不了解他们。他们的价值观与你我不同。日本人狡猾而又两面三刀。”

“他是美国人。”

“哼,你怎么没有告诉我?那甚至更糟糕。”

“不过,你不会喜欢任何与我交往的人,对吧,哈利?如果他是爱斯基摩人,你也会说,哼,爱斯基摩人,吉娜。两只手是冷的,一颗心是冷的。别和爱斯基摩人混在一起,吉娜。”

“只是不明白你干吗喜欢外国人。”

“可能是因为我曾经努力去爱过本国人。但是,他却使我心碎。”

我过了一阵才反应过来,她说的是我。

“他知不知道你有孩子?”

“他当然知道。你以为我会向任何人隐瞒这一点吗?”

“那么,他对此感觉如何呢?”

“你这是什么意思?”

“他对帕特感兴趣吗?他在乎这个孩子吗?他会关心他的生活情况吗?或者说,他只是希望和他的妈妈上床?”

“如果你这样说,哈利,我可要挂电话了。”

“那么,你要我怎么说?”

“我和他还没有谈将来的事情。我们还没有到那一步。”

“到了那一步时告诉我一声。”

“我会的。不过,请不要利用帕特来惩罚我。”

我是那样做的吗?我无法说出我的真情关怀与内心妒忌之间的界线。

帕特是我希望看到吉娜的男友在车祸中死于非命的理由之一。然而,我知道,帕特并非惟一理由。或许,他甚至不是主要理由。

“哼,你不要教唆我的儿子来反对我,吉娜,”我说。

“你在说些什么呀,哈利?”

“帕特逢人就说,你说你爱他,而你只是喜欢我。”

她叹了一口气。

“那不是我说的。我告诉他的话与我刚才对你说的完全相同。我告诉他,我仍然爱你们两个,但是不幸和令人悲伤的是,我不再与你相恋了。”

“我还是弄不明白这话是什么意思。”

“它的意思是,我们一起相守了这么多年,我感到高兴,但是,你给我带来的伤害太深,我绝不会原谅你,绝不会信任你。还有,我想它还意味着,你已经不再是那个我希望和他共度余生的男人了。你和其他男人没有什么两样。和我父亲没有什么两样。”

“你老爸抛弃了你和你的母亲,那不是我的错。”

“你曾经给了我摆脱那一切痛苦的机会。然而,你却把事情弄得一团糟。而且你也抛弃了我。”

“算了吧,那只是一个晚上,吉娜。这个话题我们还要谈多少次?”

“直到你明白我的感觉为止。如果你能干一次,你就可能干一千次。那是滥交的第一定律。你辜负了我对你的信任,我不知道怎样才能修复它。而且,那也伤了我的心,哈利。我并没有要帕特敌视你。我只是想把现在的情况告诉他。你是怎样对他解释的?”

“我无法解释。甚至对我自己也无法解释。”

“你应该试一试。如果你不明白我们的遭遇,你与任何人在一起都不会感到幸福的。”

“你解释给我听听。”

她叹了一口气。你能够听到她从东京传来的叹息声。

“我们曾经拥有我认为正常可你却认为平淡的婚姻。你是一个典型的浪漫主义者,哈利。仅仅一个婚姻关系无法满足你在感情上不切实际的幻觉,所以你把它打碎了。你毁掉了一切。可是,你现在却有脸做出一副受害者的模样。”

“是谁使你有了这种夸夸其谈的心态?是你的美国佬男朋友吗?”

“我和理查德谈过这些事情。”

“理查德?他叫理查德?理查德。哼!原来如此。”

“理查德是一个普普通通的名字。它和哈利这个名字一样,没有什么奇怪的。”

“理查德。里奇。迪基。迪克。理查德·迪基老龟头。”

“有时候,我看着你和帕特,可我真的闹不清楚你们谁是四岁的孩子。”

“这容易。我是那个撒尿不会溅在地上的人。”

“这一切只有怨你自己,”她挂上电话之前说。“你不珍惜你所拥有的东西,所以才出现这样的事情。”

这话不对。我心里明白自己拥有什么,可是却太愚蠢,不知道如何留住它。

就像任何同居一室的两个人一样,我和帕特很快形成了固定的日常生活方式。

天亮之前,帕特会步履蹒跚地走进我的卧室,睡眼惺忪地问是否该起床了。我会告诉他还是半夜,他听到会爬到我床上来,在吉娜原来睡觉的位置躺下,然后很快入睡。在他离奇的孩子梦魇中,他会手不停、脚不住地折腾,使我不得不放弃再休息一会的想法,提前起床。

我会在厨房里看报,这时帕特从床上爬起来。我随即会听到他蹑手蹑脚地走进起居室,然后打开录像机开关。

现在,帕特不上幼儿园了,我也不去上班了。我们不用急着准备出门。但是,我仍然不愿意让他做他想做的事情,他想做的事情是整天看录像。所以,我会走进起居室,关掉录像机,然后陪他一起到花园去。他会在那里端着一碗可可爆玉米花吃着玩,等待我给他自由。

我们洗漱完毕，穿好衣服以后，我会领着他骑上小自行车到公园去。那是一辆风铃牌的车，两侧仍旧装着练习骑车用的护轮。帕特和我说过几次要把它们取下来，然后试一试只有两个轮子的车子。但是，对我们来说，这好像是一个不可能的飞跃。对于什么时候取下小自行车护轮这样的事情，只有吉娜才是专家。

下午，我母亲通常会来把帕特接走，而我这时才有机会购物，做清洁，考虑家里的经济问题，在房间里不停踱步，脑子浮现出吉娜在另外一个男人的床上快活呻吟的情景。

但是，我们早上到公园去了。

16

帕特喜欢在公园一侧的露天游泳池旁骑自行车。

这个小游泳池一年四季都是干的，只有在初夏的几周时间里，区政府的管理人员才会极不情愿地使它蓄上混合着大量消毒剂的自来水。那水使孩子们身上散发着浓烈的气味，一个个好像被丢在工业废液中浸泡过一样。

夏天远未结束时，游泳池的水会被放干，扔在里面的破旧的超市购物车会被打捞起来。现在才八月中旬，可是，小游泳池被人遗忘的一年已经开始了，那里除了帕特和他的风铃牌自行车之外，一个人影也没有。

这个几乎被终年废弃的游泳池空荡荡的，有某种令人感到压抑的气氛。它位于公园内一个荒芜的角落，远离充满孩子们的欢快尖叫声的游乐场，远离妈妈和爸爸们——当然那些人几乎全是妈妈们——一杯接着一杯喝茶的小餐馆。

但是，游泳池四周的沥青小道是帕特骑车的好去处，他不用在丢弃的烤肉残块、用过的避孕套和公园中随处可见的狗屎堆之间艰难地行进。况且，我可以给你说实话，那里也符合我尽量避开在公园里玩耍的那些妈妈们的想法。

每天我们进入公园的时候，我都可以意识到她们的种种疑问。

那孩子的母亲到哪里去了？

为什么他不上班？

那孩子真是他的吗？

当然，我可以理解她们的担心，世界上大多数堕落的人是阳具的骄傲拥有者。但是，我讨厌自己应该为领着儿子上公园的事情表示歉意这种感觉。我越来越讨厌作为另类人的感觉。这个空无一人的游泳池很适合我的心境。

“爸爸！看着我!”

在游泳池的另一端,帕特正张大嘴巴喘着气,他的身边是伸向空荡荡的深水区的小跳水台。

我坐在摆放着报纸的板凳上对着他一笑。他发现我在看着他,立刻又骑车离开了——两眼发光,头发飘动,两只小腿拼命地蹬着踏板,骑着风铃牌自行车在那里兜圈子。

“离边缘远一点!”

“我会的！会的!”

在五分钟内,我把那篇关于日本经济崩溃的文章的第一句话读了五遍。

正是这个题目吸引了我。我对日本人民的境遇表示同情,因为他们看来生活在一个使他们倒霉透顶的制度之下。但是,与我的同情相伴的是一种玩味的心理。我希望读到这样的报道:银行纷纷倒闭;威风扫地的首席执行官们在记者招待会上鞠躬痛哭;刚刚招聘的外国雇员一个个前往成田机场,指望搭乘下一个航班回国。最后一点特别过瘾。但是,我的注意力无法集中。

浮现在我眼前的只有吉娜和理查德,尽管我看不清楚他们的模样。吉娜的形象开始模糊起来。她已经不再是我的吉娜了。我无法想象出她居住的地方,她上班的地方,她每天去吃午饭的小面馆。我无法构成那些画面。何况,我难以看到的并不只是她的新生活。在我的心里,我难以看清她的容貌。如果说吉娜的形象模糊,那么,我对理查德就完全一无所知了。

他是否比我年轻？比我有钱？在床上比我本事大？我真的希望和吉娜在一起的是一个即将步入老年的性无能者。然而,我心里明白,那可能只是我一厢情愿的胡思乱想而已。

我只知道一点:他是有妇之夫。即使这一点也值得怀疑——半分居状态是他妈的什么意思？他仍然和他妻子住在一起吗？她妻子是美国人还是日本人？他们仍然在一张床上睡觉吗？他们有孩子吗？他对吉娜是真心诚意的，还是逢场作戏而已？他把她视为萍水相逢的放荡女人还是他生命中的至爱？我愿意看到什么样的结果？哪一种结果对我的打击更大？

“喂，瞧一瞧我！”

眼前的情景使我惊呆了。

帕特正骑着自行车小心翼翼地在跳台上挪动，他的脚下十英尺处是坑坑洼洼的水泥游泳池池底。他从风铃牌自行车的两侧伸出两条小腿，试图用肮脏的运动鞋鞋尖稳定他的身体。我已经几个星期没有见到他玩得这么开心了。

“待在那里，”我喊道。“别动。”

他看见我向他冲去，脸色刷的一下白了。我的步伐应该慢一点。我应该装作若无其事的模样。他看到我的样子，便开始向跳台的后部倒退。但是，上跳台容易下跳台难。整个世界好像滑入了电影的慢镜头：我看着风铃牌自行车的一个安全护轮出了跳台的边缘，在空中转了几圈，帕特穿着运动鞋的两条小腿随即失去了平衡，胡乱地晃动了几下。我眼睁睁地看着儿子和自行车一起，脑袋朝地坠下去，跌入干涸的游泳池。

他躺在跳台下面，自行车压在他身上，血液开始浸染他的黄发。

我等着他开始叫唤，就像他去年那样——他把我们的床当做蹦床，砰的一声被弹了出去，脑袋撞在衣柜上；或者就像前年那样——他在学步车里站立起来，想对着我和吉娜笑，结果车子翻倒在地；或者就像其他那些时候——他不小心撞伤了头部；或者脸朝下摔倒在地；或者擦破了膝盖皮。

我希望听到他哭出声来，那样，我就知道这次与以往一样，只是小孩常见的小伤而已。但是，帕特却完全没有出声，那情景使我的心一下悬了起来。

他两眼紧闭，脸色苍白，表情痛苦，好像正在做着噩梦，脑袋上一圈褐色血印在慢慢地扩大。

“哎哟，帕特，”我叫喊着，把自行车从他的身上挪开，然后不顾一切地把他紧紧地搂在怀里。“噢，上帝。”我叫喊着，用沾着他的鲜血的手从上衣口袋里掏出移动电话，飞快地按了开机密码，可听到的却是电池用完的嘟嘟响声。

我抱起我的儿子。

我跑了起来。

17

抱着一个四岁大的孩子是无法跑多远的。四岁孩子的个子太大，身体太重，抱着太不方便，所以无法跑快。

我想把帕特抱回家上汽车，但是，当我跌跌撞撞地出了公园大门时，我心里明白，那样做是无法快起来的。

我冲进那家我们吃过绿色意式面条的餐馆，帕特仍旧脸色苍白，安安静静地躺在我的怀里流血。这时正是供应午餐的时间，里面坐满了身穿套装、埋头用餐的写字楼工作人员。他们目瞪口呆地看着我们，缠绕着面条的叉子停了下来。

“快叫救护车！”

没人行动。

这时，厨房门开了，希德从里面走了出来，一只手端着摆满食品的托盘，另一只手拿着点菜用的小本子。她看了我们一眼，不禁眉头一蹙：帕特已奄奄一息，我惊慌无助，双手和衬衣染着血迹。

她立刻老练地将手里的托盘放在身边的一张桌子上，然后快步向我们走来。

“是我儿子！去叫救护车！”

“我开车送你们去快些，”她说。

医院的地板上画着指示急诊室去向的白色线条，但是，我们还未走到急诊室，几个护士和搬运人员就围了上来。他们从我手里接过帕特，把他放在救护推车上。那是一辆成人用的推车，帕特躺在上面显得非常小。真的太小了。

我开始流泪，伸手擦了一下。我不忍心看他，我又无法不看他。你的孩子进了医院，这是世界上最糟糕的事情。

他们把他推向大楼的深处，拥挤、嘈杂的走道里挂着令人讨厌的长条形状的黄色电灯。他们问我帕特的出生日期、病史和头部受伤的原因。

我想告诉他们，他当时在干涸的游泳池的跳台上骑车，但是却不知道他们是否能听明白。连我自己也不太清楚究竟是怎么一回事。

"我们会照料他的，"一名护士说。推车哐啷一声进了绿色双向弹簧门。

我跟着他们往里走，一眼看见了里边的情况：有几个身穿绿色罩衫、脸上戴着口罩的男女，各种镀铬医疗设备闪闪发光，他们把帕特放在那种带有垫料的台子上。它看上去像跳台一样，薄薄的，使我感到有点儿害怕。希德轻轻地抓住我的胳膊。

"你得让他接受手术，"她说罢把我领进了一个阴冷、狭窄的休息室，然后在售货机上买了用塑料杯装的咖啡。她没有问我的意见，直接给我的那一杯加了糖。

"你没事儿吧？"她问道。

我摇了摇头。"我太笨了。"

"这样的事情是常有的。你知道我在那么大时遇到了什么样的事情？"

她等着我的回答。我抬头看着她那双棕色大眼睛。

"什么？"

"我看一帮孩子玩棒球，走上前去，正好站在击球手后面。"她对着我一笑。"他一挥手击球，几乎把我的脑袋劈掉了。虽然那球杆是塑料做的，但是却一下子把我打昏过去。我当时真的两眼直冒金星。你瞧。"

她用手撩开遮挡前额的头发。就在她的眉毛上方，有一处淡淡的白色疤痕，大约有拇指指甲那么大。

"我知道你现在很难受，"她说。"但是，小孩子的生命力强，不会有什么事情的。"

"那跳台很高，"我说。"他重重地摔了下来。他的血——流得到处都是。"

但是，希德让我看了她的伤痕，我心里感激她。我知道了这个事实：她小的时候曾经被打得失去了知觉。她心地善良。

一位年轻的医生出来找到了我们。她大约二十五岁左右，看样子从医学院毕业以后就从来没有睡过一次好觉。她略表同情，但言语简洁，实话实说，颇有专业人士的风范。

“帕特里克[①]的病情稳定，但是由于头部伤势严重，我们得拍 X 光片和进行脑部扫描。我担心可能出现颅骨内向破损——在颅骨破裂时，有的骨片被向内挤压，给大脑造成压力。我说的不是已经出现的情况。我只是说，有这样的可能性。”

“哦，上帝。”

希德抓住我的手，紧紧地握了一下。

“这需要一定时间，”医生说。“如果你和你妻子今天晚上想和儿子待在一起，你们现在还有时间回家去准备一下。”

“呃，”希德说。“我们不是夫妻。”

医生看了我一眼，接着查看病历。

“你是帕特里克的父亲，塞弗先生？”

“对。”

“我只是一个朋友，”希德说。“我应该走了。”她对我说着，站了起来。我看得出来，她觉得她自己有些碍事。但是，实际上一点儿也不。现在只有她支撑着我，使我没有崩溃。

“那么，孩子的母亲呢？”医生问道。

“她在国外，”我回答说。“暂时在国外。”

“你可能要给她打电话，”医生说。

---

① 帕特是帕特里克的昵称。

我母亲一直在哭，但却不会当众那样做。她总是关上家门后才哭，只让家人看见。

在医院里，她总是坚毅乐观，通情达理。她向护士们提出一些实际的问题。例如，什么是永久性伤害？我们要过多久才会知道这一点？孩子的爷爷和奶奶晚上可不可以待在医院里？有她在身边，我感觉要好一些。我的父亲却略有不同。

这名老兵在医院的餐厅里显得不知所措。他不习惯坐在那里等待。他不习惯面对他无法控制的情况。他那经过文身的胳膊，他那魁梧的肩膀，他那无所畏惧的心脏——这一切在此都派不上用场。

我知道，他愿意为帕特付出一切。他对帕特的爱是不带任何条件的，那样的爱只能对小孩子。在完美无缺的孩子长成易犯错误的大人之后，那样的爱就难以感觉得到了。他用曾经爱我的方式疼爱着帕特。帕特就是当年的我，那时的我还没有机会把事情弄糟。我父亲发现，他能够做的只有坐在那里等待，这使他心里非常难受。

"谁还要喝茶?"他说，很希望做点什么事情，做任何可以使我们的可怜境遇略有改善的事情。

"我们喝的茶已经快要从耳朵里冒出来了，"我妈妈说。"你就坐下放松一下吧。"

"放松?"他哼了一句，两眼盯着她，后来决定不再开口。

他砰的一声在一把破旧的塑料椅子上坐下，两眼盯着墙面。他的眼袋凸现，那颜色像是被碰伤的水果。过了五分钟以后，他起身为我们端来茶水。他喝着他实际上并不想喝的茶水，等待着他孙子的消息，一下子突然显得苍老了许多。

"为什么不再试一试给吉娜打电话?"我母亲问我。

我不知道母亲心里在想什么。她可能在想，吉娜会搭乘下一个航班回家，我们这个小家很快就会重新团圆，永不分离。或许，我也有那样的期望。

但是，没有用处。我走到接待室去，拨通了吉娜的号码，但是，我听到的只有日本电话的奇怪的嘟嘟声，没有人接电话。

现在是伦敦的午夜，在东京是早上八点。她应该在那里。除非她已经去上班了。除非她昨天晚上根本没有回去住。她的电话一直都嘟嘟地响着。

这就是从现在起将要出现的情况。如果我和吉娜通话，我知道，她具有的力量和常识将会战胜任何恐惧和惊慌。在这点上，她更像我母亲而不像我父亲，也不像我。她会问发生了什么事情，有什么危险，什么时候可以得到确切诊断。她会确定下一个回国航班的起飞时间，她会搭乘那一班飞机。但是，我却无法拨通她的电话。

我挂上电话，心里知道我们今后的生活将会这样，知道事到如今已无法回到从前，知道我们两人相距太远，已经无法找到重归旧情的路途。

18

凌晨五点,医生进来找我。我在空无一人的餐厅里,手里端着一杯几个小时之前就已变得冰凉的茶水。她过来时我站了起来,等着她说话。

“真是值得庆幸,”她说。“你儿子的脑袋非常坚硬。”

“他没事儿吧?”

“没有发现裂痕,扫描图像未见异常。我们要把他留下来观察几天,但那是给四岁孩子的头部缝了十二针之后的标准做法。”

我希望那位医生成为我最好的朋友。我希望我们每周能够见面用餐,那样她就可以向我倾诉她在医务工作中所遇到的种种烦恼。我会倾听,我会关心。她救了我儿子的生命。她很美丽。

“他真的没事儿了?”

“几周之内他会觉得头疼,而且会留下伤疤。男人身上的伤疤是很吸引人的,对吧?”

我握着她的手,久久不愿松开。

“谢谢你。”

“我们就是干这事儿的,”她笑了。我看得出来,我的举止使她觉得尴尬,但是我却情不自禁。后来,我松开她的手。

“我可以看看他吗?”

他的病床在住满孩子的病房的另一端。帕特旁边的那张床上躺着一名五岁的小女孩。她穿着魅力女孩牌睡衣,脑袋光秃秃的,我想那是化疗造成的。她的父母守候在那里——父亲在一把椅子上睡着了，母亲坐在床边，两眼望着女儿的脸庞。我悄悄地从他们身边走过，到了我儿子的床前，觉得不应该那么长时间地悲伤。我们的运气不错。

正在给帕特输盐水，他的脸色像枕头那样苍白，头上裹着绷带。我坐在他的床上，轻轻地抚摸他的胳膊，他慢慢地睁开了眼睛。

“你生我的气吧?”他问道，而我摇了摇头，不敢说话。

他闭上眼睛，我突然意识到，我能够把这事情做好。

我明白，到目前为止，我的表现是相当糟糕的。我没有足够的耐心。我花了过多的时间去想吉娜甚至希德的事情。我在公园里没有仔细地照看好帕特。所有这一切都是无法否认的。但是，我是能够把这事做好的。

也许绝对不可能做得尽善尽美。也许像我没有当好丈夫一样，我可能也当不好父亲。

但是，我第一次明白，做一个男人与此没有什么关系。

所有的家庭都有他们自己的传说和故事。在我们这个小家庭中，我主演的第一个故事是我五岁时被狗弄掉了自己的全部门牙。

那天，在我们家公寓那排商店的后面，我逗着邻居家的一条法国阿尔萨斯狗玩。那条狗舔我的脸蛋儿，我喜欢它那样干。后来，它把前爪搭在我的身上，想支撑它的身体，可那一下把我掀翻了。我嘴巴向下，直挺挺地摔在地上，鲜血和牙齿落在地上，我母亲大声尖叫起来。

我还依稀记得被紧急送往医院的情景。他们让我俯身对着一个洗手池，把破碎的牙齿弄出来，我的血染红了白色的搪瓷洗手池。然而，我记得最清楚的是，在他们对我进行麻醉时，我老爸坚持要和我在一起。

当这件事情在我们家里得以复述时，它的可笑之处在于我带着受伤的嘴巴出院后回家时所做的事情——往嘴里大塞咸酸味薯片。

那个故事的结尾符合我老爸的口味——他儿子出院时门牙只剩血肉模糊的牙根，可是却坚强地立刻打开了一盒薯片大嚼起来。但是，事实上我根本不算坚强。我只是喜欢那咸酸味薯片，即使我只能用舌头吸吮也行。

况且，我知道我爸爸已经不如从前他所希望的那么坚强了。没有人能够在送自己的孩子上医院时保持铁石心肠。那个故事的真正可笑之处在于，我父亲拒绝从我身旁走开。

他看着他的五岁大的儿子被麻醉，以便让医生在牙龈和舌头间取出牙齿碎片。现在，我可以理解他当时的心情了。

他会有那种完全无助的恐惧感，那样的感觉只有生病或者受伤的孩子的父亲才可能体会到。我现在清楚地了解他当时的感觉——好像生活把他当做了人质。我已经开始用他的眼光来观察世界了，这真的可能吗？

他站在医院的大门口，嘴里吸着他自制的卷烟。他肯定是世界上惟一不吸毒的里兹拉牌烟丝的顾客。

他抬头看了我一眼，努力屏着呼吸。

“他会好起来的，”我说。

他呼出了一股白烟。

“不是——他们怎么叫的？——颅骨内向破损吧？”

“不是骨折。他们给他缝了十二针，他会有一个伤疤，但不会有其他问题。”

“不会有其他问题？”

“不会的。”

“感谢上帝，”他说着，猛地吸了一口卷烟。“你怎么样？”

“我？我没事儿，爸爸。”

“需要什么吗？”

“真想打个盹。”

我和父亲在一起时，有时发现自己在使用他的语言。他是全国惟一仍把睡觉称为打盹的人。

“我的意思是,你在钱方面没有问题吧? 你妈妈告诉我,你不打算去干那份工作。”

“我没法干。上班时间太长。我回不了家。”我把目光移过空荡荡的停车场,投向灯光闪烁的夜空。远处什么地方传来小鸟的鸣叫。时间已经不是晚上,而是凌晨了。“不过,肯定会有转机的。”

他掏出他的钱包,抽出几张纸币,伸手递给我。

“你这是干什么?”我问道。

“帮你维持到有转机的时候。”

“没事儿。我感谢你的帮助,爸爸,但是真的会有转机的。”

“我知道会有的。人们总要看电视,对吧? 我相信很快会有转机的。这是在那之前给你和帕特用的。”

我的爸爸,传媒专家。他对电视的了解只限于这个观点:现在电视台没有播出像《富尔特大厦》或者《本尼山》那样有趣的节目了。但是,我收下了他给的那些钱。

曾经有一段时间,从他手里要钱会使我生气——生我自己的气,觉得长那么大了仍然需要他和他的帮助,而且更生他的气,觉得他总是喜欢扮演我的救星这个角色。

但是,我现在看得出来,他只是努力向我表明,他是支持我的。

“我会还你的,”我说。

“不用急,”我父亲说。

吉娜希望搭乘下一班飞机回国,但是我设法使她改变了主意。因为等到我第二天晚些时候终于和她联系上时,搭乘下一班飞机回国已经没有多大意义了。

她没有赶上送帕特到医院去那一段可怕的时间。她没有赶上不停地喝不想喝的茶,等着他的检查结果出来的那几个小时。而且,她没有赶上他头上裹着绷带,在床上坐起来那一天——他在床上挥舞着光剑，旁边是那个因为接受治疗而失去了全部头发的小女孩。

吉娜没有赶上所有这一切，她没有赶上这一切并不是她的过错。就我个人而言，我责怪那个烂杂种理查德。

但是，当我联系上吉娜时，我们已经知道帕特会康复的。现在，我不想她回来。

我告诉自己，因为我不愿意她手里抱着帕特，嘴里告诉他已经脱离危险，然后又一走了之。然而，我知道自己的想法也没有那么高尚。在我们需要的时候，吉娜跑到他妈的什么地方去了？

“我明天得赶到医院去，”她说。“这工作可以放一放。”

“没有必要，”我说，口气非常镇定。“只是摔了一跤。摔得厉害。不过，他会好起来的。”

“我反正会很快回来的。我只是没确定什么时候——”

“不用改变你的计划，”我连忙说。

听一听我们的谈话吧——两个人都非常正式，好像在无聊的宴会上互相进行试探。我们曾经可以彻夜交谈，我们曾经可以无所不谈。现在，我们讲话的语气像是从来没有正式见过面的两个陌生人。听听我们是在怎样交谈，吉娜。

希德站在我家门口，手里端着一个快餐盒子。

“时间不合适吗？”

“哦，欢迎光临。进来吧。”

她走进我的家里，把手里的盒子递给我。

“给帕特的。辣味意式面条。”

“绿色意式面条。他最喜欢吃的。谢谢你。”

“你只需把它放进微波炉热一热就行了。你会吧？”

“你在开玩笑吧？我知道如何使用微波炉。一分钟还是两分钟？”

"一分钟应该够了。他没有睡?"

"正在看电视。只是想休息一下。"

帕特趴在沙发上,仍旧穿着那身印有星球大战图案的睡衣,看着由导演剪辑的《杰迪归来》的精选片段。自从他出院回家以后,原来给他定下的规矩就被扔出了窗外。

"嗨,帕特,"希德说着在他身边坐下,伸手抚摸他的头发,小心避开遮盖着他半边前额的那一大块石膏。"你可怜的脑袋疼吗?"

"没事儿。缝针的地方有一点痒。"

"我想应该是的。"

"可是——猜猜怎么样?不用拆线。我是说缝的那些线。"

"不用拆?"

"不用,它们会慢慢化掉的,"帕特说着,转过头来要我证实他的话。

"对,"我说。"它们会被吸收的。它们是新型的缝线,对吧?"

"新型的,"帕特点了点头,又去玩他的雷娅公主了。那小玩具人被打扮成贾巴的宫妃的样子。

"那就是她的打扮吧,"希德说。

"对,就是那样的,"帕特表示同意。"她是女奴隶。"

"原来是这样的。"

他们摆弄着套着链子的雷娅公主,在那里玩了一阵。

"好啦,我会等着看你慢慢好起来的,"希德说。

"好吧,"帕特说。

"希德给你带来了好吃的东西,"我说。"绿色意式面条。你该说什么?"

"谢谢你,"他说着,报以他最迷人的大卫·尼文式微笑。

"不客气,"她说。

我把她送到门口,这时我发现我心里某种东西在呼唤。我不愿意让她走。

“谢谢你到这里来,”我说。“我今天特别高兴。”

她转过身来,那双棕色的大眼睛望着我。

“我说的是心里话,”我说。“这是今天我最高兴的事情。真是这样的。”

“可是,我不明白,”她说。

“你为什么不明白?”

“你干吗要喜欢我?你根本不了解我。”

“你真的想知道吗?”

“对。”

于是,我告诉了她。

“我喜欢你,因为你坚强但不冷酷。你不听信男人的废话,但是为了一个男人可以离开自己的国家,因为你认为他就是你的梦中情人。我喜欢那样的性格。”

“那是我一生中的最大错误。”

“可能吧。你从小就看那些米高梅影片公司出品的音乐喜剧片,因而充满浪漫情调。这一点我也喜欢。”

她听了摇头哈哈大笑。

“你看透了男人,但是仍希望找一个男人与你分享生活,”我说。

“比如说是谁?”

“还有,我喜欢你笑时整个面孔突然一亮的样子。我喜欢你的眼睛。我喜欢你的双腿。我喜欢你和一个四岁孩子谈话的方式。我喜欢在我需要的时候你出现的方式,而别的人只是袖手旁观。你心地善良。你本来没有必要对我那么好。”

“还有别的吗?”

“你很漂亮。”

“我根本不漂亮。”

“你漂亮、勇敢,我嫉妒以前和你约会的每一个男人。每当我从你工作的那家餐馆走过时,我都希望遇见你。”

“你想你妻子,”她说。“你真的想她了。”

“那是真的,”我承认说。“但是,你把我迷住了,这也是真的。”

“瞧你说的,”她说着摇了摇头。“但是,你还不了解我。”

她没有用刚才说话的口气讲这句话。现在,她说话时声音柔和而亲切,似乎我不了解她并不是我的过错。

她说着向我靠近,用深情的目光注视我片刻,然后闭上眼睛,把嘴唇靠在我的嘴唇上面。我开始吻她。

“我对你有一点了解了,”我说。

“对,”她说着,回吻我。“你对我有一点了解了。”

第二部　卖冰激凌的人

19

帕特开始上学了。

他必须穿上的校服应该使他的年龄显得大一些。灰色鸡心领运动衫，白衬衣配黄领带，这应该使他看去像一个大人。可是，校服并未达到那样的效果。

非常正式的校服反而使初来乍到的他显得越发突出。他还没有过五岁生日，甚至还没有达到可称为年轻的年龄。他仍旧是一个乳臭未干的小孩。即使他的穿着比我的衣着更成人化也是如此。

我帮助他做好准备，迎接开学的第一天，我惊讶地发现，我是多么地喜欢他的脸蛋儿。当初他还是婴儿时，我无法确定他究竟是真的漂亮，还是因为我作为父亲的主观感觉在起作用。但是，现在我可以看到真实的东西了。

他长着明亮的蓝眼睛，黄色的长头发，腼腆的笑容在他那异常光洁的脸上慢慢展开，真是一个漂亮的孩子。而现在呢，我只得让我的漂亮孩子走出家门，进入社会。至少要到下午三点半钟才能见到他。对我们两人来说，那感觉仿佛要等一辈子。

他现在不笑了。用早餐时，穿着成人服装的他脸色发白，一声不吭，努力使下巴不颤抖，使下嘴唇不翘起来。我一边吃可可爆玉米花，一边不停地告诉他，上学是人生的最好时光。

我们的早餐被吉娜的电话打断。我知道，她打电话一定很困难——在她那里，工作日的概念仍旧非常严格——但是，我也知道，她是不会错过帕特的这个特殊日子的。我看着他和他母亲谈话的样子：衬衣和领带使他觉得不舒服，一个孩子被突然强迫去模仿成年人。

后来，出发的时间到了。

我们开车接近学校时，我突然被一阵惊惶的感觉所控制。到处都是孩子，全都穿着和帕特一样的服装，全都像我们一样，往相同的方向前进。我可能在那里失去他。我可能永远地失去他。

我们在距离校门还有一段路程的地方把车停下。路上停着两排甚至三排汽车。小姑娘们带着莱昂纳多·狄卡普里奥牌午餐盒，从机械化坦克那么大的客车里出来。年龄比她们大一些的男孩们背着阿森纳队和曼联队的背包，从老式的面包车里下来。那一群小孩形成的噪声简直震耳欲聋。

我牵着帕特的肉嘟嘟的小手，加入了那一股人流。我可以看到一大群年龄幼小、手足无措的新学童和他们的表情紧张的父母在操场上乱作一团的情形。我们刚刚走进校门，准备去加入他们的行列，却发现帕特脚上穿的新鞋的鞋带松开了。

"我给你把鞋带系上，帕特，"我说罢蹲下给他系鞋带，这时才意识到，这是帕特有生以来第一次没有穿运动鞋。

两名男孩子手拉着手从旁边走过。他们瞅了我们一眼，帕特腼腆地向他们一笑。

"他连鞋带也不会系，"其中一个男孩嘟哝了一句。

"我是不会，"帕特回敬道，"可我知道怎样看钟哦。"

他们笑得前仰后合，互相拉着手支撑着对方，嘴里重复着帕特的话，疑惑不解地蹒跚而去。

"可我知道怎样看钟，对吧?"帕特嘴里嘟哝道，以为他们怀疑他说的话。他气得不停地眨动着眼睛，认真考虑着是否该大哭一场。

"你可以准确地看钟，"我嘴上对他说，可心里却无法相信这一点：我真的使儿子成了这个讨厌的现代世界中人们冷嘲热讽和恶意攻击的对象。我们进了运动场。

许多孩子第一天上学都有父母陪伴。但是，我并不是惟一的单亲家长。单独送孩子来上学的男人不止我一个。

有一个单身父亲可能比我年长十岁，满脸沧桑，一副生意人模样。他陪伴的小女孩显得从容自若，背包上印着某个我从未听说过的男孩乐队的成员们笑嘻嘻的头像。我和他的目光对视片刻，他随即躲开了我的视线，仿佛我患有什么传染病。我想他的妻子可能在上班。我想她可能在世界上任何地方。

一脸和气的校长来了，把我们领进了学校的礼堂。她向我们发表了简短的、鼓舞人心的讲话，然后孩子们都被分配到他们各自的班上。

帕特的老师叫沃特豪斯小姐，我与几位家长和新学童一道，跟着一名充当迎宾员的年龄大一点的孩子，朝她所在的班级走去。我们的迎宾员是一名八岁左右的男孩子。帕特两眼盯着他，羡慕得目瞪口呆。

在沃特豪斯小姐的教室里，一群五岁大的孩子们盘腿坐在地板上，耐心地等待老师——一位具有竞赛节目主持人那种歇斯底里的幽默感的年轻妇女——讲故事。

“欢迎大家到来！”沃特豪斯小姐说。“你们刚好赶上上午的故事会。但是，首先每位小朋友应该向妈妈说再见了。”她冲着我一笑。“还有爸爸。”

离开他的时间到了。虽然他当初上幼儿园时也有伤心告别的时候，但这次却略有不同。这次的感觉是我自己被抛下了。

他开始上学了，到了毕业时将会成为一个男人，而我会步入中年。他待在家里看《星球大战》录像，而生活却在别的地方进行的漫长日子已经结束了。那些日子显得空虚，有时使人有失败感，但是，我已经开始怀念它们了。我的儿子正在进入社会。

沃特豪斯小姐问是否有人自愿照顾新到的同学。孩子们同时举起了小手，老师挑选了充当陪伴的学生。突然，一个神情严肃、非常漂亮的小女孩站到了我们旁边。

“我叫佩吉，”她告诉帕特。“我照顾你。”

小女孩拉着他的手，把他领进了教室。

我离开时，他甚至没有看我一眼。

我至今还记得自己躺在父亲那辆车的后座上睡觉的情形。我们在外边住了几个晚上——我们每年到伦敦的帕拉斯剧院去看哑剧，每周去看我奶奶——以后开车离开伦敦。在伦敦东区的街道和埃塞克斯的公路上，我睡眼惺忪，看着黄色路灯从头顶上闪过。

我会在爸爸的汽车后座上伸开四肢——"你不用睡着，可以让眼睛休息休息，"我母亲会这样告诉我——然后很快在汽车的摇摆和父母的低语中入睡。

我醒来时已在父亲的怀里，汽车停在我们家的车道上，发动机还在工作。他在汽车上准备了一条格子花呢毯子，以便去海边，去亲戚家，去伦敦帕拉斯剧院时使用。他把我从后座上抱起来，我身上裹着那条格子花呢毯子。

如今，要使我醒来非常容易。醉汉回家蹒跚的脚步声，汽车的关门声，数英里之外的警笛声，都足以把我从睡眠中惊醒，然后使我数小时内两眼盯着天花板发呆。但是，我小时候在爸爸的汽车后座上睡觉时，没有什么声音可以吵醒我。我到家时尚未完全清醒，父亲会把裹着毯子的我抱到楼上的卧室去。

我希望帕特也有那样的回忆。我希望帕特也有那样的安全感。但是，吉娜走了之后，我们的那辆老式大众车被卖掉，以便支付抵押贷款。从我父母家回来时，我得在空荡荡的高速公路上开一小时车。如今，帕特只得坐在我那辆莫里斯 F 型跑车的乘客座上，努力与睡意抗争。

我希望我儿子有我从小就有的那种坐车的经历。然而我们现在是轻装旅行。

在那漫长的上午临近结束时，希德打来了电话。

"帕特上学的情况怎么样？"她问道。

她的口气听起来流露出真切的关心。那使我越发喜欢她。

"有一点问题，"我回答说。"在告别时下巴颤抖。眼睛里有一些泪水。当然，那是我。帕特没有任何问题。”

她笑了起来。在我的想象中，我看到那笑容照亮了她工作的地方，使那里具有特别的意义。

“我可以使你笑起来，”我说。

“对，可我现在得去工作了，”她说。“因为你不能为我付账单。”

这话真是说到了点子上。我甚至不能支付自己的账单。

帕特第一天放学时，父亲和我一道去接他。

“有特别礼物，”父亲说着，把他那辆丰田车停在校门外。但是，他没有说特别礼物是给帕特的，还是给我的。

孩子们在三点半时蜂拥而出，我发现根本不可能在人群中错过他的身影。即使在数百个穿着类似服装的孩子中，你隔着很远也能一眼找到自己的孩子。

他和佩吉——就是那个照顾他的小姑娘——走在一起。她抬起头来看着我，那双眼睛给我似曾相识的感觉。

“喜欢吗？”我问帕特，担心他知道他今后得这样继续下去，会以沉默来对待我的问题。

“你猜一猜我发现了什么？”帕特说。“那些老师的名字全是一样的。她们都叫小姐。”

我老爸把他抱起来，吻了吻。我不知道，帕特再过多久会在我们吻他时觉得不好意思。接着，他吻了吻我老爸的脸——他那种用力的亲吻是从吉娜那里学来的——这时，我发现还有一点时间。

“你的自行车在爷爷汽车的行李箱里，”我爸爸说。“我们回家路上可以去公园玩一玩。”

“佩吉可以去吗？”帕特问道。

“她当然可以去，”我说。“但是我们得先问一问佩吉的妈妈爸爸。”

“我妈妈在上班，”佩吉告诉我。“我爸爸也在上班。”

“那么，是谁来接你呢？”

“比安卡，”她说。“带我的阿姨。虽然我已经不是小孩子了。”

佩吉环顾四周，目光搜索着来接孩子的家长们，最后终于发现了要找的人。一个十七八岁的姑娘从人群中走来，嘴里叼着香烟，目光四下搜寻她所照看的孩子。

“那就是比安卡，”佩吉说。

“来，佩吉，”那姑娘说着伸出手来。“我们走吧。”

帕特和佩吉面面相觑。

“我们要去公园玩一个小时左右，”我对比安卡说。“欢迎佩吉和我们一起去。当然，也欢迎你去。”

那姑娘冷冷地摇了摇头。

“我们得回去，”她说。

“那么，明天再见吧。”佩吉对帕特说。

“好的，”他答道。

佩吉对着帕特一笑，比安卡拽着她穿过渐渐散去的人群。

“我明天会见到她的，”帕特说。“在学校里。”

帕特的双手沾着泥土，脸上留下了油漆印迹，嘴边还挂着一点像是鸡蛋三明治的残渣。但是，他看上去很好。上学的事情不会有什么问题。

我和我老爸还有一点不同。自从帕特摔进那个干涸的游泳池之后，我希望再也不要看到帕特的那辆自行车了。但是，正当我们在医院里焦灼地等待检查结果时，我爸爸驾车去了公园，找回了那辆风铃牌车。

那车仍然倒放在游泳池的深水区那一端，除了车把手被摔弯了一点之外，其他没有什么损坏。我会高兴地把它扔进附近的废物场中。我爸爸希望帕特继续用它。我没有和他争辩，想让帕特自己去决定。

但是，当我父亲从汽车的行李箱里卸下风铃牌车时，我儿子看见了显得很高兴。

“我已经弄直了车把手，”我爸爸对我们说。“只需再补一点儿油漆就行了。用不了多少时间。如果你喜欢，我可以帮你做。”

我爸爸知道，我在上中学时艺术课没有修完，那以后就从来没有摸过油漆刷子。

“我会做，”我满脸不快地说。“把外衣穿上，帕特。”

眼下已是九月，秋天的第一丝寒意已经游荡在空气之中了。我帮帕特穿上防风外衣，把衣服的兜帽套在头上，看到了他见到自行车时脸上绽开的笑容。

“还有一件事情，”我父亲说着，从短大衣口袋里掏出了一把银色扳手。“依我看，像帕特这样的大孩子骑车，应该取下那两个安全护轮了。”

这就是我已经年过七十的老爸——性格坚强，心地善良，充满自信，满怀爱心地对着他的孙子微笑。然而，我却发现自己有些嫉妒他：他具有改善家庭生活的天赋，具有男子汉的精悍作风，具有可以让世界服从他的意志的绝对自信。还有呢，我也讨厌见到那辆自行车。

“看你的主意，爸爸，”我说。“不久前刚刚从那个鬼东西上摔下去，可你却又让他骑没有护轮的自行车。”

“你总是夸大其词，”父亲说。“就像你母亲。我不是要那孩子去骑车——不管什么样的车。我只是要他试一试没有护轮的车子。那样做对他有好处。”

父亲蹲在地上，动手取下风铃牌车的两个小护轮。看着他转动扳手的样子时我心里想，我一生都在看他做杂事，最先是在他的家里，后来是在我的家里。当我家的电灯出了毛病或者屋顶漏雨时，吉娜和我不会去打电话找别人来。我们打电话叫爸爸来。

暖气锅炉的问题，排水管道的锈蚀，房顶上的漏洞——对工具齐备的他来说，没有什么修理不好的东西。他干完事情之后，喜欢听吉娜的赞扬——她总是乱夸一通——但是无论夸奖与否，他反正会做好的。父亲是那种被母亲称为“会拾掇家里”的人。而我却恰恰相反。我是那种“家务事一样不会”的人。

我爸爸取下了护轮，我发现帕特脸色发白，露出害怕神情。在那一瞬间我真想开口说话，可话到嘴边却被咽了下去。

因为我知道，我一旦开口说话，堆积在我心里三十年的东西就会爆发出来——父亲什么事情都行，而我却做事懒惰；老爸散发着男子汉的魅力，而我却胆小怕事；爸爸喜欢自有建树，而我却追求平淡的生活。

我不愿意当着帕特的面把那些事情抖出来。今天不行。将来也不行。所以，在我爸爸帮助帕特骑上自行车时，我一声不响地，在一旁观看。

“只是试一试而已，”我父亲鼓励帕特。“如果你不喜欢，我们就停下来。我们可以立刻停下的。好吧，宝贝？”

“好吧，爷爷。”

我父亲一只手握着车把手，一只手抓住座凳。帕特两只手紧紧地抓着车把手，生怕丢了小命。随着风铃牌车轮的转动，踏板带动了那双已经摩擦出痕迹的上学穿的鞋子。我绷着脸跟在后面，我们摇摇晃晃地经过秋千和滑梯，穿过了一处没人的草地。

“你们没有松手吧？”帕特问。

“我把着的，”我爸爸回答。

“你星期天晚上可以帮我照看一下帕特吗？”我问。

“星期天晚上？”听他那口气，好像我的请求很奇怪，虽然我很清楚，那是他和母亲喜欢外出的时间。

“对，我打算出去一下。”

“当然可以，”他说。“我们会帮你照顾他的。是有关工作的事，对吧？”

“和工作没什么关系，爸爸。我现在没有工作，记得吗？我出去见一个姑娘，”那不太确切。“见一个女人。”那也不太确切。

我以为他听到之后会停下来，但是，他仍然弯着腰，手里把着帕特的车子，在长着雏菊，散落着狗屎的草地上走着。

“她是谁？”他问。

"只是一个朋友。我们可能要去看电影。"

他后来停了下来,一边揉着背,一边伸直腰来看着我。

"就你目前的处境而言,你觉得这样做没有什么不合适,对吧?"

"你是说去看电影吧?我不明白为什么不行。"

"我说的不是上电影院的事情。我是说和一个陌生女人一起外出的事情,就在——"他冲着帕特的兜帽点了一下头。"你明白吧。"

"她不是什么陌生人,"我解释说,"何况我们只是去看看电影而已。我们又不会私奔。"

他摇了摇头,弄不懂这世界会变成什么样子。

"我不管你要做什么,"他说着,再次示意帕特。"我关心的是他。你说的这个姑娘——你是认真的吗?"

"我不知道,爸爸。我们就不能在开始挑选窗帘之前,先去看一场电影?"

我做出一副受到伤害的无辜状。但是我心里明白,如果我和女人约会,那会使他感到困惑和害怕。我不想伤他的心。我只是想向他表明,我已经三十岁了,他已经不能决定什么时候取下我的安全护轮。

这时,我们来到旧舞台前面坑坑洼洼的沥青小道上。

"准备好了没有?"我父亲问帕特。

"好了吧,"帕特回答说,那声音听起来并没有完全准备好。

"我给你稳住车,好吧?"我爸爸说着,加快了步伐。"我会一直稳着的。你伸直腰。踩踏板。"

"好吧。"

"你还是稳着的吗?"

"稳着的!"

他们开始在沥青路上练习骑车,帕特的脸被外衣兜帽遮挡着,父亲在他的身边弯着腰,看去就像一个驼背人在追赶一个小精灵。接着,父亲松开了双手。

“你稳着的吗?”

“稳着的!”父亲大声答道,这时帕特已经把他留在了后面。“踩踏板! 我抓住你的!”

帕特的两条小腿踩着踏板。风铃牌车冲过一个小水坑,水花四溅,危险地晃了一下,但是看上去马上又恢复了平衡,加快了速度。

“你学会骑车了!”爸爸大声喊道。“你学会骑车了,帕特!”

父亲回过头来看着我,我们俩大笑起来。我跑到父亲身边,他伸出手来搂着我的肩膀。他身上散发着老霍尔本牌香料的气味。

“你看他骑得多好,”爸爸骄傲地说。

自行车跑到沥青路边缘,蹦了一下,然后冲进草坪。帕特现在的速度慢了一些,但是仍旧不停地踩着踏板,车子径直向树林奔去。

“不要走得太远!”我喊道。但是,他听不见我的声音。他消失在老橡树的阴影里,就像一个戴着兜帽的精灵,返回森林中的洞穴去了。

父亲和我相互看了一眼。我们已经没有了笑容。我们拔腿就追,顾不上湿滑的草地,并且大声叫着他的名字。

这时,帕特骑着车若无其事地出了树林,向我们奔来,头上的兜帽已被吹开,头发迎风扬起,脸上洋溢着笑容。

“看一看我会做什么,”他骄傲地叫道,站在风铃牌车的踏板上立了一下,然后慢慢地停了下来。

“棒极了,帕特,”我说。“但是,今后不要像刚才那样了,好吧? 一定要在我们的视线之内。”

“爷爷怎么啦?”他问。

我父亲靠在一棵树上,用手捂着胸口,张大嘴巴喘气。脸上失去了血色,眼睛里有某种我以前从未见过的神色。那可能是恐惧。

“我不会有事儿的,”他说。

“爷爷?”帕特关切地问。

“爷爷没事儿,”他说。

过了漫长的、非常痛苦的几分钟之后,他终于缓过气来。他一边大口喘着粗气,一边笑着叫他的儿子和孙子不要担心。

“我老啦,”他说。“在树林里这样走一走也吃不消了。”

对,我也有同感——在这个年轻时经历过那么多艰难困苦的老人身上,衰老的迹象正逐渐显露出来。在我的一生中,埋在他那结实的身体里的锯齿样的黑色弹片一直在慢慢地向外钻。每年夏天,我们都看见他腰部那个巨大的爆炸状伤疤。所有那些痛苦和折磨迟早都会在他的身上显露出来。

但是,我错了。那不是过去在起作用。那是将来在起作用。

“不要担心我,”父亲告诉我们。“我很好。回家去吧。”

我们穿过九月下午渐渐拉长的阴影,向他的汽车走去。帕特骑着自行车跑在前面,老爸嘴里轻声哼着“你使我觉得非常年轻”这首歌,从他的迪安·马丁——他心目中的辛纳特拉——那里得到安慰和快乐。

20

当你已经与某人有了深入的、希望长久保持的关系时，你绝对不会想到，你将来会在一天中洗第三次澡，准备出去与别人约会。

就像你要妈妈为你洗衣服，或者向你爸爸借钱一样，你认为所有那些令人紧张的洗浴仪式与自己没有什么关系。

你绝对不会想到，某一天你会像十五岁的少年希望能够持久勃起一样，对自己的个人卫生吹毛求疵。你会反复站到镜子前面，努力梳理自己的头发。你会去刷自己已经刷得非常干净的牙齿。你做以上这些事情，以便能够和某个初次见面的异性在暗处坐上两个小时。

令人感到害怕的事情。与异性约会是年轻人的游戏。你已经疏于此道了。你可能已不再是情场高手。

与同自己的配偶一起出去相比，同初次见面的人一起出去时，你需要使用大脑的不同部分。你使用不同部位的肌肉。因此，你重新使用这些肌肉时，会觉得它们有些僵硬，这或许是自然的。

两个成年人去经历青少年的那些求偶仪式——尽量打扮得漂亮，按时在约定时间见面，知道把握做事的时机，知道什么事情该放到今后去做，什么事情该被永远搁置起来。你和某个人一起生活了多年之后，再回去做那样的事情真的非常困难。

她使这一切变得容易。

"我知道，我们只是朋友而已，不过，今天晚上我们挑选什么电影却真的很重要，"希德说。

我努力使自己显得听懂了她说的话。

"许多人初次约会时努力使事情进行得四平八稳。他们去看那些灾难大片。你知道的，就是那种描写外星人、海啸、大猩子或此类袭击纽约的片子。他们认为，那种电影可以保证过得愉快。但是，大片并不是好选择。"

"不是？"

她摇了摇头。"除了那些住在爱达荷州的毛头小孩之外，没有谁看那样的电影时会感到愉快。这就是收益递减律。如果你已经见过帝国大厦被炸飞的场面，就无需再看第二次。"

我开始逐渐明白她的意思了。"你认为地球将会搬家，而看见的却是外星人攻击白宫，所以觉得兴味索然。"

"如果你选择灾难大片，这说明你的期望值不高，"她说着给我一个飞眼，我正驾着莫里斯F型跑车在下午拥挤的车流中穿行。"对任何事情的期望值都不高。这说明，生活从根本上讲只是一桶走了味的玉米花，一听跑了气的无糖可乐。任何人能够期望得到的不过如此。"

我努力回想我和吉娜一起看的第一部电影。那是在城堡电影院看的一部日本拍摄的艺术片，讲的是被压抑的人。

"艺术电影也不行，"希德说道，好像猜到我的心思。"它意味着，你们两个人都在假装成原本可能不是你们的角色。"

"想一想世界各地的那些情侣们吧，他们一起看的第一部片子是《泰坦尼克》，"我说。"所有的关系萌芽还没来得及发育，就已注定夭折。他们的爱情之船甚至还没有离港呢。"

她拧了我胳膊一把。"这可是认真的，"她说。"我在美国的一个朋友嫁给了一个男人。那家伙和她第一次约会时，带她去看了《苍蝇》那部片子。"

"那么，他后来变成了甲壳虫？"

“差不多吧，”她说。“他肯定与从前判若两人。不过，是朝坏的方向变化的。”

“那么，你想看什么电影呢？”

“你信任我？”她问。

“我信任你，”我回答。

她选了一部圣诞节期间在电视上播放的电影，一部我本以为自己已经看过上百遍的电影。可是，我其实并没有认真地看过那片子。

我不知道他们为什么在伦敦南岸的国家电影院上映《美满生活》。那可能是弗兰克·卡普拉电影周，或者是詹姆士·斯图尔特电影周。它们也可能是经过复原和数字化处理的新发行的拷贝。那是我们晚上外出观看的第一部电影。那部片子的开头看来相当乏味。

影片的特技效果是属于蒸汽机时代的。在星光闪烁的夜空中——那显然是在纸板上画上图画，在纸板后面放了一把电筒——几个天使——确切说来，是用纸板上针刺小孔代表的神灵——正在议论他们社区的台柱子乔治·贝利和他的约会对象。

随着情节转向一个美国小镇和那里人们的快乐圣诞节，我发现自己很想看到外星人、海啸或者大猩子来把那些东西全都消灭干净。如果希德关于第一次与男朋友所看的电影表示一定兆头的说法是真的，那么，我们倒有幸挨过那个晚上。

后来，詹姆士·斯图尔特式的希望和梦想逐渐淡去，我发现自己被电影中所讲的一个失去生活意义的男人的故事吸引住了。

那部电影比我记忆中的要好得多。我是伴随流行音乐榜，吃着妈妈做的火鸡肉三明治长大的。在我丰富多彩的童年生活的背景下，那一部黑白片只是时隐时现地闪烁而已。

随着故事的展开，詹姆士·斯图尔特在电话上辱骂了他孩子的老师，结果在酒吧里被她丈夫痛打一顿。他从心里怨恨自己充满爱心的妻子，他为了她曾经放弃了周游世界的梦想。最令人震惊的是，他不能善待自己的孩子，是一个容易发怒、脾气糟糕的家伙。但是，你发现，这不是因为他不爱他们，而是因为他非常爱他们。

在黑暗中，希德伸出手来，紧紧地抓住我的手。

“别着急，”她说。“最后一切都会好起来的。”

我们从电影院出来时，天还没有全黑，勉强还看得见。我们在国家电影院的餐厅买了几块披萨，然后坐在外边的木制长桌上吃了起来。你在那里得与其他人坐在一起，觉得自己像学生。

国家电影院位于一幢丑陋的建筑物里，但那个区域的城市建设却很漂亮。那幢建筑是二十世纪六十年代风格的钢筋水泥结构，泰晤士河从毗邻的滑铁卢大桥下蜿蜒向南流去。在它正对面的河岸上是维多利亚长堤和圣保罗大教堂的灯光。希德就是在那里告诉我，她是在一个充满女人和电影的家庭中长大的。

“我父母一起看的第一部电影是《乱世佳人》，”她说。“爸爸去世时，那部片子妈妈独自去看了十六遍。她可能看的次数还要多一些，但是，她后来努力给自己规定观看的数量。”

希德在四姊妹中年龄最小。她母亲在得克萨斯医疗中心——“大人物到那里去修理心脏，”她说——当护士，她父亲在油田开大货车。

“休斯敦是一个石油城，”她说。“当油价上涨时，生活非常好。但是，当油价跌落时，我们就得勒紧裤腰带。然而，无论情况好坏，无论贫富悬殊，休斯敦一直都是石油城。”

按照她的说法，她父母一直都处在度蜜月的状态之中。即使在他们有了四个十几岁的女儿后，他们依然手拉着手出现在公众场合，依然互相送单支鲜花，依然在装午饭的饭盒上留下表示爱意的字条。

“对十二岁的我来说，那样的事情使我觉得难为情，”希德说。“而现在我却喜欢了，他们是那样相爱。我知道你的想法——或许，他们从来不是那么一回事儿，不过是我喜欢在记忆中那样看待他们而已。或许，他们讨厌对方，互相谩骂。不过，我能对自己亲眼所见的东西进行判断。他们相亲相爱。他们的选择是正确的。”

有一个星期天，她和朋友们在卡勒丽亚购物中心的乳品皇后快餐店聚会。这时，她大姐来找到她，告诉她父亲死于心脏病的消息。

“我妈妈并未在一夜之间变老，”希德说。“不是像人们所说的那样。她只是有点儿沉湎于往事。或许，她觉得她生命的最佳时刻已经终结。她出去工作。她仍旧为我们做饭。但是，她看大量的老片子。而且，她收集的那些录像片可能对我也有所影响。当初，我遇见那个使我到英国来的男人时，我以为他是白瑞德式的人物。”

每当谈话提及某人原来的伴侣时，我总是觉得不舒服。那些最终没有实现的愿望，那些无法愈合的创伤，那些因为白费爱情而产生的怨恨和失望，所有这些东西似乎会使整个晚上变得暗淡无光。而且，她也能感觉到这一点。她换了一个话题，充当起喋喋不休的导游，以便抛开自己的悲伤故事。

“你知不知道‘休斯敦’是人类在月球上最先使用的三个字？”她问道。“真的是这样。尼尔·阿姆斯特朗当时对飞行控制中心说——休斯敦，这里是寂静的基地。雄鹰已经着陆。”

“在见到你之前，我对休斯敦没有任何概念，”我说。“它不是在人们脑海中经常出现的美国城市。”

“休斯敦和这里不同，”她说。“那里的东西涂过第二次油漆之后，就变成古董了。我们在路边叫做‘冰室’的酒吧中喝酒。冰室里的女人全都像刚从汉克·威廉斯的歌曲中走出来的一样。但是，如果你年轻，你星期六晚上可以去尤卡丹酒馆。那里的姑娘们一个个都像帕米拉·安德森，而小伙子们全是一身米特鲁夫的装束。”

“听起来有一点儿像伦敦的埃塞克斯，”我说，“喂，你是在什么地方遇到这个英国男人的？”

“就在尤卡丹酒馆。那是一个星期六晚上。他问我喝不喝酒，我说‘不’。然后，他问我跳不跳舞，我说‘行’。他在休斯敦当投递员。他就是干那个的。他骑着摩托车投递东西。有点儿像魅力四射的邮递员。很自然，我给迷住了。”

"结果他根本不是什么白瑞德式的人物?"

"嗯,怎么说呢,"她说。"即使克拉克·盖博最终也没有成为白瑞德式的人物,对吧?"

"但是,你却跟着他到了伦敦?"

"对。"

"你们干吗没有留在那边?他们把他轰出来了?"

"哦,不是。我们结了婚。他得到了绿卡。你知道吗,绿卡的颜色实际上是粉红的?"

我摇了摇头。

"我们看到绿卡时也觉得吃惊。我们接受了那些移民局官员的调查,他们确认申请人是否真的相爱。我们给他们看了我们的婚礼相册,申请没有什么问题。我们可以一直待在那边。"她沉思片刻。"我觉得,他认为他应该有所作为。美国使他产生一种失败感。于是,我们到了这边。"

"后来出了什么问题?"

"各种各样的问题,"她看着我。"他坠入竹林。你知道这是什么意思吗?"

我摇了摇头。"是某种毒品吧?"

"不是。嗯,也可以那么说吧。这句话的意思是,他迷上了亚洲姑娘。他现在还是如此,将来也会这样。"

"迷上了亚洲姑娘?"

"怎么说呢——就是韩国姑娘。中国姑娘。日本姑娘。菲律宾姑娘。他并不是太挑剔——这对亚洲女人来说带有侮辱性,因为她们的相貌差别可能像一个瑞典人与一个土耳其人之间那样大。然而,他实际上并不在乎这些,只要是亚洲女人就行。就在我们初次见面的那个晚上,他在尤卡丹酒馆也和一个越南小姑娘厮混。休斯敦有许多越南人。"

"亚洲人?你是说东方佬吧?"

“现在已经不能用东方佬来称呼他们了。东方佬这个说法被认为带有侮辱性——就像‘黑鬼’或者‘空中小姐’这样的字眼一样。你必须称他们为‘非裔美国人’和‘乘务员’。应该说‘亚洲人’而不是‘东方佬’。”

“在我眼里,亚洲人就像是印度人。”

“先生,对不起。你得像那样说才行。”

“他为什么喜欢她们呢?”

“或许,他喜欢这一事实:她们的模样和他不同。她们有完全不同的容貌。这一点我可以理解。所谓异性恋就是被与你不同的某个人所吸引,对吧?”

“那么,如果他喜欢亚洲姑娘——如果这个家伙不是白瑞德式的人物,并且已经坠入竹林——那么,他为什么会喜欢你呢?”

“不知道。我看我当初是一时失足。来这里就当是一次工作度假吧。我不知道。”

她用手把耷拉在前额上的头发拨开,一双棕色大眼睛望着我。既然她提到了这个,我能够看出一个迷上亚洲姑娘的人是如何喜欢上她的。在某个方面我可以发现这一点。

“我们一起相处了两年,”她说。“一年在我的家乡,一年在这里。然后,他又开始重温旧梦。或者说,我发现他又开始重温旧梦,和一个他在公园里邂逅的马来西亚学生好上了。他带着她去逛伦敦——当然还做了其他一些事情。他不是坏蛋。他现在仍然不是。只是我选择错了。你呢?”

“我?”

“对,你的婚姻出了什么问题?”

我试图理解发生在吉娜和我之间的事情。我知道,双方年龄变老,对夫妻感情持理所当然的态度,认为生活正在悄悄溜走,这些都是促成因素。或许,詹姆士·斯图尔特能够给我解释其中的原因。

“我真的不知道是怎么一回事,”我说。“我一时失去了控制。”

“喔，我明白了，”希德说。“你的意思是你图一时痛快？”

“不完全是那样的，”我解释说。“虽然也有那样的成分。但是，我只是——我不知道怎样解释。我只是让灯光自行熄灭。”

她和我对视片刻，然后点了点头。

“我们去看看夜景吧，”她建议。

天色已经黑了下来。你可以看到，泰晤士河对岸的大堤上灯火闪烁，恰如一长串珍珠。如果是在上午，你所见到的是灰色的写字楼，是又一次交通堵塞，是为生计奔波的人流。但是，今天晚上的景色真美。

“看起来就像圣诞节，”她说着，伸手挽起我的胳膊。

的确如此。我的感觉也像是在过圣诞节。

“我要和你试一试，”她对我说。

21

那个香烟不离手的保姆发现我们不会把佩吉偷走,佩吉终于获准和帕特一起回家玩两个小时。

“看一看我有什么,”佩吉一边对我说,一边拿出一个用模型塑料做成的小人。那小人兴高采烈,下身是白色绸缎裤子,上身是一件笔挺的银色背心和类似小晚礼服的服装。

“他叫迪斯科·肯,”她解释说。“芭比娃娃的朋友。要去跳迪斯科。”

看见他俩一起玩要给人一种奇怪的感觉。帕特希望炸掉死星,而佩吉想给千年猎鹰挂上装饰。

虽然帕特对迪斯科·肯显然不感兴趣,但是,有朋友在自己家里使他激动得几乎到了歇斯底里的程度。他从家具上跳下来,手里挥舞着光剑,嘴里叫喊着,“我不会和你一起站在黑暗那一边!”

佩吉在旁边看着帕特,黑色眼睛里流露出严肃的目光,接着开始把那些星球大战的玩具小人摆在千年猎鹰——它碰在取暖器上摔坏以后,一侧贴着厚厚的胶带——的周围,他俩的样子好像在某个高档酒店里享用茶点。

这是与生俱来的,还是后来形成的?我知道,我们从来没有鼓励帕特去玩任何带有暴力色彩的游戏——事实上,他那些无休无止的血腥游戏常常使我愤怒至极。

他还不到五岁,实际上是一个温柔的、充满爱心的小男孩,柔弱的躯体尚不适应运动场上的激烈碰撞。他母亲不到学校门口去等着接他,所以曾经有人欺负他,而我们俩还没有找到解决这个问题的办法。

佩吉的情况完全不同。她虽然只有五岁半，但却是一个身体很好、充满自信的小姑娘，看来没有什么东西可以使她停下脚步，使她感到威胁。在那严肃的棕色目光里，我从来没有看到任何胆怯的迹象。

帕特并非天生具有猎获动物和采集野果的本能，佩吉也并非天生具有制作果酱或者缝补衣服的本能。然而，给他俩一盒星球大战的玩具小人，他们会立刻产生与其性别行为模式一致的举动。佩吉对死亡和毁灭的游戏根本不感兴趣，而帕特喜欢的却正是那些东西。

这种差异并没有给他们之间的友好相处形成任何障碍。灰色的塑料太空船被困在遥远的超空间里，佩吉正把雷娅公主、汉·索罗和天行者卢克一一摆放在它的四周；笑容满面的帕特趴在沙发的靠背上，眼里充满友爱和羡慕的神情。

"你妈妈上哪里去了？"佩吉问他。

"在很远的地方，"帕特说。"你妈妈呢？"

"她在上班，比安卡来学校接我，但是她不能在我家抽烟。这个规定使她大发脾气。"

佩吉的生活里看来没有任何男人的影响，但是，这样的事情如今已是见怪不怪了。我很想知道他是谁——或许是某个一听说需要购买尿布便逃之夭夭的家伙。

门铃响了。站在我面前的是一个没有工作，但是却尚未失去希望的年轻人。我欣赏那种精神，总是设法对他们略表支持，买一点他们推销的羚羊皮制品或垃圾袋之类的东西。但是，眼前这一位却不像常见的推销员，肩上没有扛着装有家用物品的大袋子。

"打搅您了，真的很抱歉，"他说。"我叫伊曼·菲什。"

起初，我没有在意这个名字。城市中的住户对素不相识的陌生人敲门这样的事情已经习以为常了。如果来访者真的在自已的生活中出现过，那倒使人觉得惊讶。

但是，眼前这个人叫伊曼·菲什。明年这个时候，这位年轻的喜剧演员可能正在为啤酒打广告，可能与水性杨花的姑娘们睡觉。这样的事情或许就在下一个月，下一个星期发生。正是这个伊曼·菲什当初要我担任他的节目的制片人，我因为考虑到自己的家务杂事，没有接受那份工作。

我不知道怎样和他说。我不知道他为什么到我家来。我本以为敲门的是一个穷困潦倒、打算向我推销羚羊皮制品的年轻人。然而，我面前这位穷困潦倒的年轻人可能很快就会在豪华的梅特酒吧开怀畅饮。

“我能帮你什么忙?”我问道。

“你说什么?”他说着皱了一下眉头，昂起头向着我。

“你需要什么?”

“我们可以谈一谈吗?”

我让他进来。我们走进起居室。佩吉和帕特坐在地板上，身边到处散落着玩具。帕特的手里仍然握着那把光剑。

“哇，”伊曼叫道。“光剑！杰迪骑士的传统武器！让我看一看好吗?”

帕特微微一笑，站起来，把手中的光剑交给眼前这位陌生的年轻人。

“小伙子不错，”伊曼说。

他接过光剑前后挥舞起来，嘴里不停地模仿着利剑划过空气的呼呼声，帕特高兴得大笑起来。

“我已经好久没有玩剑了，”伊曼说。“但是，这样的东西玩过是不会忘记的，对吧?”他对着帕特一笑。“我的家乡是一个名叫吉尔卡尼的小镇。我小时候觉得自己就像天行者卢克，觉得自己是在塔图尼星上长大的。你知道塔图尼吗?”

“那是卢克出生的星球啊，”帕特说。“那里有两个太阳哦。”

“你说什么?”伊曼问道。“你说的是卢克出生的星球？完全正确。卢克觉得他是与其他星系分离开来的，对吧？他觉得自己远离轰轰烈烈的生活，被困在有两个太阳的古老的塔图尼星上。我小的时候住在死气沉沉的老吉尔卡尼镇上，也曾梦想逃离那个地方，在自己想象不到的地方去经历各种险境。”他把光剑还给帕特。“那就是我后来做的事情。”

“你说得对，”佩吉说。“可是后来又怎么样呢？”

“你说什么？”伊曼问。

他真是聋子吗？

“我说的是，从离开家乡到现在，你做了什么事情？”佩吉大声说。

“对，那就是我今天想要和你爸爸谈的事情。”伊曼说。

“他不是我爸爸，”佩吉说，“我爸爸有摩托车的。”

“这个孩子是我的，”我说着朝帕特点了一下头。这时，帕特仍旧对伊曼的精湛剑艺啧啧称赞。

“他长得像你，”伊曼说着，脸上洋溢着真正的热情。“我是说，整个下巴那部分。长得像你。是一个帅小伙儿，真的。”

“来，到厨房来，”我告诉他。“我来煮一点咖啡。”

“咖啡，是吗？好极了。”

我把开水壶放在炉子上，他坐在餐桌旁边，一边用食指掏着耳朵，一边自言自语地说着什么。

“过得不好？”我问。

“你说什么？”他问道。

我把一杯咖啡放在他的面前，然后俯身靠近他。他长着爱尔兰人的英俊五官，长期不修边幅，好像整个夏天都睡在别人的家门口似的。而且，他的耳朵看来聋得厉害。

“我说，你的耳朵有什么毛病？”

“哦，原来说的是这个，”他说。“让我给你说说耳朵的事情。在西区有一家出售助听器的高档商店。但是，他们也出售微型耳机——卖给电视主持人。有了微型耳机，主持人在做节目的时候就可以听到制片和导演的指令。你可能知道那个地方。”

那个地方我知道。我记得，我和马迪去那里修过微型耳机。那时，我们已经知道会离开广播电台。那时，我们做电视谈话节目的事情已经有了眉目。

“我刚刚从那里来，”伊曼说。“实际上，是逃跑的。做助听器的师傅在测量你的耳朵时，会把一种类似热蜡的东西倒进你的耳朵。然后，你得在那里等一阵子，以便让那东西成型。他们会知道你的耳朵有多大。那就是你耳机的尺寸。”

“我明白了。”

“可我的情况不同，他还没有做到那一步。他把那热乎乎的东西倒进我的耳朵，然后我们等它冷却成型。这时，我突然意识到，我这是他妈的干什么呀？”伊曼摇了摇头，蜡屑从他的耳朵里跑了出来。“到底是什么东西使我觉得我能主持电视节目？到底是什么东西使别人觉得我能主持电视节目？我是喜剧演员。我可以站着进行喜剧表演。有些人喜欢它。但是，这又怎么样？为什么这就说明我有本事去主持电视节目？”

“这样看来，你已经试戴了微型耳机，并且有了怯场的感觉。”

“在我正式上台之前，”他说。“我不知道是否可以用‘怯场’这个术语来概括我遇到的问题。依我看，用‘阉割恐惧’这个说法可能更恰当。不管怎么说，我逃离了那个地方，也顾不上耳朵里还塞着哗哗作响的蜡液。那东西看来已经成型了。”

我递给他一张纸巾和几支棉签，看着他把已经变硬的蜡块掏出来。虽然没有人同时使用两个微型耳机，但是商店的工作人员总是要测量你的左右两边耳朵。现在我明白了，那只是一个防止顾客离开的伎俩而已。

“我真的希望你能够制作这个节目，”他说。“我需要——他们怎么说来着？——一个掌舵的人。一个能够在方法上对我进行指导的人。和马迪离开电台时你对他的指导相同。我听他们说你不来干，我感到失望。”

“这事儿和你没有什么关系，”我说。“我现在得照管我儿子。自己一个人照管。我无法再干全职工作。我需要花时间来照管他。”

“可是，我看到他穿着校服。小家伙不是已经上学了吗？”

“对。”

“这么说，一天大部分时间里他都不在家。”

“嗯,对。”

“这么说——请原谅我这样问——你整天干些什么呢,哈利?”

我整天干些什么?我把帕特叫醒,给他穿上衣服,送他去上学。我购物,做清洁。下午我坐在学校门口等着他出来。回家后,我做三明治,读书给他听,为他做好睡觉的准备。我整天干些什么?

“什么也没干。”

“你不想它吗?我是说工作。”

“我当然想。我过去和儿子一起度过的时间质量很高——我是说,我在每天早晚各见他五分钟。而现在呢,我和他相处的时间很长。这样的变化不是我选择的。后来的情况就成了这样。然而,这就是我不能为你的节目担任制片的原因。”

“但是,你可以担任执行制片,对吧?你可以每周来几次,对节目的制作进行监督吧?你可以告诉我需要做些什么,使我不这样冒傻气吧?你可以帮助我展现我的长处,对吧?”

“嗯,”我说。“可能行吧。”

我以前从来没有考虑过,在全职工作和失业之间可能存在妥协办法。那样的念头从来没有在我的脑海里出现过。

“当然,我佩服你为这孩子做的事情,”伊曼说。“相信我,你在吉尔卡尼镇的母亲中会大受欢迎。可是,我需要你。我来这里实际上是出于自己的考虑。我对主持这档节目心存畏惧。这就是我弄得你家厨房满地都是干蜡屑的原因。而且,我知道你能帮助我,使我不至于丢尽脸面。你甚至可以帮我获得成功。”

我想到帕特不在家时我熬过的那些漫长的上午和下午。还有,我想到了我最近和银行经理见面的情况。他对我照料儿子的举动表示惊叹,但对我的越来越大的透支数额却不太满意。

但是,使我想得最多的是伊曼对帕特的友善态度——欣赏他的光剑,和他谈及卢克出生的星球,告诉我帕特是一个特别的孩子。

我知道，在我人生的这个阶段——甚至可以说在今后所有日子里——我会喜欢任何喜欢我儿子的人。当你独自照顾自己的孩子时，你希望有更多的人支持你的孩子。看来，这位耳朵里塞着干蜡屑的爱尔兰青年是支持我的。我发现自己也支持他。

我闲得无聊，经济拮据，所以准备以非全日制的上班方式和他合作。当然，我准备和他合作的主要原因是他认为我的儿子将来大有出息。

"我需要看一看你的表演，"我说。"我需要看一看你在舞台上的情况，以便考虑你在电视节目中的表演方案。你有没有样片？"

"什么叫样片？"他问。

22

无论高深莫测的反义词是什么,那正是小孩子的特性。

再过十年,或许帕特能够用某种空白的青少年面具来掩饰他的情感,而他老爸——就是我——到那时将无法了解他的想法。但是,帕特还未满五岁,我看得出来,他母亲最近打来的电话使他怏怏不乐。

"你没事儿吧,帕特?"

他无精打采地点了一下头,我跟在他身后进了卫生间。他往他的那把汉·索罗牌牙刷上挤了一点儿童牙膏。

"妈妈怎么样?"

"她没事儿。她感冒了。"

他没有哭。他看上去不会哭。他的眼里没有泪花,嘴巴一动不动。然而,他情绪低落。

"你想看录像吗?"我问道,看他刷着仍像是刚刚长出的牙齿。

他往洗手池里喷了一口水,脸上闪过一丝怀疑的神色。

"明天要上学,"他说。

"我知道明天要上学。我并不是要你看完一部录像。比如说,从开头看到那两个坏蛋被抓住。怎么样?"

他漱完口,把牙刷放回洗漱用具架。

"想睡觉了,"他说。

于是,我跟着他进了他的卧室,然后照料他睡下。他不想听故事。但是,我知道他心情不好，我不能就这样关灯离去。

我知道他怀念什么，那甚至不是你可以称为母爱的东西。那是母亲所给予的溺爱。在他系不上鞋带时，那个人会告诉他这没什么关系。在他上学的第一天了解到我们并非处于宇宙中心时，那个人会告诉他，他仍然是宇宙的中心。我盼望他能够渡过这一关，但是，我想到他正在努力去达到这一目标时，反而放心不下。吉娜的溺爱。他所怀念的正是这个。

"她会回来的，"我告诉他。"我说的是你母亲。你知道她会回来看你的，对吧？"

他点了点头。

"她干完工作以后马上就回来，"他说。

"我们没事儿，对吧？"我问他。"你和我——我们过得很好，对吧？"

他看着我，眨了眨眼睛，努力去理解我要说些什么。

"妈妈不在家我们也可以过，对吧，帕特？现在，你让我给你洗头发了。我做出了你喜欢吃的东西——比如说，咸肉三明治。上学的情况也不错，对吧？你喜欢上学。我们的生活一切正常，对吧？就你和我，对吧？"

我不喜欢以这样的方式来强迫他同意我的观点。可是，我需要听到他亲口说我们过得不错。我需要知道我们能够面对家里的日常生活。

他给了我一个大卫·尼文①式的疲惫笑容。

"对，我们过得不错，爸爸。"他说。我亲吻他，向他道了晚安，然后满怀感激地抱了抱他。

我关上电灯的时候心里想，这是离异家庭中最糟糕的一面。它使孩子隐瞒他们内心深处的东西。它教孩子如何在两个不同的世界之间周旋。它使孩子全变为小外交官。那是最大的悲剧。离婚使每个儿童变为半个稚气未褪的亨利·基辛格式的角色。

---

① 美国五六十年代电影明星，曾获奥斯卡奖。

“我来自一个叫做吉尔卡尼的小镇，”伊曼说着将话筒从支架上取下，轻轻地摁了摁戴在左耳上的透明微型耳机。“在那个叫做吉尔卡尼的小镇上，姑娘们具有传奇色彩。”

我坐在演播室的第一排，通过监视器观看，我的身后是人数不多的观众，我的前面架着五台摄像机。我们的前后左右全是电视演播的常用设备。舞台挂网上的电灯亮晃晃地照着，地板上横七竖八地牵着缆线，摄像机另一边的阴影处有几个人身穿我们称为“黑衣”的服装，各自忙着自己的事情——进行舞台监督，操作讲词提示器，为人端茶倒水。但是，导演正用特别方式拍摄伊曼的演出，使它看起来像是人们常见的单人戏剧表演，而不只是一种晚间谈话节目。那种看上去像在周末集市进行叫卖的谈话节目已经过多过滥了。然而，真正使谈话节目独树一帜的因素是主持人。

“在座的各位中，有的人从未去过我们国家的那个美丽地区。我想告诉你，吉尔卡尼基本上还没有接触现代世界的东西。比如说，在吉尔卡尼就没有进行自慰的电动按摩器。”观众中传出了一阵嗤笑声。“这是真的。牧师把它们全弄走了。因为吉尔卡尼的姑娘们一直对此颇有微词。”

观众中爆发出一阵笑声，那笑声逐渐使人感到有些神经质。这时，伊曼溜下小舞台，慢慢走到我们身边。

“我并不是说，吉尔卡尼的姑娘们是愚蠢的，”他解释道。“但是，为什么吉尔卡尼的姑娘们总是在母亲的洗碗槽里洗头发？因为那是你洗涤蔬菜的地方。”

笑声越来越大。现场的观众——通常是一些在生活中觉得无聊的人，一些对这种以免费娱乐两小时作为逃避方式感到好奇的人——以前从未见过这位伊曼·菲什。不过他们发现，他没有恶意。这时，他的话锋转向他们。

“实际上，这是我胡编乱造出来的东西，”他说。“全是废话。吉尔卡尼姑娘的考试成绩在整个西欧名列前茅。事实上，吉尔卡尼姑娘人均获得的优等成绩课程门数多于英国男人的人均文身数量。有人说，吉尔卡尼姑娘与蚊子之间的惟一区别在于，蚊子挨打之后会停止吸血，这不是真的。有人说，和吉尔卡尼姑娘吃午饭只用十五分钟，因为一旦超过十五分钟，你就得留住她们，这不是真的。有人说，吉尔卡尼姑娘和瓶装黑啤酒的共同之处在于，两者从脖子以上都是空的，这不是真的。这些全都不是真的。”

伊曼叹了一口气，用没有拿话筒的那只手梳理了一下满头的浓密黑发，然后在舞台边上坐了下来。

“真实的情况是，即使在这个阅读《卫报》，大嚼口香糖，政治上追求正确的时代里，我们似乎需要有人作为憎恨的对象。这种对象曾经是迟钝的爱尔兰人，曾经是令人头疼的岳母。而现在呢，是金发碧眼的姑娘。是埃塞克斯姑娘。是吉尔卡尼姑娘。”

他摇了摇睡意蒙眬的脑袋。

“现在我们心里明白，地理位置和头发颜色影响两性道德观念，影响智力水平。那么，我们为什么需要一些人成为讥笑的对象呢？这满足了我们可怜灵魂中的什么基本需要呢？从埃塞克斯来的金发吉尔卡尼姑娘在性交之后关上汽车门，表示事情已经干完。当我们对此加以嘲笑时，这里面究竟有什么吸引我们的东西呢？”

这只是一次试演，不过我已经可以说伊曼将会取得成功。在他把干蜡屑全部掏出来时，他就冲破了恐惧障碍，开始学习怎样面对五台摄像机从容地表现自己。非什没有问题。更使我担心的倒是演播现场的观众。

他们冲着被人逗乐的目的而来，但是却发现得为自己的种种偏见辩护。他们觉得自己处于被攻击的一方，受到了欺骗，感觉不好。当初为伊曼制作节目时，这个问题就一直存在。根据我的判断，摆脱这一困境的惟一途径是把参加拍摄的观众灌得酩酊大醉。

在试演之后的首次制片工作会上，我建议助理制片开启一些瓶装和罐装啤酒，送给等候进入演播室的观众喝。与会者一个个瞪着眼睛看着我，好像我是一个天才。

这就是我喜欢搞电视的原因。你只是建议开启一些罐装啤酒而已，而那些人会觉得你很了不起，似乎你刚刚画完了西斯廷教堂的优美壁画。

“这么说，这工作比以前的好些，但他们给的工资却要少些，”我父亲说。“他们怎么会这样呢？”

“因为我不是每天上班，”我又一次给他解释。

我们在父亲家的后花园里，本来是要和帕特一起踢足球玩的。可是，帕特这时却已经躲到花园的另一端，手里握着光剑，脑子里想着征服外星邪恶势力的事情。所以，我和两位退休老人沐浴着秋日的阳光，在花园里踢着塑料足球玩。

气温渐渐降低，可是我们却不愿意到室内去。时令已是晚秋。日子过得真快。在这一年中，天气如此宜人的星期日下午已经为数不多了。

“如果你干得比原来好，那么他们就该大把地付票子，”我爸爸这个具有国际水平的生意人说，接着一个侧传，把球踢给了他的妻子。“这些电视公司全都肥得流油。”

“雇哈利干活的那些公司可不是这样的，”妈妈说着把球踩在穿着拖鞋的脚下，觉得她自己该向着我。

“我只参加两次制片会议，然后在录制节目时到现场去，”我说。“仅此而已。我不会整天待在办公室里。我不会让工作占据我的生活。我每周只去两次，像大腕那样指挥那里的每个人，遇事出出主意。然后，我就收拾回家。”

“回家照料帕特，”妈妈说着，把球传给我。“你的孙子。”

“我知道我的孙子是谁，”老爸回敬道。

“有的人担任许多节目的制片，”我说。“但是，我只打算干这一份工作。我已经考虑好了。挣的钱比原来少一些，但是也够用了。”

“这样，他就可以支付日常开销，帕特放学回家时他可以去接，”妈妈说。

爸爸并没有被说服。

他希望我拥有生活所能提供的一切——事业和孩子,家人和薪水,愉快的家庭生活和丰厚的收入。他希望我得到这一切。但是,没有人能够面面俱到。

“瞧瞧球王贝利的脚法,”他说着,抬起腿来照着塑料球就踢。那球应声落入玫瑰花丛中。“这鬼东西,”他骂了一句。“我去捡。”

妈妈和我看着他慢悠悠地走向花园边去捡球。爸爸伸出手来搂住帕特,问他在干什么。帕特激动地说着什么,扬起光滑的圆脸蛋儿望着他的爷爷,我老爸慈祥地低头对着他笑。

“他没有什么问题吧?”我问妈妈。“他那天在公园里就犯了一次病。”

“他觉得接不上气,对吧?”妈妈说,仍旧看着他。而且,她并未露出吃惊的神色。

“对,”我说,“接不上气。”

“我劝他去看病,”她说。“或者用他的话来说,去见骗子。”

我们在渐渐浓重的夜色中对视而笑。

“他肯定是世界上最后把医生称为骗子的人,”我说。

“我才不会去见骗子呢,”妈妈说。她惟妙惟肖地模仿了父亲在脾气不好时表现出来的那种固执。“我不想看到那些动刀动钳的家伙在我身上乱来。”

我们两人哈哈大笑起来,心里欣赏他对任何权威——从低等警官到医学界最受人尊敬的人士——所持的那种传统的不信任态度。我们两人感到欣慰的是,他身体仍然像原来一样健康,尽管我们也担心这样的看法有可能与事实相左。

他捡到球,和他的孙子一起从花园边走回来,问我们笑什么。

“笑你啊,”妈妈说着伸手挽起他的手,我们一起走进房子。

我并不奢望得到一切。我所要的只是多一次机会。一个拥有完整生活的机会。一个拥有和睦家庭生活的机会。一个得到幸福的机会。

我不在乎吉娜还要过多久才会从东京回来。和帕特一起过我觉得开心。而且,我并不追求什么辉煌的事业。我对工作的要求只是使我有能力支付抵押贷款。

但是,我不愿意变得未老先衰,变得冷漠无情,不愿意因为自己的遭遇而憎恨女人,憎恨世界。我不愿意自己变得大腹便便,头发稀疏,一副中年人的模样,唠唠叨叨地诉说自己所作的牺牲,使自己十几岁的儿子觉得厌烦。我想得到更多的生活。希望有机会使它重归正轨。我想得到的不过如此。这些要求看来并不过分。

第二天,吉娜的父亲带着他的女儿萨莉来到我家。她就是上次见面时坐在沙发上哭丧着脸的那位年轻姑娘,她是被格伦带到这个世界上来,然后又被遗弃的众多孩子之中的一个。这时,我脑子里闪过一个念头:真正搅乱这个令人讨厌的世界的正是那些总想得到另一次机会的人。

23

格伦一身冬装——上身是一件褴褛的阿富汗产针织外套，里面是亮光闪闪的蓝色背心，瘦骨嶙峋的胸膛上长着胸毛，下身裹着一条紧身裤，给人一种夸张的感觉。他那过时的打扮反而给人风格特别的感觉。

“喂，男子汉哈利，”他说着抓住我的手紧紧一握，那种“权力属于人民”的握手方式在三十年前可能表示革命就要到来了。“过得怎么样？小乖乖在不在家？你们都好吧？嗯，不错，不错。”

曾经有一段时间，我希望我老爸也像吉娜的爸爸那样。那时，我希望我父亲年轻时的照片出现在时尚杂志上，出现在二十世纪七十年代初期的《流行音乐排行榜》杂志上，希望他的兴趣不仅仅局限于他花园里的那些玫瑰。但是，当我看到格伦穿着紧身裤的屁股时，那些想法仿佛是很久以前的事情了。

格伦的小女儿躲在他的身后。我刚见到她时，以为她的心情不好。她进屋时哭丧着脸，两眼盯着地毯，不正视我的目光，纤细的棕色头发——比我记忆中的要稍微长一点——遮住苍白的面孔，好像她希望让自己与世隔绝，把一切都掩藏在头发下面。但是，她实际上心情并不坏。她十五岁了。那才是问题所在。

我把他们领进厨房，吉娜家这两位不速之客的到来使我感到不舒服，不知道要花多长时间才能把他们打发走。但是，萨莉看见帕特和佩吉走进房间，脸上顿时一亮，真的一亮。我见到这情景，心里又软了下来。或许，她毕竟是人。

“嗨，帕特！”她笑容满面。“你好吧？”

“很好，”他回答说，似乎不记得他母亲的这位同父异母的妹妹。她和他是什么关系？半个姨妈？继表姐？如今，我们有一些尚未发明出称呼的亲戚关系。

“我录了一盘带子，”她说着伸手在她的帆布背包中摸索一阵，掏出了一盘没有盒子的磁带。“你喜欢音乐，对吧？”

帕特茫然地看着那盘磁带。在我的记忆中，他喜欢的音乐只有《星球大战》的主题曲。

“他喜欢音乐，对吧？”她转而问我。

“是的，”我回答说。“帕特，你该怎样说？”

“谢谢，”他说罢，接过磁带，和佩吉一起离开了房间。

“我记得我们一起待在父亲家时，他很喜欢劲舞音乐，”她说。“那带子上有几首名曲。有《库里欧》、《哦，肮脏的杂种》、《图帕克》、《德雷医生》这样的曲子。一些小孩子可能喜欢的曲子。”

“谢谢你，”我说。

他们默默地喝着杯子里的东西——格伦的是药茶，萨莉的是可乐——然而，我面对这些提示吉娜存在的东西，内心一阵刺痛。他们来这里干什么？他们与我的生活有什么关系？他们为什么不快点滚蛋？

突然，从起居室传来一声巨响，帕特和佩吉肯定把萨莉送的那盘磁带放进了立体声音响，一个愤怒的黑人低音唱了起来：

“你和我鬼混，我和你鬼混，我们傻傻地鬼混，去他妈的乱混。”

“这盘带子不错，”我说。“他会保存起来的。这么说，你又来看你爸爸啦？”

她摇了摇头。

“我现在跟他过，”她说，用藏在刘海后面的眼睛瞟了她老爸一眼。

“家里出了一点问题，”格伦说。“和我原来那个情人的问题。还有和她的新搭档的问题。”

“老派嬉皮士，”萨莉讥笑说。“他们无法容忍别人过得快乐。”

“和她的新欢大吵一架，”格伦说。“给他一点颜色看看。”

“就是那个白痴，”萨莉在一边帮腔。

“你的男朋友好吧？”我问道，想起了上次见到的那个坐在沙发上傻笑、长着猴子脸的男孩。

“你是说史蒂夫？”她问道。我好像看见了她眼里泪花一闪。“把我给耍了，哼。那头肥猪。找亚斯敏·麦克金迪去了。那个老娼妓。”

“听我说，我们昨天晚上跟吉娜通了电话，”格伦说。他的木脑袋这时终于想到了正题。“而且我们向她保证，我们如果在附近住，我们会常来看看你们的。”

这时我明白他们来访的目的了。毫无疑问，他们是受吉娜的怂恿来这里的。不过，他们想以他们的笨办法来帮助我。

“听说你找到了新活儿，”格伦说。“我想告诉你，我们随时欢迎那孩子来玩。”

“谢谢，格伦。我谢谢你的好意。”

“如果你需要找人看孩子，给我打个电话就行了，”萨莉说。她的眼睛仍旧躲在搭下的头发背后，目光看着我身后的什么东西。

她真的不错。况且，我知道我现在有时候得工作，帕特有时需要人照顾。

不过，谢天谢地。我的感觉不像刚才那样糟了。

希德以外国人特有的方式喜欢伦敦。

她的目光透过拥挤不堪的交通，死气沉沉的酒馆，种种社会福利计划凝结起来的贫困。她所看到的不仅是那些惶惶不安的退休老人，那些女人模样的姑娘，那些男人模样的女人，那些精神变态者模样的男人。她的目光超越所有这一切。她告诉我，这个城市是美丽的。

“在夜里，”希德说。“要么从空中看，要么身处于那些皇家园林之中时，映入你眼帘的全是绿色——在我见过的城市中，只有伦敦比休斯敦的绿地更多。”

“休斯敦是绿色的？”我说。“我原以为那是一个尘土飞扬的草原城镇。”

“对，不过那是因为你是一个傻英国佬。休斯敦是绿色的。当然不及这里。在这里,你可以步行穿过市中心的三个皇家园林——圣詹姆士花园、绿色公园、海德公园,出现在你脚下的只有绿绿的草坪。你知道走那一趟有多远?"

"大约一英里,"我猜测道。

"是四英里,"她说。"四英里沿途所见全是鲜花、绿树、青草。还有骑马的人!就在这个星球上最大城市之一的中心!"

"还有湖,"我说。"别忘了还有湖。"

我们坐在英国皇家建筑院所在的波特兰大道的一家餐馆里。餐馆位于一座二十世纪三十年代修建的巨大白色大厦的一楼,街道的对面是中国大使馆。在她带我到那里去之前,我根本不知道还有这样一个美丽、安静的宜人去处。

"我喜欢湖,"她说。"我喜欢海德公园里曲折蜿蜒的塞澎泰恩湖。这个季节还能不能租船? 是不是太晚了?"

"我不太清楚,"我回答说。时间已是九月的最后一周了。"这几天我们大概还能租到船。你想试一试?"

那双棕色大眼睛变得更大了。

"你是说现在?"

"为什么不行呢?"

她看了看手表。

"因为我得去上班,"她莞尔一笑。"对不起。但我是喜欢划船的。"

"那么,明天如何? 早一点去。赶在大批游人之前。我们早点出发。我早餐后到你那里去接你。"

我还没有去过她的公寓。

"要么,我今晚下班以后可以上你那里去,"她说。

"今晚?"

"这样,我们就可以确保明天一早出发。"

"你下班后到我那里去?"

"对。"她低头看了一眼她的咖啡杯里漂浮的泡沫,然后抬头望着我。"那样行吗?"

"很好,"我说。"太好了。"

或许,我与希德的关系是从某种没有挑明的迷恋开始的。那时,我仍处于摇摆不定的状态,不知吉娜是否会离开我。

但是,我们第一次上床之后,情况就完全不同了。因为,希德的嘴唇和我的嘴唇能够完全配合,达到了无人能及的程度,即使吉娜的嘴唇也无法匹敌。

我并非是在说笑——希德的嘴唇与我的完全相配。不硬不软,不干不湿,舌头的运用恰到好处。简直是完美无缺。

当然,我以前也吻过她,但是,这次却大不一样。现在,我们一旦开始亲吻,我就希望永不停止。我们的嘴可能就是为对方长的。这样的话你多久才能说一次?你多久才能找到一个嘴唇与你的完全相配的人?我可以准确地告诉你:一次。只有一次。

这个世界上有许多不错的人,有成千上万你可能与其相爱的人。但是,与你的嘴唇完全相配的人却只有一个。

所以,尽管后来出现了种种变故,但是,我至今仍然相信这一点。我真的这样认为。

清晨,我注视着仍在睡梦之中的她。她睡在我常睡的那一侧,她对我原来的生活知之甚少,没有自动地睡在吉娜常睡的这一侧,对此我感到高兴。

我慢慢地意识到,我们的关系已经开始,我们俩将要决定各自在床上的位置。

这时,她突然惊醒,高声尖叫起来。

原来是因为帕特。

他被星期六半夜里跌跌绊绊回家的醉汉吵醒，迷迷糊糊地从床上起来，爬上了我的床，一条腿搭在希德的腰上。他在整个过程中实际上仍旧处于迷糊状态，而希德却醒了，好像有人在踢窗户。

她转身对着我，双手捂着脸。

“噢，天哪——我以为——我不知道自己想了些什么。我看得见你。可是，我却感觉到有另外一个人。”

我伸出一只手搂住她的肩膀，努力安慰她。帕特躺在她睡的那一侧，身上没有盖床单，嘴巴张开，胳膊抱着脑袋，光滑的脸蛋儿朝另外一边，一条腿仍旧搭在希德身上。

“我没事儿，我没事儿，”她说着，轻轻地移开帕特的腿。她爬过我的身体，下了床，显然有些不快。

我以为她要去卫生间。但是，她过了五分钟还没有回来，我见这情形便立刻下床去找她。她坐在厨台边，身上穿的肯定是在洗衣篮里找到的我的衬衣。

我在她身边坐下，握着她的手。我吻着她的嘴唇。我们的嘴唇慢慢地合在一起。我喜欢用各种不同的方式亲吻她。

“对不起，他吓着你了，”我抱歉地说。“他有时候会那样。我是说，会爬到我的床上来。我应该先提醒你。”

“我没事儿。”

“真的吗?”

她摇了摇头。

“真的没事儿。”

“听我说，他把你吓成这样，我真的想表示歉意。我保证再也不会出现这样的事情了。我给我的房间安一把锁。要么限制一下他。要么——”

“不是帕特的问题，”她说。“是我们的问题。”

“你这是什么意思?”

“我们实际上还没有认真谈过,对吧?”

“我们当然谈过。我给你谈过吉娜的事情。你给我谈过那个迷上了亚洲姑娘的家伙,那个并非白瑞德式的男人。我们谈得很投机。我们把所有的悲伤都抛在了一旁。”

“那是过去的事情。我的意思是,现在的事情我们还没有谈。我们不知道对方需要什么。我喜欢你,哈利。你有幽默感,你心地善良。你对儿子不错。可是,我不知道你期望从我这里得到什么。”

“我什么也不期望。”

“那不是真话。你当然有所期望。我也是一样的。任何人在开始和别人睡觉时,和别人在漂亮的房子里牵手时,和别人一起喝着咖啡想入非非时,和别人一起做诸如此类的事情时也都是这样。每个人都有所期望。可是,我不知道我们的期望是不是一样的。”

“你这是怎么说的?”

“嗯——你还想要孩子吗?”

“哦,上帝。我们今天才第一次睡觉。”

“嗯,别这样。你内心知道自己是不是还想要孩子,哈利。我不是说你和我的孩子。我是说和任何人。”

我看着她。其实,我在这方面想了很多。

“如果那个人和我永远一起,我就希望再要孩子。你明白我的意思吧?”

“没有哪一对夫妻能够保证他们会永远在一起。”

“怎么说呢,这是我的希望。我不愿重蹈覆辙。我不愿看到父母给无辜的孩子带来的那些痛苦和失望。孩子既没有要求也不应该遭受那样的痛苦和失望。我当初就不愿让帕特忍受这样的东西,我将来也绝不会再受那份罪,明白吗?而且,我的孩子也绝不会再受那份罪。”

“听起来很高尚,”她说。“可实际上却完全不是这样。那只是你的托词。你想要更多的孩子，不过，你的前提是确保自己最终得到幸福。但是，只有在沃尔特·迪斯尼的笔下，你才会确保自己的最终幸福，哈利。在现实生活中，永远也没有人能够给你那样的承诺。所以，一切——我不知道——都变幻不定。”

我不喜欢这样的谈话方式。我希望的是更多的亲吻。我希望欣赏她睡觉的样子。我希望她带我去看我以前不知道的美丽建筑。还有那些小船——我们仍然要去划船，不是吗？

“在你的婚姻破裂之后，你不可能简单地移情别恋，哈利。你不可能不考虑自己的要求而去爱另一个人。不可能不考虑你希望得到什么。如果你不认真考虑，几年之后你又会遇到你和吉娜的婚姻所面临的问题。你喜欢我，我也喜欢你。这非常好。可是，仅仅这样是不够的。我们得确认我们希望得到同样的东西。我们岁数太大，不能闹着玩了。”

“我们并不老，”我说。“干任何事情都行。”

“超过了闹着玩的年龄了，”她说。“你一旦有了孩子，你就超过了闹着玩的年龄。”

养孩子的事情她知道些什么？

“我得回家去，”她说着站起来。

“划船游湖的事情怎么办？”

“划船游湖的事情可以等一等再说。”

24

“卖冰激凌的,”佩吉说。

她坐在地板上玩那些星球大战的小玩具人,完全沉浸在某种奇怪而开心的过家家游戏里:达斯·维德和雷娅公主骑着千年猎鹰回了家,晚上哄着哈里森·福特睡觉。

帕特站在沙发上,头上戴着大耳机,听着萨莉送他的磁带,眼睛盯着天花板大声唱着,身体随着音乐节奏不停地晃动。

“卖冰激凌的来啦,”佩吉自言自语,说罢抬起头来神秘地一笑。

起初,我弄不明白她要干什么。后来,我听到了远处传来的铃声,那声音好像在附近回响——佩吉稚嫩的耳朵比我衰老的耳朵先听到那声音。

那铃声不像教堂钟声那么单调,那么响亮。它们带着某种柔和、低廉、出乎意料的东西——像是一种邀请,而不是命令。

当然,我记得那孩提时代就回响耳际的铃声,然而不知是何原因,每当我发现它们依然存在时,心里总是感到惊讶。他依然在那里,依然在那里游转,依然在叫孩子们停止游戏到街上来,用白糖和牛奶使他们的小脸蛋儿充满快乐。他就是卖冰激凌的人。

“卖冰激凌的人来啦,”佩吉说。

我装作没有听见她的话,继续处理摆在面前茶几上的文稿。佩吉现在根本就不应该在这里。今天下午不是她和帕特一起回家的时间。明天就要做节目,我得看一看脚本。在帕特和佩吉没有在房间里吵闹,没有听萨莉送的磁带,听那些关于妓女、黑帮和武器的歌曲时，干这样的工作要容易得多。佩吉是一个乖孩子，从来不添麻烦。但是，像今天这样的情况，我宁愿帕特一个人在房间里吵闹。

那个毫无用处、烟不离口的姑娘今天没有到学校来接孩子，所以佩吉到了我家。

我去接孩子时发现他俩手拉手地站在那里，正在和沃特豪斯小姐说话，两个满怀崇敬的小脸蛋儿对着那位年轻的老师。

沃特豪斯小姐满面笑容地离开，回去处理小学老师下午的事务。我们翘首观望，等着比安卡那干瘦的土黄色面孔伴随香烟的袅袅雾气出现在人群之中。但是，我们却没看见比安卡的影子。

我们三个人手拉着手站在学校门口，四周是忙着寻找孩子的年轻母亲们。我置身于叽叽喳喳的吵闹声中，置身于汽车排出的废气中，觉得自己就像一名让邻居们避而远之的麻风病人。

在这样的小学门口有形形色色的年轻母亲。有驾着越野车、穿绿色乡村式防雨外套的妈妈。有脚踝戴着镯子、搭公共汽车的妈妈。当然，还有那些处于中间状态的年轻妈妈，她们不会把性伴侣的名字文在肩上，但是却不十分富裕或愚蠢到这种地步：驾着前面装有保险杠的四轮驱动的大型越野车，带着自己五岁大的孩子到处游荡。

但是，无论她们脚上戴着镯子，还是头上系着发带，无论她们穿什么面料的服装，这些年轻的母亲们都有一个共同之处：她们用仇恨的目光盯着我，好像我是她们的敌人。

最初，我以为那是偏执狂的表现。我几乎得向她们解释说，我的婚姻已经破裂，现在我是单身一人，身边除了我母亲之外，没有别的女性陪伴。可那样做简直就像是绘制一幅家庭破裂的示意图，然后挂在学校大门口示众。但是，那些女人根本不认识我和吉娜，那么，她们为什么会讨厌我呢？我的判断是，一定是经历了过去几个月的生活变故之后，我自己对此太敏感了。

但是，随着这学期一天天地过去，白天的时间渐渐变短，我逐渐发现那并不是什么偏执狂。年轻的母亲们不理睬我。她们回避我的目光。她们实际上不想了解情况。最初,我试图和她们攀谈,可她们的样子就像我要求和她们上床似的。因此,过了一段时间,我也打消了和她们接近的念头。

那些母亲们相聚时个个都笑容满面,她们真的不愿意看见我在那里露面。我的感觉非常糟糕,后来竟然到了这种地步:我在孩子们被解散那一时刻才出现在学校门口。因为,我无法忍受置身于那些年轻母亲们之中的窘况。况且,她们也无法忍受我出现在她们中间。

学校的老师们一直对我非常友善。当我和沃特豪斯小姐交谈时,我很容易使自己相信,我是男人,可以充当单身父亲的现代世界的一个组成部分。然而,每当我在学校门口驻足时,那种想法便立刻成为毫无用处的东西。

无论她们是来自居住在宽敞的白色豪宅之中的富裕家庭,还是来自依靠社会福利计划为生的贫穷家庭,那些母亲们总是对我表现出避而远之的态度。这种情形出现在帕特上学的第一天,可是不知怎么的却一直延续下来。

与我相比,头上系着发带的女人和脚上戴着镯子的女人拥有更多的共同之处。与我相比,那些作为单身母亲的女人和拥有配偶的女人具有更多的共同之处。至少,她们的言行举止是这样的。

尽管其表现形式含而不露,颇有英国特点,但是那种充满狐疑和令人尴尬的东西却不可否认地一直存在。在我供职的地方,人们可能对独自照管小孩的单身父亲,持有理解和开明的态度。但是,在学校门口,当父母们忙于接送孩子这样的事情时,没有人想知道我的问题。帕特和我的存在似乎是一种活生生的提示:她们拥有的所有关系都是十分脆弱的。

但是,比安卡没有按时出现,我带领帕特和佩吉站在那里等候,这时,她们所感觉到的甚至不止是脆弱性。那些当母亲的把我看成了男人们可能犯下的一千个错误的提示。

我站在学校门口,觉得自己仿佛代表了世界上全部有缺陷的男人。那些从来没有到过学校门口的男人。那些离家出走的男人。那些不能获准与孩子们接触的男人。

哼,我诅咒她们。我讨厌被人敌视的感觉。

这并不是说我对自己被视为怪人感到介意。我早知道自己会被视为怪人。毕竟,我知道自己是一个古怪的人。但是,我讨厌为世界上每个有过错的男人受过。

我讨厌负责照看佩吉的那个保姆——那个不能如约到达小学门口的姑娘,那头甚至没有想到打电话让老师转告她不会来的、咳嗽不断的无用母牛,那个拥有现代名字、抱有"别人将替她承担责任"这个现代幻想、令人讨厌的比安卡。

但是,佩吉好歹不是她的孩子。我对佩吉的无用父母的厌恶胜过对这位无用保姆的抱怨。

诚然,我只知道她父亲已经离家出走,她母亲的上班时间奇怪得不可思议,事实上对她家庭的其他事情并不了解。但是,在所有的重要方面,我觉得自己对他们的一切都很了解。

显然,佩吉的爸爸将他所承担的父亲责任视为儿戏,就像去佛罗里达州度半个月假期那么简单。再者,佩吉的妈妈究竟是城里的某个大人物,还是染指地下经济,以补充她得到的社会福利救济金的不足,这实际上都没有什么关系。在她生活项目的清单里,女儿的幸福显然被放在了无关紧要的位置上。

他们是典型的现代父母。他们不具备抚养这个孩子的能力。如果说我这一辈子憎恨什么的话,那就是那些把孩子带到这个世界上来后便认为困难已经结束的人。

哼,我也诅咒这两个家伙。

熙熙攘攘的人群渐渐散去,那些年轻的妈妈们已经离开,我最难受的时间已经过去,我实际上已不在乎继续站在学校门口等候。这时,我们走进了学校的管理室。我告诉那位秘书,佩吉和我们一起回家。

帕特和佩吉得到了这个可以待在一起的意外机会,高兴得欢呼起来,一起挤在莫里斯F型跑车的前座上。我努力控制自己的情绪,以免大哭起来。当我站在学校门口时,偶尔会出现这样的情形。正如帕特的遭遇使我感到难过一样,我也为佩吉感到难过。我们成年人把生活弄得乱七八糟,而付出代价的却是这些孤独无助的小家伙。

现在,我看着她在地板上静静地玩耍,帕特忙着听那些野蛮歌曲,根本不理睬她。我听着卖冰激凌的铃声渐渐远去,心里感到后悔和惭愧。

"你想吃冰激凌吗?"我开口问她,心里有一种从未有过的不成熟的感觉,觉得我应该向她表示某种歉意。

对不起,佩吉,现代婚姻就这样解体了。对不起,现在的成年人如此自私,如此麻木,我们甚至不能抚养自己的孩子。对不起,世界是如此糟糕,我们对待自己的子女的情感可以和谷仓里的老鼠的行为相提并论。

但是,来一支蛋卷冰激凌怎么样?

我正在付钱买三支九九牌冰激凌,希德出现在街道的拐角处。

"你来一支九九牌吧?"我问她。

"什么是九九牌?"她问。

"就是这种,"我解释说,"巧克力蛋卷冰激凌。味道好极了。"

"我不要,谢谢,"她说。"我看我还是留着牙齿吃晚饭吧。你好吗?"

"我很好,"我说着,俯身吻了吻她的嘴唇。她的回吻不太热情。"我以为你上班去了。"

"我接到电话来接佩吉,"她说。"比安卡来不了。对不起。"

我目瞪口呆地看着她,一时弄不明白这两个世界是怎样联系在一起的。

"你认识佩吉?"我问道。

她摇了摇头。我没有弄清楚,是吗?

"她是我女儿,哈利。"

我们站在我家的大门前。她那双棕色大眼睛望着我,等待着我开口。

“佩吉是你女儿?”

“我本来准备告诉你的,”她说。“开诚布公地谈一谈。”她轻声一笑,那笑声表明她知道这并不是那么可笑。“我只是在等待适当的机会。如此而已。”

“适当的机会?你为什么不直接告诉我?为什么那不是适当的机会?”

“我将来会解释的。”

“现在就解释。”

“好吧,”她说着伸手拉了一下大门,几乎使它关上。这样,孩子们听不见我们的声音。我们的孩子。“因为我不想让我的孩子接触可能很快走出我生活的陌生男人。”

“你不想让她接触陌生男人?你这是什么意思,希德?我不是什么陌生男人。她在这里待的时间比在其他地方都多。佩吉已经了解我了。”

“她知道你是帕特的爸爸。她不知道你是我的——怎么说呢?你是什么人,哈利?我想你是我的男朋友,对吧?她不知道作为我男朋友的你。况且,在我和男朋友交往的一段时间内,我不想让她与你见面。你明白吗?”

我不明白她说这些话的意思。一团冰激凌落在我的手上。

“可是,她上周几乎每天晚上都是在这里吃的晚饭!”我说。“她见我的次数比见和你结婚的那个不负责任的浑蛋的次数还要多!”

“你并不了解他。”

我喜欢这个说法。

“哦——他是好人,是吧?”

“可能不是,”她说。“可是,我不想让她在成长过程中产生这样的看法:每个男人都会像他父亲那样,从她的生活中消失。我不想让她在我的床上见到陌生男人——而你就是陌生人。哈利,在那个意义上,你是的。我不想让她醒来时发现,她的床上有陌生男人。我不想让她认为这样的事情无所谓。而且,我不想让她和可能不会长久相处的人关系太密切。”

她竭力控制自己的情绪，但是她的喉咙却有些哽咽，我觉得自己想伸手去抱住她。我手里仍然拿着那三支正在融化的九九牌冰激凌，那样做会把她的身上弄脏。

“因为我不想让她再次受到伤害，”她说。“我不想让她把她年轻的心托付他人，而那个人又毫不珍惜地将它打碎。明白了吗，哈利？明白了吧？”

“明白了，”我说。“明白了。”

她挤了挤眼，接着努了努嘴。我擦去手上的冰激凌。然后，我们进了大门，我发现，对孩子来说没有什么东西是异乎寻常的。

或许，当你是孩子的时候，生活仍然充满神奇的色彩，几乎世间的一切都令人感到惊喜，所以就没有什么真正的惊喜。或许，只是孩子的适应能力比成年人的强。无论是什么原因，佩吉和帕特见到希德走进房间时并没有晕过去。

“妈妈，”佩吉喊道。而我心里想——原来如此。这时，我明白自己是在什么地方见过那样的眼睛了。

希德在地板上坐下，听她的女儿讲解千年猎鹰的内部情况。她从我儿子手里接过耳机，听了一首他喜欢的歌曲。后来，我们吃完了各自手里的冰激凌，她告诉佩吉该回家了。

“我给你打电话，”我说。

“如果你愿意的话，”她说。“我知道，你肯定没有料到会是这样。”

“你疯了还是怎么的？”我说。“我当然愿意。”

“你肯定吗？”她问道。

“肯定，”我说着伸手拍了一下她的肩膀。“这并不能改变任何事情。”

那改变了一切。

25

“你和那个化妆师姑娘做爱了吧?”我问伊曼。

他看了一眼映在梳妆镜里的我的面孔,我捕捉到在他的脸上一掠而过的某种神情。可能是害怕,或许是愤怒。那神情转瞬即逝。

“你说什么?”他问道。

“我说第一遍时你已经听见了。”

我们的节目顺利开播。收视率反映良好,啤酒广告的出价单开始来了。但在我的眼里,他仍然是那个来自吉尔卡尼、耳朵里塞着蜡屑、害怕面对镜头的孩子。

“做还是没做,伊曼? 你和那个化妆师姑娘做爱了吗?”

“你为什么要问这个?”

“因为她在哭泣。她泪流满面,把粉扑都弄湿了,我们甚至没办法要她给嘉宾化妆。她哭得像一个泪人。”

“那和我有什么关系?”

“我知道她上周是和你一起离开演播室的。”

他转动那把小转椅,让身体对着我,梳妆镜四周的电灯泡正好把他的脑袋框起来。尽管一道发亮的汗水在他的额头上弯弯曲曲地画了一条线,他看上去已不再像原来那样胆小害怕了。

“你问我和那个化妆师姑娘做爱没有?”

“对,”我说。“我不在乎你的道德观念,伊曼。如果你喜欢,你可以在插播广告时和灯光指导鬼混。只要我们不是在直播,你做什么我都不在乎。只要你的事情不影响做节目就行。可是，一名哭哭啼啼、无法工作的化妆师却影响了我们的节目。”

“你对我的帮助一直很大，哈利，”他冷冷地说。有时候，他的声音非常低沉，我得集中注意力才能听见他在说些什么。低沉的声音给他某种力量。“从我们初次见面那个时刻起，你对我说的一切都是有意义的。记住，你只是对一个人发表意见，这是你说过的。如果你干得好，他们就干得好。这对你或许没有什么，但是却帮助我撑了过来。它帮我使节目获得了成功。没有你的帮助，我不可能有今天，对此我很感激你。这就是你问我这个问题时我没有生气的原因。这样的问题——可能你同意我这么讲——即使是从我母亲嘴里，从神父嘴里说出来也有些不礼貌。”

“你和那个管化妆的姑娘做爱了吧，伊曼？”

“没有，哈利。我没有和那个化妆师姑娘做爱。”

“是真的吗？”

“真的。我没有和那个化妆师姑娘做爱。”

“那就好。我想知道的就是这个。”

“我干了那个化妆师姑娘。”

“两者之间有一点区别，对吧？”

“区别大着呢。它不是认真恋爱关系的开端，哈利。它是某种相当无聊的事情的完结——我喜欢的正是这一点。况且，卡曼——这是那个化妆师姑娘名字，哈利，她叫卡曼——或许现在有些不安，认为那样的事情不会再次出现，但是，我相信这也正是她所喜欢的。事实上，她喜欢它带一点猥亵，带一点野蛮，而且只是一夜情缘。有时候，女人希望你和她做爱。有时候，她就是希望被人干。她们也和我们一样，哈利。那是一个大秘密。她们也和我们一样。”

“为什么以前没有人告诉我这些？我的生活本来可能会简单得多。”

“哈利，我目前得到了大量的出价单，并不全是做啤酒广告的。卡曼是一个可爱的姑娘。我会尊重她。我会对她好。但是，她想要的正是我想要的，而且她已经如愿以偿。她不可能期望从我身上得到任何更多东西。还有，等她控制住自己的情绪后，她会理解这一点的。”

“你并不是第一个因为自己的嘴脸每周一次在电视上亮相而和人上床的年轻人，伊曼。我只是要你不要将个人的逢场作戏的事情带进演播室，行吗？”

“可以，哈利，”他和气地说。“这造成了负面影响，我对此表示歉意，我是真心诚意的。还有，我觉得你是我的执行制片，提醒诸如此类的事情是你的分内工作。但我是男人，懂吗？”

“是吗？真的吗？你的话听起来像是古老的布鲁斯歌曲。我是男人。大写的‘男人’。哼，你他妈的真厉害。你接着将会为剃须霜打广告了。”

“我是男人，哈利。还有，我的人生目的就是要把自己的精子播撒在尽可能多的地方。那就是我们存在的目的。那就是男人们干的事情。”

“废话，”我说。“那是男孩子们干的事情。”

但是，当我后来看着他和本节目最靓的资料员一起离开演播室时，我心里自问——为什么不呢？

为什么他不该将他的精子播撒在尽可能多的地方呢？他留着那些精子有什么用处呢？我培育的那个孤零零的小花盆到底有多大价值呢？

突然间有了这些条条框框。

我可以在希德住的公寓顶楼的小套房里过夜，但却必须在佩吉起床之前离开。希德感到开心，她可以在佩吉睡觉之后让我留下，和我一起睡在那张古老的铜床上，墙上镜框里是那幅《乱世佳人》的电影海报。但是，我却必须在天亮之前走人。

实际上，规矩不多，只有一条。但是，给人的感觉像是有许多条条框框。

“过些时候可能会有改变，”希德说。“如果我们决定——这个你知道——使关系更进一步。如果我们愿意做出更具体的承诺。”

可是，一旦我停止注视她那双棕色的大眼睛，她关掉电灯时，我便觉得自己不想做出什么具体的承诺。说实话，我想要的是某种不那么复杂的东西。

我希望自己能够安睡在我的姑娘的怀里，没有人叫醒我，没有人提醒我该回家了。我希望的是那种我不必去记那些条条框框的关系。最重要的是，我希望恋人之间的关系重新回到被破坏之前的样子。

我在睡梦中觉得希德的嘴唇贴在了我的嘴唇上。

"宝贝，"她低声说。"对不起。时间到了。"

外面仍旧一片漆黑，但是我可以听见鸽子在正对着我头部的房顶上走动的声音。那是一个不容置疑的信号，我得穿上裤子，赶在太阳升起之前溜走。

"你想到了办法，对吧？"我一声叹息，翻身离开她的身边，从床上爬起来。

"我希望你能够留下，哈利。我真的希望。"

"你和佩吉的爸爸分手有多长时间了？三年了？还要长一些？你让佩吉见过几个你交往的男人？"

"你是第一个，"她轻声说，而我不知道那是否属实。

"我只是不明白，她早上看见我吃玉米片对她有什么害处。奇怪——这孩子整个一周都和我见面。"

"这些事情我们已经谈过了，"希德在黑暗中说。"如果你早上出现在这里，她会被弄糊涂的。请你理解。她只有五岁——而你不是那样大的孩子。"

"她喜欢我。而且我也喜欢她。我们一直相处得很好。"

"那你就更应该现在离开。我不希望你成为佩吉的叔叔，懂吗？我希望你和她的关系要么比那更近，要么没有那么近。可是，你不能成为她的叔叔。她应该得到更好的东西。你也是一样。"

"没问题，"我说。"绝对没问题。"

"你应该喜欢我这样做，"她说，显得愤怒而不是伤心。"你应该理解，我只是努力保护她，尽量考虑她的感情。你自己也有孩子，你知道是怎么一回事情。这一点任何人都该理解，你也应该理解。"

她是对的。

我应该爱她。

在我的一生中,我这是第一次有所感悟,为什么我这种年龄的男人要和比他们年轻的女人约会。

我以前从来没有这样的感觉。三十多岁的女人,她们的身体依然富有弹性。而且,你可以和她们交谈。她们依然年轻,但是对生活已经有了某种认识——可能与你的观点有许多相同之处。

有的人在肚脐上佩戴饰物,认为热恋就是上令人讨厌的夜总会,就是来上半片毒品什么的,然后故作销魂状。为什么男人要牺牲平等的伴侣关系来博得这样的人的欢心呢?

如果你可以和阅读同样书籍、看同样电视节目、喜欢同样音乐的人约会,那么,你怎么会去要一个认为亚米罗卡乐队的歌手就是典型的灵乐歌手的人呢?

但是,现在我明白了。现在我能够理解那种吸引力了。我这种年龄的男人喜欢比自己年轻的女人,那是因为年轻女人没有那么多抱怨的理由。

年轻女人的心灵不大可能受过家庭破裂的打击,受过离婚诉讼律师的打击,受过失去父亲或母亲的孩子的打击。三十多岁的女人——而且还有男人,不要忘记他们——背负着生活中的种种失望到处游荡,就像拖着超重的行李,而年轻女人却没有那样的负担。

这种看法是残酷的,但却是真实的。年轻女人过去的生活不大可能已被某个男人搅乱。

三十多岁和四十多岁的男人与年轻女人约会时,他们看重的不是她的充满活力的身体和戴着饰物的舌头。那只是宣传。

他们和她约会,以便成为搅乱她的生活的人。

海迪是从慕尼黑来的保姆。

对了，确切说并不是慕尼黑——而是奥格斯堡。而且，她确切说来也不是保姆。

保姆是专业的小孩看护人，其职业就是照料幼童。海迪是一位十九岁的姑娘，这是她第一次离开父母。她只需搭乘汉莎航空公司的经济舱航班，就可以直接回到德国，回到她那间摆放着布娃娃的卧室，让她妈妈给她洗衣服。就像我对理论物理的了解十分有限一样，她对看孩子的事情也知之甚少。海迪更像一名帮人料理家务以换取食宿的姑娘。

我们的计划是这样的：海迪做饭，打扫卫生，在我上班制作节目的时候替我照料帕特。作为交换，她在我家里免费食宿，而且还得到一些零花钱。同时，她在这里学习英语。

我领着海迪去见帕特时，他正在沙发上听萨莉送的磁带，身体随着音乐的节奏摇晃着。

"这是海迪，帕特。她要住在这里，帮助我们料理家务。"

帕特一脸木然地看着这位身材高大的金发德国姑娘，懒洋洋地张开嘴巴，完全沉浸在音乐之中。

"一个充满活力的孩子，"海迪笑着说。

她想表示她的良好愿望，问我晚饭吃什么。我告诉她，我在电视台的绿色房间里随便买点什么凑合都行，但是，她应该为她自己和帕特做饭。她在厨房里忙碌一阵，找到了一听西红柿汤罐头。

"这行吗？"她问道。

"行，"我回答说。

我在餐桌前坐下，在供下一周拍摄用的脚本上写下注意事项，想看一看她怎样做饭。

帕特进来看她，从起居室传来震耳欲聋的音乐，于是，我叫他回去关上它。他回到厨房，拉了拉我的袖子。

“你猜怎么着?”他问。

“让爸爸干自己的事情吧,亲爱的。”

“可是,你猜海迪在干什么?”

“也让海迪干她的事情吧。”

他拖着声音叹了一口气,然后在餐桌边坐下,百无聊赖地摆弄那两个塑料玩具人。

海迪在电炉旁边乒乒乓乓地忙着,我听到水烧开的声音,于是抬起头来看。奇怪。她为什么把西红柿罐头放在开水中加热呢?

“海迪?”

“很快就做好了。”

原来,她把那一听没有打开的罐头放进了炒锅,然后加水煮沸了。她看着我,迟疑地一笑。这时,罐头砰的一声炸开,天花板上、墙壁上、我们的身上,到处都是黏糊糊的红色液体。

我擦去溅在自己眼睛上的西红柿汤,看见海迪的脸上淌着暗红色的黏液,两眼木然地看着我,已经吓得说不出话来。她那模样就像影片《嘉莉》中逍遥音乐会上的西斯·什帕切克。

这时,她大哭起来。

“你猜怎么着?”帕特说,一双蓝眼睛在戴着红色面具的脸上眨巴着。“她也不会做饭。”

于是,海迪在住宅区里找到了一个好人家。

我给萨莉打了一个电话。

26

埃塞尔大婶跪在房前的花园里，栽种来年的开花的球茎。

埃塞尔大婶并不是我家的亲戚，但是自从我五岁时我家搬到她隔壁以后，我们一直都叫她埃塞尔大婶。那个习惯称呼已经证明是难以改变的。

我们从希德的那辆陈旧的大众牌甲壳虫车里爬出来，埃塞尔大婶直起腰来，目光扫过她面前的割草机，朝着希德、佩吉、帕特和我的方向一瞥。在那一瞬间，我觉得自己回到了童年，问埃塞尔大婶能不能把球还给我。

"哈利？是你吗，哈利？"

"你好，埃塞尔大婶，"我问候道。"你在那里栽什么？"

"郁金香、水仙花，还有风信子。那是你的帕特吗？我简直不敢相信！瞧，他长得多高。喂，帕特！"

帕特挥了一下手里的光剑，不太热情地向她致意。我们一直没能说服他叫她埃塞尔大婶，看来他现在也不会改口。埃塞尔大婶把目光转向佩吉，我所熟悉的苍老的脸上掠过了一团疑云。

"那么，这个姑娘……"

"这是我的孩子，"希德说。"嗨，埃塞尔大婶。我叫希德。哈利的朋友。你好。"

"就像锡德·詹姆士的锡德？"

"就像希德·查里思的希德。"

戴着眼镜的埃塞尔大婶眨了眨眼睛。

"是那一位舞蹈家，"她说，"她在《丝袜》中和弗雷德·阿斯泰尔同台演出。那一双腿真漂亮。”埃塞尔大婶上下打量希德。“就像你一样!”

“我喜欢你的埃塞尔大婶,”希德低语道,然后挽起我的胳膊,走进了车道。这时,我发觉她捏了我一下。“喂,你看——那人像是你母亲。”

我妈妈满面笑容地站在门口,帕特朝着她跑去。

“生日快乐!”她说着,把他抱了起来。“已经五岁了! 是一个大孩子了——噢!”她一只手抱着他,另一只手拨开他手里的光剑。“奇妙的神光救星,”她笑着低头打量佩吉。“你肯定是佩吉啦。你可没有神光救星,是吧?”

“没有,我不大喜欢星球大战。我玩那游戏是因为他喜欢。”

“那是男孩子玩的,对吧?”妈妈说。她历来不赞成打破传统的性别规范。

佩吉跟在帕特身后进了大门,我妈妈对着希德一笑。希德站在后面,离开我有半步远,一只手仍然抓着我的胳膊。我以前从来没见过她这么腼腆的样子。我妈妈伸手握着她的肩膀,吻了吻她的脸颊。

“你一定是希德啦。进来吧,亲爱的,不用客气。”

“谢谢你,”希德说。

希德走进伴我长大的房了,妈妈在她的身后扬起眉头,对着我一笑,那惊异的模样就像印在漂亮的老式海滨明信片上的女郎。

我已经长这么大了,带回家的姑娘也不止一个,所以我知道母亲那种表情意味着什么。

它意味着,希德是母亲认为漂亮的女人。

摆放在后花园里的是我母亲称为盛宴的东西。

厨房里的餐桌被搬到了后花园里,上面铺着纸质台布。台布上的图案有彩色气球、打开的香槟酒瓶,还有咧嘴大笑的兔子。

餐桌上摆着装在几个小碗里的薯片、果仁和晶莹明亮的橙色奶酪点心,几盘用去皮面包做成的三明治,还有几盘小腊肠卷,一些小纸杯装的果冻和罐头水果片。

这些食品的中央是一个生日蛋糕，呈《星球大战》中达斯·维德头盔的造型，上面插着五支蜡烛。

我们大家围着桌子坐下，唱了几遍"祝你生日快乐，帕特"之后，我爸爸给大家送上小腊肠卷，然后意味深长地看了我一眼。

"你们要挤进那辆小跑车也够难的了，"他说。

音响里播放的他喜欢的老式唱片的音乐从起居室传来。那是《快乐情歌》的第二面，弗兰克正满怀柔情地唱着科尔·波特创作的歌曲《什么都行》。

"我们没有开莫里斯 F 型跑车出来，爸爸，"我说。"我们开的是希德的车。"

"根本不实用，那样的车子，"他继续说，没有理睬我的话。"没有孩子坐的地方，对吧？一个男人在买汽车时得考虑这些问题。或者说，他应该考虑。"

"我爸爸有摩托车，"佩吉说。

我父亲呆呆地看着她，嘴里嚼着小腊肠卷，一时说不出话来。她的爸爸？摩托车？

"那好啊，乖乖，"我妈妈说。

"还有泰国的女朋友。"

"不错！"

"她叫玫慕。"

"多好听的名字。"

"玫慕是跳舞的。"

"哎呀。"

佩吉掰开三明治，看里面夹了些什么东西，我们一声不响地看着，等着她抖出更多的事情。佩吉没有继续说下去。佩吉把掰开的三明治合上，然后塞进嘴里。

我嘴里嚼着橙色奶酪点心，心里感觉沉重。

我父母正在尽力把事情办好。但是，这个小姑娘已经有了另外一种他们绝不可能认同的生活经历。孙子给他们的无限喜悦绝不可能出现在与小佩吉的关系中。

那种没有条件的爱已经不可能出现了。她会一直被视为陌生人。我在心里对他们深表同情。当然,对佩吉也深表同情。

“玫慕实际上不是搞舞蹈的,”希德说着,把目光转向我,看我心里在想些什么。“她是脱衣舞娘。”

我老爸大声咳嗽,一块烤肉从嘴里冲了出来。

“吞下去的东西进错了地方,”他解释说。

我母亲转向希德,机灵地一笑。

“要果冻吗?”她问希德。

我们抛开玫慕的职业这个话题之后,生日宴会便随即进入正轨。再者,我父母喜欢希德。我看得出来他们非常喜欢她。

还有一些麻烦的问题需要提及——我爸爸谈的是关于政府向单身母亲提供补助的问题,妈妈谈的是上班族母亲的问题——但是,希德巧妙地一一应对,没有出现任何差错。

“政府不可能代替父亲的角色,塞弗先生。而且,政府也不应该管。”

“叫我帕迪吧,亲爱的,”我爸爸告诉希德。

“有的妇女不得不工作,塞弗太太。但是,那并不意味着她们的孩子不是首先应该考虑的问题。”

“叫我伊丽莎白吧,亲爱的,”我妈妈对希德说。

于是,她与帕迪和伊丽莎白大谈他们喜欢讨论的所有问题——和我妈妈谈应该让五岁大的孩子看什么样的电影,和我爸爸谈什么时候该取下幼儿自行车的护轮。

而且,她恰如其分地选择话题,夸奖我妈妈做的腊肠卷(那是我自己做的,亲爱的,如果你喜欢,我会告诉你那菜谱),夸奖我爸爸打理的花园(哈利对园艺从来不感兴趣——我自己无法理解他的态度)。

在和吉娜交往之前,我常常把在社区俱乐部里和我跳过几次舞的姑娘带回家。

但是，希德不是那样的本地姑娘。

从外表上就看得出来希德是过来人——结过婚，生过孩子，然后离了婚，虽然上述三个过程并不一定依次出现。而且，给人感觉是，我父亲面对希德的过去的惟一办法是采取回避的态度。

他们的谈话内容要么是她在休斯敦度过的童年，要么是她后来在伦敦的生活，似乎在这两个时段之间发生的事情已经被新闻检查人员给删去了。

“你是说得克萨斯?”爸爸说。“我自己从来没有去过。不过，在战争时期我遇到过一些得克萨斯人。”他侧身悄悄对她说，“得克萨斯人，玩扑克牌的高手。”

“一个人有姐姐、妹妹一定非常开心，”我妈妈说。“我有六个弟兄。你想一想吧？六个弟兄！有的女人不爱看电视上转播的足球和拳击比赛。可是，对我来说却从来没有什么问题。因为我有六个弟兄。”

但是，希德破裂的婚姻始终是一个需要面对的问题。后来，希德轻描淡写地顺便带过，似乎它只是一节变了味的腊肠，必须得找出来，扔到一旁。她从未如此明显地表现出她的美国风格。

“我的家庭和你的家庭类似，”她告诉我母亲，“相互之间的关系非常密切。我到这里完全是因为吉姆——我是说佩吉的父亲——是英国人。我们的婚姻没有成功，但是我却因为某些原因没有回美国去。现在，我认识了你儿子，幸亏我当初没有走。”

如此而已。

我妈妈看着我们，好像我们是电影《爱情故事》中的瑞安·奥尼尔和艾丽·麦克格罗。甚至我爸爸好像也在用手擦眼泪。后来，我发现那是因为他把小腊肠卷末弄到自己的眼睛里去了。

帕特吹灭那五支蜡烛，我们分享了蛋糕。这时，从我父母的行为来看，他们好像已经与希德和佩吉相识多年了。

我的梦中姑娘在见到我之前曾经选择了别人来分享她的梦想。也许这事实使他们感到为难，他们却善于掩饰这一点。我对此感到由衷地高兴。

希德帮助我妈妈收拾餐桌上的东西，爸爸告诉帕特和佩吉他是如何对付花园里的蜗牛的，我走进起居室，来到音响前面。

《快乐情歌》在几个小时之前就放完了，但是，那唱片的封套——那是一张老式的乙烯塑料唱片，我父亲还没有加入到激光唱片的革命之中来——摆在索尼音响的旁边。

这封套对我来说一直具有特殊意义。上面的辛纳特拉歪系着领带，头上是前檐下垂的折顶软呢帽，笑呵呵地看着一对二十世纪五十年代的金童玉女——男的穿着正式套装，一副保养良好的模样，女的身穿红色短外套，戴着珍珠耳环。

他们具有平常夫妻的形象——你不可能认为他们会混迹于拉斯维加斯赌场那样的地方。但是，他们给人的印象是，他们和其他任何人一样，享受到了生活的乐趣。我小时候喜欢看这一对夫妻，因为我总认为他们就像我父母当初坠入爱河时的样子。

这时，有人在花园里叫我的名字，但是，我望着《快乐情歌》的封套，装着什么也没有听见的模样。

我心里想，人们再也不会印制那样的唱片封套了。

“大家都很开心，”希德说。

“宴会看来搞得不错，”我说。

我们返回伦敦，回到她的公寓楼上。佩吉和帕特坐在沙发上看迪斯尼动画片《珀卡宏塔斯》(那是佩吉挑选的)。在希德的那辆老掉牙的甲壳虫车里颠簸了两个小时之后，他们已经显出疲态，开始相互指摘了。我想回家。

“大家都很开心，”希德又说了一遍。“帕特喜欢他得到的礼物。佩吉吃了很多东西，我可以一周都不给她吃的了。见到你父母我真的很高兴。他们真的很好。真的，大家都过得很开心。只有你是例外。”

“你说些什么呀,我也很开心啊。”

“不,”她说。“使我感到伤心的是——真的使我感到伤心——你甚至没有去试一试。你妈妈和爸爸已经尽力了。我知道他们喜欢吉娜,我知道接受我对他们来说并不容易。但是,他们今天尽力想把事情做好。可你却不愿意操这份心,对吧?”

“你要我做什么？两杯无糖可乐下肚之后就开始跳拉姆巴达舞？我参加小孩的生日聚会从来没有像今天这样开心。”

“我是成年妇女,而且还拖着孩子,明白吗？你得学会面对这一点,哈利。如果你无法面对,我们就没有将来可言。”

“我喜欢佩吉,”我说。“而且,我和她相处得很好。”

“当她只是给你儿子做伴的小姑娘时,你喜欢她,”她说。“当她只是在你家地板上乖乖地玩耍的漂亮小姑娘时,你喜欢她。你现在开始和我交朋友,你不喜欢她现在的角色。”

“那个角色是什么?”我问道。

“另一个男人留下的痕迹,”她说。

另一个男人留下的痕迹？这可有些严重了。你无法想象辛纳特拉把那样的东西贴在他的唱片封套上。

27

事情可不只是另一个男人留下的痕迹那么简单。

如果说单独照料帕特使我学会了什么东西的话，那就是当父母的几乎是凭直觉行事的——我们在生活过程中不断地探索。没有人教你怎样做，你边干边学。

小时候，我觉得我父母拥有某种神秘知识，知道如何教育我，如何抚养我。我觉得他们拥有某种伟大计划，让我按照他们的要求吃那些蔬菜，按照他们的要求回到我的房间。但是我的想法错了。我现在明白，他们和世界上其他父母没有什么不同。只是临时设法面对。

如果帕特想在凌晨四点看《杰迪归来》的录像片，或者在半夜播放殷勤男人乐队的磁带，那么，我可能会一把拉下插头，让他回到房间去睡觉。

如果他因为和吉娜通了电话，或者因为学校里的事情而情绪低落，我可以把他搂在怀里，和他紧紧相拥。他是你的亲生骨肉，你不用去想怎样做合适。你根本不用去动那样的脑筋。你只是去做就行了。

但是，我在处理佩吉的事情时根本不可能有那样的奢望。

她坐在沙发上，两条赤裸的小腿搭在茶几上，看她喜欢的澳大利亚电视剧。我坐在她旁边阅读一篇关于新近倒闭的一家日本公司的文章，努力不受耳边声音的干扰。在电视节目里，那位被功能障碍所困的冲浪者不知道其父母的真实身份，正在喋喋不休地交谈。看来，日本那边的情况简直糟糕透了。

“你说什么——你不是我母亲？”银幕上有人这样问。随着主题音乐响起，佩吉开始动起来。

在通常情况下，只要故事中的奥西一家人没有出现在屏幕上，她便会从沙发上跳起来，呼的一声蹿出房间。但是，她这时却坐在那里，从堆放在茶几上的杂志和玩具中拿起了希德的指甲油。我发现她动手去拧那个小玻璃瓶的盖子。

“佩吉？”

“什么？”

“你不该玩那东西，亲爱的。”

“没事儿，哈利。妈妈会让我这样做的。”

她打开那个带着小刷子的盖子，小心翼翼地把粉红色指甲油往她那微小的、几乎看不见的脚趾上抹。她一个一个地涂抹，我不得不看着她。

“摆弄那东西要小心一点，佩吉，那可不是弄着玩的，知道吗？”

她瞪了我一眼。

“妈妈会让我这样做的。”

鲜红的指甲油珠有火柴头大小，顺着她的脚指头往下淌。她的脚很快被染上了红色，好像她刚从葡萄堆里走过或者从屠宰场里出来。她抬起脚，欣赏自己的手工作品，一滴红色液体啪嗒一声落在《红色》杂志的封面上。

要是帕特干这样的事情，我会大声呵斥，一把抓过那指甲油瓶子，把他赶回房间。但是，我面对佩吉却不知道如何是好。我肯定不能对她动一个手指头。我肯定不能大声呵斥。

“佩吉。”

“怎么啦，哈利。”

我真的希望她学会做事情，不要把指甲油弄到她的脚上、地毯上、茶几上、桌子上。但是，比这更重要的是，我希望她喜欢我。于是，我无所事事地坐在那里看着她一边染着小脚丫子，一边嘟哝着。

希德从卫生间出来，用裹在她身上的白色浴巾擦着头发。她看着佩吉用指甲油胡乱地涂抹脚趾头,叹了一口气。

“我跟你说过多少回了,不要去动那东西?”她说着一把抓过指甲油。她伸手抱起佩吉,那样子就像猫妈妈叼起一只不守规矩的小猫。“来吧,小姐。到卫生间去。”

“可是——”

“马上去。”

我觉得好笑——或者说,我觉得无奈——的是,我当初绝对没有想到要花这么多时间去面对伴随核心家庭出现的问题。希德的那个小套房就像一个浪漫故事的殿堂。

房间的墙壁上贴着电影海报。那些片子讲述完美的爱情故事,那样的爱情可能会经常遇到一些障碍,但是却最终没有现代世界的任何复杂问题。

你一走进这套房子,就会看到挂在狭窄过道中镜框里的那张《卡萨布兰卡》的电影海报。在稍大一点的起居室内,挂着的镜框里是《铭心恋情》和《难忘奇遇》的海报。当然,还有挂在卧室床头上突出位置的那张《乱世佳人》的海报。甚至在佩吉的卧室里,也有一张动画片《珀卡宏塔斯》的海报正对她的那些迪斯科·肯娃娃、芭比娃娃和与辣妹组合有关的商品。映入你眼帘的全是热情洋溢的男人,沉浸在爱情之中的女人,还有征服一切的纯真爱情。

希德处理那些海报的方式也和学生常用的不同,不是随随便便地往那些发潮卷起的或者破破烂烂的宣传品上一贴了事。她所花的时间不仅仅是为了把那些海报挂起来。它们被放进了颇有品味的黑色镜框里,上面盖着玻璃,享受了艺术品的待遇——依我看来,它们真有那样的价值。

希德在伦敦苏荷区的影像制品店里买到这些画片,然后送到镜框厂或者类似的地方进行装裱,最后运回家里。她费尽心思,不厌其烦地将《乱世佳人》和其他海报挂在了墙上。这些画的意义明白无误——我们在这套公寓里就是为了这一目的。

但是,我们待在这套公寓里不是为了这个目的,事实上不是。在电影中,汉弗莱·博加特和英格丽·褒曼的恋情可能因为纳粹德国军队入侵巴黎而暂时中断,但是，博加特至少不用担心如何对待英格丽与维克托·拉兹洛所生的孩子。再者，如果《乱世佳人》中的郝思嘉因为以前的恋情而有了小孩子的拖累，白瑞德是否会依然对她情有独钟？这一点显然尚待商榷。

我以前没有和小姑娘长时间相处过，而佩吉有一种我在帕特或其他小男孩身上从未见过的镇定气质——我肯定那是镇定，而不是甜蜜、辛辣或其他什么东西。她显得泰然自若，与同龄男孩们完全不同。或许，所有的小女孩都是这样。或许，那是佩吉所独有的。

我说这些的意思是——我喜欢她。

但是，我不知道我应该成为她的朋友还是做她的父亲，我不知道我应该对她采取轻松而和蔼的态度还是坚定而理性的态度。在伴侣有孩子的情况下，你所面临的境遇绝不可能像电影那样轻松。不明白这一点的人都是因为米高梅影片公司出品的音乐喜剧看得过多了。

希德和佩吉回到起居室时，佩吉一身洗得干干净净，重新换了衣服，准备晚上和她父亲到"快递披萨"店去。小姑娘爬到我的腿上，给了我一个吻。她的身上散发着香皂和洗发水的气味。她母亲抚摸着我的头发。

"你在想什么？"她问道。

"什么也没有想，"我回答说。

这时，楼下街道上传来摩托车减速的轰鸣声，佩吉听到后激动得眼睛一亮。

"是爸爸！"她大喊一声，从我腿上溜下来，我心里一震，突然有了一种嫉妒的感觉。

我们站在窗户旁边，看着吉姆·梅森停下那辆大型宝马牌摩托车，两腿一摆，跳了下来，那姿势仿佛是在下马。接着，他取下头盔，我发现希德的眼光没错——他是一个模样英俊的浑蛋，面部轮廓分明，留着浓密的波浪发型，颇像古罗马钱币上面的头像，或者像一名喜欢女人的男模特。

我一直暗中希望他有格伦的某种特征——一个风光不再的英俊小生，他那令女人动心的年华已经一去不返了。然而,眼前的这位依然是一副青春年少的模样。

他向我们挥了挥手。我们也挥手作答。

和你伴侣的原配偶然见面应是一件令人觉得尴尬和难堪的事情。你知道他们生活中最为私密的细节,但是,你以前却从来没有见过他们。你知道他们做了错事,因为有人告诉你他们的全部情况。况且,假如他们没有做错事,你就不会和你的伴侣在一起了。

和她从前认识的男人相见应是一种难以保持平衡的经历。但是,见到吉姆对我来说却没有太大的问题。他和希德还有许多事情没有处理完毕,所以我得以轻松回避。

他进了房间,身材魁梧,模样英俊,皮装发亮,微笑的脸上露出洁白的牙齿。他挠着他女儿的痒痒,逗得她哈哈大笑。我们相互握手,寒暄中谈到了在这里的狭窄树林中停车的问题。佩吉去收拾她的东西,希德在那里等着他,她面部就像一只攥紧的拳头,没有任何表情。

"玫慕好吗?"她问道。

"她很好。她要我向你问好。"

"我敢肯定她没有要你问。不过,还是谢谢啦。她工作怎么样?"

"很好,谢谢。"

"脱衣舞娘的生意兴隆,对吧?"

"她不是跳脱衣舞的。"

"她不是?"

"她是跳大腿舞的。"

"对不起。"

吉姆看了我一眼,脸上露出了那种"你有什么办法?"的笑容。

"她总是这样,"他说,好像我们之间有某种关系,好像他能够教我一点什么。

佩吉回到房间里,手里捧着一个儿童用摩托车头盔,脸上挂着灿烂的笑容,急着要出发。她吻了吻她母亲和我，然后拉住她父亲的手。

我们站在窗户旁边，看着吉姆小心翼翼地把女儿放在摩托车后座上，然后给她带上头盔。接着，他上了摩托车，一踩油门，消失在狭窄的街道尽头。在摩托车的轰鸣声中，我们隐约可以听到佩吉欢快的叫声。

“你为什么这么恨他，希德？”

她沉思片刻。

“依我看，是因为他结束事情的方式，”她解释说。“他在下班回家的路上又伤了腿。依我看，他是被出租汽车擦了一下，他总是被出租汽车擦伤。我把佩吉送到幼儿园以后回到家里，他躺在沙发上。我俯身——只想看一看他的脸，因为我喜欢看他的脸——听见他说了一个姑娘的名字。大声说出来的。就是那个和他睡觉的马来西亚姑娘的名字。他为她而抛弃了我。”

“他是在说梦话？”

“不是的，”她说。“他假装在说梦话。他已经决定要离开我和佩吉。但是，他不敢正视我，告诉我他的想法。假装说梦话——假装在睡梦中说出她的名字——是他可能说出他的心思的惟一办法。他能够扔下炸弹的惟一办法。他能告诉我他已把行李收拾停当的惟一办法。不过，那样做显得太残酷，太没有胆量——而且太像他的为人了。”

我憎恨吉姆别有原因——有的是高尚的，有的是卑鄙的。我恨他是因为他把希德伤害得太厉害；我恨他是因为他比我长得帅。

还有，我恨他是因为我恨这一类人——他们满不在乎地进入和离开孩子的生活，似乎孩子是可以随意拾起和扔掉的业余爱好。我是否认为吉娜是这样的人呢？有时候，她逢单日没有给帕特打电话，我感觉——只是感觉——她和理查德一起在什么地方鬼混。

还有，我恨吉姆是因为我可以感觉到他对希德依然有所影响——当她说她喜欢看他的脸时，我发现那样的东西依然在困扰着她。或许，她并不爱他，或许，所有这一切已经凝结起来，变为某种不同的东西了。但是，他的影响依然存在。

我想，我内心的一小片应该抱有感激之情。假如他是一个忠实的、满怀爱心的丈夫，是一个知道如何系牢他的皮裤子的人——还有，如果他没有爱上亚洲姑娘——那么，希德就会和他一起，而不是和我在一起了。但是，我对他根本没有感激之情。

如果他把佩吉安全地从“快递披萨”店送回来后，他的摩托车被一辆七十三路公共汽车撞倒，漂亮脸蛋在埃塞克斯的公路上被摔得血肉模糊，我会感到高兴的。他对希德不好，仅仅这一点就足以使我憎恨他。

但是，当佩吉拿着一个显然毫无用处、冰箱大小的布玩具，脸上沾着披萨饼的残渣回家时，我发现另有一个更加自私的理由憎恨他了。

我从来没有刻意和他攀比，我知道我在佩吉生活中的重要性绝不可能比得上他。那一点对我的伤害最大。即使他只是在心血来潮时才来看看她，即使他可以随心所欲地离她而去，他总归是她父亲。

她就是因此而欣喜若狂。不是摩托车。不是披萨饼。不是冰箱那么大的傻瓜布玩具。而是因为那个人是她爸爸。

我知道，我可以和另外一个男人留下的痕迹相处。我甚至可以爱她。而且，我可以和摩托车，和冰箱大小的填充玩具，和比我好看的脸蛋竞争。

但是，我却不能和血缘关系竞争。

28

我开始相信，我和吉娜之间的事情已经完全了断，她却证明我的想法错了。

因为有帕特。而且，将来会一直有帕特。

一天晚上，帕特在我父母家过夜，她打来了电话。那情景使我们两人都陷于尴尬的境地。我不能像通常那样嘟哝着问候一声，然后叫帕特来听电话，所以只得故作幽默地说上几句。那并不是一件容易的事情。我觉得吉娜也有同感。我们曾经相知相爱，不可能这样闲聊。

不过，我们总有可谈的话题，所以我们之间气氛紧张的谈话——关于伦敦，关于东京，关于鸡毛蒜皮的小事——只持续了几分钟时间。

“你会因他而感到自豪的，吉娜，”我告诉她。“他在学校的表现非常好，大家都喜欢他。”

“对呀，他是一个招人喜欢的小男孩。”

“他有一个非常要好的朋友。”

“哈利，你心里明白你是不能留住他的，对吧？”

“我喜欢看着他们在一起。你记得第一次找到自己的好朋友时那种感觉吧。”

“你听见我刚才说的话没有，哈利？”

“什么？”

“你干得不错。我这是实话。但是，这并不是长久之计。”

“你是什么意思？什么不是长久之计？”

“帕特和你在一起的状况。在我离开之前，我们是有言在先的。这只是权宜之计。我是说，你照料帕特的事情。我安顿下来以后那就该结束了。"

"你怎么看待安顿帕特这个问题呢？难道这不重要？"

"哈利，我不愿和你吵架。我知道你和帕特过得不错，心里感到高兴。我当然感到高兴。但是，他将来和我一起过，这一点你一直是清楚的。"

"我也不愿吵架。但是，你不能给我们下最后通牒，吉娜。这不公平。"

"孩子应该和母亲在一起，哈利。我本以为你也是这样想的。"

"曾经是的，"我说。"但是，我不知道我现在相信什么。"

"怎么说呢，你相信什么并不重要，"她反诘道，语气变得强硬起来。"你真的以为我会让你使我们母子永远分离？你以为我会允许那样的事情发生？如果你有这样的想法，你就根本不了解我。"

"他和我在一起很开心。"

"他回到她母亲身边会更开心的。"

"那要等到什么时候？等你安顿下来？你是永远也不会安分的，吉娜。这就是我们这一代人的问题所在。我们不知道如何安顿下来。好啦，我正设法安顿下来，知道吗？为了我们儿子。在我这倒楣、糟糕的一生中，我正第一次努力去做正确的事情。我不会让你毁了我的生活。或者说，毁了帕特的生活。"

"我爱他，哈利。请不要把他从我身边夺走。我求你了。"

"你爱他，是吗？你离家出走了。你把他扔给了我。你找到了另外一个臭男人。你以为你爱帕特就能挽回这一切？"

"是这样，"她说。

"我像谁？"帕特问。公园里的树木已经落光了叶子，他每天都得穿上冬装，吉娜离开家里已经四个多月了。

他歪着头，看着汽车化妆镜中自己的面部，好像他是第一次见到自己的模样，好像那一张脸是属于别人的。

他长得像谁？人们总是告诉我——而且告诉他——他的样子像我。然而，我心里明白那不完全正确。他比我儿时的样子好看多了。即使我的门牙不被狗弄掉,他的样子也好看得多。事实上,他像我和吉娜两个人。他长得像我,也像吉娜。

“你的眼睛像你妈妈的,”我告诉他。

“它们是蓝色的,”他说。

“对。它们是蓝的。而我的眼睛是绿色的。不过,你的嘴巴像我的。我们两人都有好看的嘴形。正好用来接吻,是吧?”

“是的,”他说,没有和我一起笑,目光也没有从那小方镜上移开。

“你的头发非常漂亮,就像妈妈的。”

“她的头发那时是黄色的。”

“她的头发现在也是,宝贝,”我说,对他说话中所用的过去时态感到惊讶。“她的头发依然是黄色的,知道吗?”

“知道啦,”他说着收起化妆镜,两眼注视着前方。“我们走吧。”

而且,你的牙齿也像母亲的——看上去有一点裂口,有一点古怪,那样的牙齿笑起来给人以略带放荡的感觉。但是,你那短短的狮子鼻像我的,你那轮廓分明的漂亮下巴和你母亲的一样,你的肤色也像你母亲的——喜欢阳光照射的白皮肤,雨刚停下就开始发红的白皮肤。

即使我们想摆脱他母亲的影响,我们也无法摆脱她的影子。她在他的笑容里,在他眼睛的颜色里。吉娜的幽灵附在我的身上,也附在帕特的身上。

“我不知道孩子们将来会怎么样,”我父亲说。“我指的是像帕特和佩吉那样的孩子。我无法想象单身父母的重担将对他们的生活产生什么样的影响。”

他说这些时没有用以前那样的方式——愤怒,鄙视,口气中带着不知道世界将会变得怎样的讽刺意味。他说这些时没有带着他对单身父母的厌恶,没有带着他对单身父母所代表的那些变化的厌恶。他讲话时语气温和,略显不解地摇了摇头,好像将来完全处于他的想象之外。

“你是在父母跟前长大的,”他说。“你至少对婚姻应该是怎么一回事情有一点了解。婚姻可能是什么样的。但是,他们却没有这些概念,对吧?帕特、佩吉,还有所有那些单亲家庭的孩子们。”

在下午三点的暮色中,我们坐在厨房外面的木椅上,看着帕特在花园的另一侧挥舞着他的光剑。

“一切都显得那么……支离破碎,”我爸爸说。“你知道佩吉说些什么吗?她问我会不会成为她的爷爷。那不是她的错,对吧?可怜的小乖乖。”

“对,当然不是她的错,”我说。“根本不是孩子的错。可是,生活在离异家庭中或许会使他们在对待婚姻时更加谨慎,使他们在结婚时更有决心让婚姻成功。”

“你真的这样想?”我父亲满怀希望地问。

我点了点头,然而那只是因为我没有勇气摇头。我内心的想法是,他那一代人对待婚姻的负责方式是我无法做到的。

他那一代人照顾自己的孩子,他那一代人有许多人晚上早早回家。如果他们能有一处居家的房子,度假时能在弗林顿的乡间农舍住上两个星期,他们会觉得自己是幸运的。

但是,我这一代人在成长过程中所受的教育是把个人幸福作为自己追求的首位目标。

那就是我们为什么常常以令人吃惊的方式四处鬼混,放荡不羁,虚掷光阴。

我这一代人追求完美的生活。为什么我们的孩子要与我们不同呢?但是,我爸爸在很小的时候就已经知道,没有人可以得到完美无缺的生活。

“是的,或许没有什么问题,”我老爸说,仍在思考这个问题。“因为每个孩子都有父亲和母亲,对吧?即使来自——你是怎么说的?——单亲家庭的孩子也不例外。或许,帕特、佩吉还有其他单亲家庭的孩子长大以后不会像抛弃他们的父母那样。或许,他们将来更像和他们一起生活的父母。”

“你这样说是什么意思?”

“我是说,你和帕特相处得很好,”他说,眼光没有看我。“你工作努力。你照料他。这一切他是明白的。所以,为什么他将来不应该这样对待他的孩子呢?”

我尴尬地笑了。

“我说的可是正经话,”他说。“如果你母亲当初……我的意思你明白——我不知道自己是不是能够像你这样做。”他用长满老茧的右手轻轻地拍了一下我的肩膀。他还是没有看我。“你把孩子照顾得很好,哈利。”

“谢谢,”我说。“谢谢你,爸爸。”

这时,我们听见母亲在起居室里大喊。我们冲进房子,她正站在窗户旁边用手指着我的汽车。

“我看见那些小杂种,”我妈妈说,她从来都不说脏话。“我亲眼看见那些小杂种干的。”

我的莫里斯 F 型跑车的软篷已经被人用刀子划出了几条口子。顶篷凹陷在车里,好像有什么东西从很高的地方砸了下来。

我呆呆地看着面目全非的车子。这时,我父亲已经从前门冲了出去。埃塞尔大婶正站在她的家门口。

“巷子里!”她高声喊道,用手指着我家所在那条街道的尽头,那里是政府资助修建的住宅小区。那一段街面崎岖不平,那里的住户开破烂的福特汽车,穿西汉姆联队的球衣,根本不可能干栽种玫瑰这样的事情。

在街道的尽头有一条小巷子,那里有一个接着一个的破旧小店铺。人们白天可以在那里购买彩票,天黑以后人们在那里常常遭遇抢劫。两个年轻人——就是企图抢劫我父母的那两个?要么是和他俩类似的家伙?——正朝那条小巷奔去。我父亲在后面紧追不舍。

我看着被毁坏的汽车顶篷,顿时怒火中烧。你们这些愚蠢、可恶的小杂种,我心里咒骂着,对他们毁坏汽车的行为感到十分愤怒,对他们把我父亲从花园里引开的做法更是火冒三丈。

我拔腿追了上去,看见他们一边跑,一边紧张地回头张望。他们身后一个声音在高喊要把他们宰了,我吃惊地发现那是我吼出来的。

我爸爸突然停下了脚步,那两个家伙的身影消失在小巷之中。我最初以为他放弃了追赶,可是实际情况比那更糟:他一条腿跪在地上,用手捂着胸膛,好像不能呼吸了。

我跑到他跟前时,发现他两条腿都跪在了地上,一只手在地上支撑着身体。他的喉咙喘着粗气,发出了一种可怕的,令人毛骨悚然的声音。

我伸出双手抱住他,闻到了他身上的老霍尔本牌香皂和老牌药物香料的气味。他长大嘴巴喘气,肺部尽力呼吸,但是却不能吸入足够的空气来满足需要。他转眼看着我,我看见他的两眼中露出了恐惧的神色。

后来,他终于喘过气来,颤巍巍地站起来。我一只手搀扶着他,慢慢地回到了家里。我母亲、帕特,还有埃塞尔大婶都站到了门口。帕特和埃塞尔大婶吓得脸色发白。然而,我母亲却怒火万丈。

"你必须上医院去,"她泪流满面地说。"不要再说了。"

"我会去的,"他有气无力地说。我知道他会去的。他不可能拒绝她提出的任何要求。

"那些可恶的小坏蛋!"埃塞尔大婶骂道。"这样的事情使人火冒三丈,对吧?"

"是的,"帕特说。"他们是狗杂种。"

请柬上写着:黑色领带。我每次把我的宴会礼服、衬衣和黑色蝴蝶结领带从箱底翻出来时,心里总是一阵激动。那一条蝴蝶结领带,需要用很长的时间去摆弄,它不是小孩和小丑用的那种衬着塑料片的预先拴好的方便领结。

我还记得我老爸一年一度带着黑色领带,到帕克街的豪华酒店出席他公司举行的宴会的情景。量身订做的小晚礼服带有某种正式意味,穿在他那魁梧、健壮的身体上非常合适。我妈妈无论那年穿什么样式的晚礼服,总是略显傻气。但是,我老爸天生就是系黑色领带的料。

“哇，”萨莉叫道，目光透过搭在前额上的头发，略显羞涩地看着我走下楼梯。“你看上去真像是大人物，刚刚走出一家非常、非常酷的俱乐部。”

“不对，”帕特说着用食指指了指我，然后竖起了拇指。“你看上去像是詹姆士·邦德。〇〇七。可以开枪消灭所有坏蛋。”

但是，当我站在门厅的镜子前面时，我心里明白自己穿上宴会礼服的样子。

我越来越像我父亲了。

希德身穿一件用绿色中国丝绸面料制作的旗袍——高领，像第二层皮肤那样非常合身，那是我一生中见到的最漂亮的服装。

她没有刻意梳理头发，只是随意地挽在脑后，扎了一个独辫子。我喜欢那样的发式，因为我可以更清楚地看到她的脸庞。

有时候，只有在一个过程结束之后，我们才能意识到那一段时光是多么幸福。但是，我们如果非常幸运，有时可以在实际过程中体会自己得到的幸福。我知道，这就是幸福的感觉。不是含泪回忆的幸福，不是憧憬未来的幸福，而是此时此刻，穿着这一条绿色旗袍来临的幸福。

“等一等，”我在酒店外面下出租车时对希德说。我双手拉着她的双手，静静地站在那里，交通高峰期的车流在我们身后的帕克街上疾驰而过，街道对面的海德公园里的白霜散发着微光。

“有什么问题？”她问道。

“没有什么，”我回答说。“这样就好。”

我知道，我一辈子也不会忘记她那天晚上身穿绿色中国式礼服的样子。而且，我希望自己不仅仅享受那个夜晚，更希望留住那一时刻，以便在那个夜晚过去之后，在将来进行回忆。

“行了吗？”她问道，脸上洋溢着微笑。

“好啦，”我说。

于是，我们加入了穿着宴会礼服和晚礼服的人群，走进那家酒店去参加颁奖典礼。

“最佳新人奖获得者是——”

那个声音甜美、主持气象预报的姑娘笨手笨脚地打开信封。

“伊曼·菲什。”

伊曼站起来，醉醺醺地哈哈大笑，面对着一个个摄像机镜头高兴得有些失态。他从我身边走过时真诚地和我拥抱。

“我们成功了，”他说。

“不，”我说。“是你成功了。快去领奖吧。”

我看见马迪·曼和苏波恩坐在他身后不远处的一张桌子旁——马迪穿着一件亮光闪闪的背心。在那种打扮的人的眼里，身穿宴会礼服如同嘴里叼着烟斗，脚下趿着拖鞋一般平常。苏波恩穿着一件做工考究的半透明白色礼服，显得苗条而高雅。

她笑了。他向我竖起了拇指。所有的奖项颁发完毕之后，他们向我们就座的桌子走来。

虽然马迪已经略带醉意，而且显得有些灰心丧气——本年度的奖项都没有他的份儿——但是，他们的态度却非常殷勤。

我把他们一一介绍给希德和伊曼。如果说马迪记得希德就是当初把意式面条倒在他大腿上的女人，那他就是不动声色地和她见了面。他向伊曼表示祝贺。苏波恩夸奖希德的漂亮旗袍。

苏波恩并没问希德，你在什么地方供职？她明白事理，善于见风使舵，不会问那样的问题，所以希德也不用说，哦，我是女招待。这样一来，苏波恩和希德都不显得尴尬，能够以女人特有的方式，看上去轻松、自然地相处。她们开始谈论不知道在这样的场合该穿什么样的衣服，马迪故作亲密地伸出一只手搂着我的肩膀。他满脸赘肉,比我记忆中的样子胖了许多。他的脸色灰暗,略显失望。他实现了多年的夙愿,主持了电视台谈话节目,但是却发现不能吸引值得访谈的人士去充当嘉宾。

"可以谈一谈吗?"他说着在我的身旁蹲下。

又来了,我心里想。现在,他希望我回去。现在,他看到伊曼的节目大获成功,希望我回去做他的节目。

"想求你帮一个忙,"马迪说。

"什么事,马迪?"

他靠近我。

"我想请你当我的男傧相,"他说。

即使马迪也有这样的想法,我心里说。

即使马迪也希望依理出牌,也希望找到自己的梦中佳人,也希望在另一个人身上发现整个世界。他的这个想法和其他人的没有两样。

"嘿,哈利,"伊曼用色迷迷的眼睛看着那位天气预报主持人穿过房间,心里一阵躁动,挪了一下身体。"你猜猜我今晚干哪一个?"

或许,其他人中也有例外。

房子里开着的电灯太多。楼上有,楼下也有。这时候本只应有微光从起居室流出,可房子里的电灯却明晃晃的。

而且,我家里传出了音乐——震耳欲聋的低音乐器声,嘣嘣嘣的打击乐器声,令人想起心脏病发作的情景。新潮音乐。从我的音响里传出的是刺耳的新潮音乐。

"怎么回事?"我问道,好像我到错了地方,好像出了什么毛病。

房前的小花园中黑影闪动。就在洞开的大门外面,一个小伙子和一个姑娘正搂着脖子亲嘴。另一个小伙子躲在垃圾桶旁边,身上穿的亚斯尔牌裤子和汤米希尔菲格牌夹克上溅满了呕吐物。

希德掏钱付给出租车司机,我走进房子。

原来是在聚会。青少年的聚会。我家里挤满了身穿保罗衫的年轻人,他们有的调笑,有的喝酒,有的跳舞,有的呕吐。尤其是呕吐的人使我觉得反感。在后花园里,还有两个人正在大口大口地呕吐。

在起居室里,身穿睡衣的帕特坐在沙发的一端,跟着音乐的节拍扭动着身体。在沙发的另一端,一个肥胖男孩正趴在萨莉的身上乱摸。帕特冲着我一笑——难道这不好玩吗?我看着被弄得一塌糊涂的起居室:拼花木地板上摆放着打开的啤酒罐,酒液正往外流淌,啤酒罐上插着烟头;家具上沾着意式烤饼的碎片。只有上帝才知道二楼的床上会留下些什么样的污迹。

大约有十几个人。但是,给人的感觉是住进了一个蒙古部落。更糟糕的是,家里看上去像是一个推销炸薯片、软饮料或甜橙汁的古怪的商业广告场景——一帮年轻人正在享受生活。与那些广告不同是,这帮年轻人是在我的家里享受他们的生活。

"萨莉,"我问道,"你这是在干什么?"

"哈利,"她回答时两眼闪着兴奋的泪花。"这是史蒂夫。"

她示意压在她身上、张着嘴巴的那个年轻人。他那双痴呆的猪眼睛朝我一瞥,在那双空虚的眼睛里,我看到的只有旺盛的肉欲和数罐啤酒所产生的作用。

"他甩了亚斯敏·麦克金迪那条老母狗,"萨莉说,"回到了我这里来。真是太棒了。"

"你疯了吗?"我问道。"你是疯了还是犯傻?是怎么了,萨莉?"

"得啦,哈利,"她说,显得大失所望。"我本以为你会理解的,本以为你和别人不一样。"

震耳欲聋的音乐戛然而止。希德站在那里,手里拿着电源插头。

"该收场了,"她对屋里的年轻人说。"去把垃圾袋和清扫工具拿来。看看是不是在洗涤池下面。"

史蒂夫从萨莉身上滑下来,系上肥大的裤子,冷冷地瞪着搅了他们聚会的两个成年人。

“我要走了，”他说，那口气使人觉得他像是来自洛杉矶的贝弗利山，而不是伦敦的穆斯维尔山。

希德迅速地走过去，伸手捏住他的鼻子。

“我让你走，你才能走，笨小子，”她说着向上一提，他乖乖地踮起脚尖，立刻大叫起来。“你不把这里清扫干净是走不了的。弄干净以后才能走，听见没有？”

“听见了！听见了！”他叫道，他那假冒的虚张声势的美国式举止在真正的美国人面前顿时荡然无存。

我领着帕特上楼睡觉，把两个正在卫生间里做爱的家伙赶了出来，希德在楼下张罗着打扫卫生。我给帕特读了一个故事，安顿他睡下，萨莉、史蒂夫和他的那一帮朋友已经开始乖乖地清扫地板，收拾桌子。

“你是在哪里学会那一招的？”我问希德。

“得克萨斯，”她回答说。

实际上，他们对家务事简直一窍不通。我想，他们在生活中不动脑筋，只知道追求名牌，在其他事情上也将一事无成。

他们之中有的人呕吐后动弹不得，剩下的几个又太愚蠢。

史蒂夫几乎把一整瓶散发着柠檬清香的多用途清洁剂全倒在地上，然后用了一个小时去清除满地流淌的泡沫，好像是在洗汽车。结果是希德和我自己动手做了大部分清洁工作。

天亮以后，我们把他们赶出了家门。我让萨莉留下，然后把她送上了一辆出租汽车。她仍旧满脸怒容，没有表示歉意，认为我不理解真正的爱情行为有时候会在家具上留下污迹。

“我看你这下满意了吧，”她离开时对我说。“哈利，你毁了我和史蒂夫和好的机会。他可能再去找亚斯敏·麦克金迪。去找那个骚货。”

后来，屋里只剩下我们两人，希德给我端来一杯咖啡。

“你难道不希望自己仍然青春年少,可以理解刚才看到的一切?”她笑着说。

我伸出手来,把她抱在怀里,觉得她身上的绿色外套正在慢慢地滑下。我吻着她。她也吻着我。这时候,电话响了起来。

“是萨莉,”我说。“打电话来说她的新想法。”

“她再也不会有什么新想法了,”希德说。

但是,对方不是萨莉。是吉娜,在她讲话之前,我没有听到越洋电话接通之前那种嘟的响声。所以,我立刻明白,吉娜已经不在日本了。这是从本地打来的电话。她回到了伦敦。

“我刚刚发现,”吉娜说。“在这个世界上,我能记住的电话号码只有这一个。”

29

我提前十分钟到达，却发现吉娜坐在餐厅靠里的一张双人桌边，慢慢地喝着牛奶泡沫咖啡。

她比原来显得瘦了一些，那是在日本吃生鱼片和寿司的结果。她的那一身打扮我以前从未见过——量身订做的两件套职业装。一名职业妇女。

她抬起头来看了我一眼，我知道眼前这个女人肯定是吉娜——略带一点傻气的笑容，淡蓝的眼睛。但是，与我记忆中的模样相比，显得老了一点，神情也严肃了许多。同一个女人，可是在我无法想象的许多方面发生了变化。

“哈利，”她说着站起来，我们相互紧张地一笑，不知道应该亲吻，还是握一下手。这两种方式看来都不合适。所以，我轻轻地拍了一下她的肩头，她往后一闪，似乎被弱电流击了一下。这看来使我们摆脱了那一瞬间的尴尬。

“你看上去气色不错，”她说着坐下，以从前不屑表现出来的客气态度对我笑了笑。

这就是她——在那完美的脸上，我可以看到她当姑娘时的模样，可以看到她将来的模样。有的人越长越漂亮，有的人越长越难看。还有的人像吉娜，她们在童年时开始出落得漂亮，而且越长越漂亮。但是，像所有靓丽的女人一样，吉娜一直不喜欢过度的恭维，显然认为那意味着她没有内在美。我想，她的观点现在依然没变。

“你看上去气色也不错，”我说，不愿显得过于热情。

“帕特怎么样？”

“他很好，”我说罢笑了，她也笑了，等着我的下文。这时，一名招待员走了过来，问我们要一点什么，所以我们停了下来。我们点了两杯啤酒，等他走开之后继续说儿子的事情。

“一定长高了许多，对吧?”她说。

“每个人都觉得他在一个劲儿往上蹿。可能是因为我每天和他在一起，觉得变化不明显。”

“你当然感觉不到，”她说。“但是，我肯定会发现差别的。我是说，我已经两个月没有见他了。”

“四个月，”我说。

“肯定没有那么久吧，”她说。

“从夏天开始，已经四个月了，吉娜。从七月到十月，你算一算吧。”

她怎么会觉得只有两个月时间? 实际上，已经四个多月了。而且，我感觉还要长得多。

“好吧，”她说话的语气显得有一点急。“给我说一说帕特的情况。我的意思是，我每天都和他通话——嗯，几乎是每天吧——但是，仅仅通过电话交谈，我并不知道他的具体情况。”

出现了什么样的变化? 我环顾四周，努力寻找吉娜离开之后这里发生的变化。使我感到惊讶的是，这家餐厅实际上面貌依旧。

这里的装饰和摆设力图展现巴黎马雷街区的风格，力图在伦敦大街上给人以巴黎小巷的情调。室内有一个宽大的镀锌吧台，一张写着各种葡萄酒品牌的黑板，木制架子上叠放着报纸。室外的人行道上随意摆放着一些椅子和桌子。这里的人们甚至用法语来叫地道的英式早餐。

在我家附近，这样的餐厅并无特别之处，人们从它门前路过，甚至不会多看它一眼。但是，对我们两人来说，这家餐厅具有特殊的意义。在帕特出生之前，吉娜和我经常光顾这里。那时候，我们关系非常密切，甚至没有感到相互交谈的必要。人与人之间的关系不可能比那种状态更密切了。

“学习的情况不错,”我说。“这与以前不同。他在幼儿园的情况很糟糕,但是在小学里却有一个好朋友,他们相处得不错。”

“幼儿园为什么糟糕?”她关切地问。

“他不喜欢独自一人。那只是他所经历的一个过程。依我看,这个过程会延续到他十八岁左右。”

“他在学校交上了一个小男孩吗?”

“一个小女孩,”我说。对她提起希德的女儿使我觉得很奇怪。“她叫佩吉。”

“佩吉,”吉娜用试探的口气说。

“她爸爸是英国人,”我说。“妈妈是美国人,从休斯敦来的。”

“他还是很喜欢《星球大战》吧?”她笑着问。吉娜对佩吉不感兴趣。“还是整天摆弄天行者卢克和汉·索罗?”

“对,”我回答说。“这可没变。但是,他也开始喜欢其他东西了。”

“其他东西?”

“嗯,他喜欢音乐,”我笑着说。“他喜欢街头说唱。你知道的,那些音乐人总是认为,他们能够用自己的作品来改变人的头脑。”

她的脸色一沉。

“他喜欢听那样的音乐,对吧?”

“对。”

“所以你就让他听,对吧?”

“对呀,”我说。“我让他听。”我心里略微不快——听她那口气,好像我根本没有考虑到这一点,好像我让他看了黄色电影,看了少儿不宜的东西。“这只是他要经历的一个过程而已。它可能给他一种男子汉的感觉。帕特是一个很可爱,性格很温和的小男孩,吉娜。那样的音乐对他没有什么害处。我看他不会干什么出轨的事情。他每天晚上九点之前上床睡觉。”

我看得出来,她不愿意和我争吵。

"还有呢?"

"他让我给他洗头。他自己洗澡。叫他睡觉,他从来不争吵。他自己系鞋带。他知道怎样看时间。还有,他已经开始学习阅读了。"

我越想越觉得帕特在过去几个月中已经长大了许多。吉娜笑了,那笑容看上去既显得自豪,又带着后悔。我替她觉得尴尬。她错过了所有这一切。

"他说话的口气就像一个小男子汉,"她说。

"你应该看一看他系上领带的样子。"

"他系领带吗?"

"上学时系。校方发现有的学生穿着保罗牌和其他名牌服装上学,认为那样不合适,因此要求学生穿校服。所以,帕特就得穿衬衣,系领带。"

"那肯定使他显得老成。"

那并没有使他显老——那一身上班族打扮反而使他显得更加小。但是,我并不愿意把这些解释给吉娜听。

"你过得怎么样?"我问。"你准备在伦敦待多久?"

"哦,长期待下去,"她说。"日本玩完了。对我和其他所有人来说都是这样。高鼻子西方人到东方去冒险,去赚高达六位数年薪的日子已经一去不复返了。公司一个接着一个倒闭,翻译人员挣钱的机会已经不多了。我在他们下逐客令之前离开了那里。"她粲然一笑。"所以,我回来了,"她说。"还有,我真的想要帕特。"

她想要帕特？她的意思是要见一见他？带着他去动物园,给他买电冰箱那么大的布玩具？她说这话究竟是什么意思?

"这么说来,你不打算在日本住下去?"

"你说得对,哈利。即使日本的经济泡沫没有出现问题,让我和帕特住在一个面积只有我们客房大小的套间里也不是办法。我希望见到帕特,"她说。"越快越好。"

"那当然,"我说。"我今天下午要上我父母家去接他。你可以在家里等他。"

"不,"她说。"不要在家里。如果你不介意,我会在公园里和你们见面。"

我真傻，竟然建议在家里见面。而那已不是吉娜的家了。而且，在她原来套着简朴的结婚指环的指头上，我看见了一个闪闪发光的订婚戒指。我突然意识到，我忽视了夏天之后出现在我们生活之中的真正巨变。

帕特现在和我住在一起。

杰克叔叔在我父母家里。

与隔壁的埃塞尔大婶不同，杰克真是我的叔叔——我爸爸的亲弟弟。杰克身材矮小，长得结实，抽烟时喜欢用手掌捂着，好像在保护它不被大风吹跑，即使他在起居室里一边吃姜味饼干，一边喝茶的时候也是如此。

杰克叔叔总是衣冠楚楚，系着领带，擦得锃亮的豪华汽车停放在家门口。在那些宝马、奔驰或者其他名车的乘客座位上放着他那顶司机帽子。

杰克叔叔是职业司机，将商人们从他们的住所和办公室送往伦敦的各个机场。他等候花的时间似乎比接送客人花的时间更多。我脑海里总是出现他在盖特维克机场或希思罗机场出口处徘徊的样子——手里捂着香烟，阅读着《赛马快报》。

杰克叔叔和我父亲家其他人一样，也生性好赌。我在门前的车道上看见他冲我一笑，我记忆中的杰克叔叔都与某种赌博行为有关。

每年圣诞节后的礼盒日那天，我们家里照例要玩纸牌。我们常常到绍森德和罗姆福德去参加赛狗会，我和我堂兄收集被运气不好的赌徒们满地扔下的粉红色下注单。我甚至记得我奶奶在世时的事情：当时我们住在伦敦东区，推销赛马票的人每天都会上门来取她的金额不大的下注单。那些人是什么时候停止向身材矮小的老太太们推销赛马票的上门服务的？

父亲还有一个小弟弟叫比尔。他在二十世纪七十年代末举家迁往澳大利亚。但是，在我的记忆中，父亲他们三兄弟仍然聚在一起——在圣诞节时畅饮威士忌，在婚礼上猛灌黑啤酒，和年轻时共坠爱河的妻子大跳老式舞蹈，圣诞节时一边通宵达旦地玩扑克，一边听唱机里托尼·本内特主唱的歌曲《天堂里的陌生人》。

这就是我父亲的家人——他们是几个精明、坚强的伦敦人，喜欢自己的孩子，喜欢自己的花园。在老照片上，他们身着清一色戎装，爱赌贪杯——虽然在这两方面他们都以放松和娱乐为度。他们爱自己的家人，把工作视为维持生计的无奈之举。他们对世道有自己的看法，并且为此而自豪。我知道杰克叔叔来我父母家的原因。

“那天在电视上看到了你，”杰克叔叔说。“就是在颁奖典礼上。你穿着礼服坐在桌子旁边。他看上去像是一个孩子，我是说那个伊曼·菲什。”

“他是一个乖孩子，”我说。“杰克叔叔，你好吗？”

“我还好，”他回答说，“还算过得去。”他伸手把我拉到他身边，“但是，你爸爸怎么样？我看见他站起来时都得大口喘气。但是，他刚才说他已经看过医生了，医生说没有问题。”

“他没事儿了？”

“他是这样说的。”

爸爸正在后花园里同妈妈和帕特一起玩足球。妈妈和帕特穿着厚厚的衣服，脖子上系着围巾，爸爸只穿了一件 T 恤衫，看来依然对他那带有模糊不清的文身图案和伤疤的结实身体感到自豪。他伸手把 T 恤衫塞进裤子里，我一眼看见了那个大伤疤，就是腹部那个青灰色的星状伤疤。我觉得，那个伤疤对我仍然具有震撼力。

“爸爸？你看过医生了吗？”

“一切正常，”他回答说。“非常健康。”

“真的吗？接不上气是什么原因？”

“他不应该抽烟，对吧？”妈妈说。但是，我能感觉到，她知道老爸没有问题，心里踏实了许多。

“有点儿太晚了，”爸爸咯咯一笑，喜欢在这个世界上扮演持不同见解者的角色。“瞧球王贝利的……”他说着飞起一脚，把球踢进了冬季枯萎的玫瑰花丛中。帕特跑过去捡球。

“医生真的说你只有那毛病？”我问道。

爸爸伸手搂着帕特。

“我还可以活上二十年,”他用挑战的口吻说。“听我说——我打算将来看着这个小家伙结婚。”

帕特看着我爸爸,好像觉得他在说疯话。

“我才不会结婚呢,”他说。

我忘了告诉吉娜,帕特学会骑自行车了。

我忘了告诉她,那个依靠护轮帮助、在游泳池边上慢慢挪动的胆小的四岁幼童已经变成了充满自信的五岁孩子。他能够在公园里飞快骑行,根本不在乎什么安全不安全。

吉娜在秋千和旋转木马旁边,看着帕特骑着自行车过来,拍着手哈哈大笑,显得既高兴又惊奇。

“你这么高了,”她动情地叫道,向他敞开胸怀。

在帕特骑车从我身边离开之前,我看到了他的表情。他笑容满面——然而,不是我所习惯的那种自然的、常见的笑容,不是那种大卫·尼文式的微笑。他的脸上没有那种对待陌生人的圆滑姿态,没有那种刻意要我放心的神情。

帕特看见吉娜后不假思索地笑了起来。他的笑是发自内心的。

这时,他已经在母亲的怀抱里。她把他从自行车上抱下来,掀开了他的风衣兜帽。她哭了起来,泪水滴在他的头上。这时候,我看到他们两人头发的颜色简直完全相同,同样是那种发光的黄色。

“我把他带回家去待几个小时,”吉娜大声对我说。她的一只手搂着他的肩膀,他上了自行车,慢慢地骑行,听吉娜说着什么,不时点着头。

“帕特,骑车要小心一点,”我大声说。“不要太快,听见没有?”

但是,他们没有听见我的话。

30

我父亲一直在说谎。

他已经去看过大夫了。但是，大夫检查完毕，叫老爸穿上衬衣后并没有说他身体一切正常，并没有说就他的年龄而言，他的状态非常好。大夫只是和蔼地眨了眨眼，拍着他的背部说，他或许应该考虑一下减少每天的吸烟量。

大夫可能已经告诉他，他们无法确定他还能活多久。而且，大夫可能还说，这样的患者可能会拖上若干年。不过，大夫不大可能告诉我老爸，他会活到他孙儿婚礼的那一天。

我老爸已经病入膏肓。

在我的一生中，这是母亲第一次在我上班时给我打电话。

父亲在医院里。特别护理室。她提到这个现代医学术语时，声音有些发颤。

按照每年的惯例，他在隆冬之前要收拾摆放在花园里的家具，把带条纹图案的遮阳伞和那些蓝色帆布躺椅放到车库里去。他就是在干这些事情时突然接不上气，完全停止了呼吸。她说，当时的情景使她觉得可怕，非常可怕。她打电话叫救护车，但是却担心医护人员不能及时赶到，不能及时挽救他的生命。

“可是，他得的是什么病?”我问道，心里仍旧不明白，仍旧无法想象可能存在一个没有我父亲的世界。

“是肺部的毛病，”母亲回答说。她的声音低沉，已经变为有气无力的低语，“是肿瘤。”

他肺部里的肿瘤。可是，她却无法说出这几个字眼来，她无法说出把他的呼吸偷走的那个东西的名字。那几个可怕的、令人避之不及的字眼悬挂在我们之间的电话线上，似乎我们不说出来，它们就可能自行离开似的。

但是，她实际上不必说出那几个字来。后来，我逐渐明白了。

这是一家现代化医院，但是却坐落在数英里连绵不断的田野之中。

这就是我小时候所处地区的特点，这就是市郊住宅区的特点。你只要上车开一小段路程，就可以离开飞机轰鸣的水泥森林，来到绵延起伏的田野之中。正是因为这些田野——或者说类似这样的田野——父亲在很早以前举家迁移到此。

我赶到医院时母亲正在候诊室里。她伸出手来和我拥抱，并且以一种非常乐观的口气告诉我，大夫已经肯定地告诉她，有许多办法来挽救父亲的生命。

接着，她去找那位告诉她这一好消息的印裔大夫。她回来时，把那位大夫领到我的面前。他很年轻，母亲如此信任他，他显得有点儿腼腆。

“这是我儿子，大夫，”她介绍说。“请告诉他，有许多办法来挽救我丈夫的生命，求你了。”

“我刚才告诉你母亲，如今我们有非常先进的镇痛方法，”他解释说。

“镇痛方法?”我问道。

“我们可以采取许多方法来帮助你父亲呼吸容易一些，帮助他睡得好一些，减轻他所遭受的痛苦。”

大夫向我提到了父亲已经使用的氧气面罩。他以更为委婉的方式，谈到了睡眠安稳的诸多好处，谈到了使用有效镇痛剂的诸多好处。

“你说的是安眠药和吗啡吧?”我问他。

“是的，”他回答说。

他们有许多方法，但那全都是使父亲感觉好一点的东西。它们只能控制他体内的病变所引起的症状。这些措施都无法使他的病情好转。

他们能够把更多的空气强行压进他那可怜的、失去功能的肺部,他们可以使他疲惫不堪的身体在短时间里失去知觉,他们可以将大量麻醉剂注射进他的身体,麻痹他的头脑,使他感觉不到那难以忍受的剧痛。

他们有许多办法。

但是,他们也回天乏术。

我父亲命在旦夕。

我们坐在他的身边,看着他睡觉。

他靠在病床上,一个透明氧气面罩套着他的嘴巴和鼻子,脸上的胡须没有剃去,而他以前总是把脸刮得干干净净的。

他的床边有一个金属盒子,上面装着呼唤护士的按钮,他的身体下面衬着一张塑料垫子。这些看似不起眼的东西像爪子一样抓住了我的心,使我想哭。他就像一个刚刚出生的婴儿,显得那么脆弱无助。

他所在病房里的另外七个病友——大都是老人,不过也有两个比我年轻——也患有同样的疾病。

他们的病变可能出现在身体的不同部位,可能处于不同的阶段。有的可能回家,有的可能再也回不了家了。但是,他们的身体内部都有同样的毛病,那毛病我们——我母亲和我——现在还无法用语言表达出来。

"他已经知道了,对吧?"我说。"他心里一直都是明白的,我敢肯定。"

"当初发病时,他觉得呼吸不畅,进行了检查。是我要他去的,他检查之后告诉我,他一切正常。"

"我根本不知道,"我说着,心里不禁感到惊讶,我父母竟然对我保密。"我根本不知道他做了检查。"

"我们觉得没有必要让你担心,所以没有告诉你。帕特的事情就已经够你忙了。而且,他没有什么大问题。他是这么说的。"

“可是，他并不是一切正常啊，”我不满地说，口气就像小孩子在抱怨，这不公平，这不公平。“他已经病了好长一段时间了。”

“他可能从一开始就知道自己的病情，”母亲说。她说话时目光一直注视着父亲的脸。“有一天，我和一位护士交谈，她说这叫逐步知会——他们不会将坏消息一次全都告诉你，你不要求，他们不会讲，你不要求知道确切病情，他们不会讲。”

“他可能希望知道，”我用确信的口气说。“他可能已经要求他们告诉实情。”

“对，”母亲说。“他可能已经要求他们告诉他实情了。”

“那么，这么久了，他为什么对我们保密？”我嘴里问，可心里已经知道了答案。“他当初肯定知道，我们最终会了解他的病情的。”

“他是在保护我们，”她说。

母亲伸出双手捧着他的手，紧紧贴在自己的脸上。我转过身体，担心看见她仍旧如此爱他的情景，自己会忍不住大哭起来。

“在保护我们，”她喃喃地说。

你说得对，妈妈。他在努力保护我们不受人世间最坏消息的打击，他努力不让家人遭受将要出现的苦难，他在保护我们。

他一辈子都是这样对待家人的。

“知道你爸爸的事情，我心里很难过，哈利。”吉娜说。“我真的很难过——他一直对我非常好。”

“他很喜欢你，”我告诉她。我心里真想补充说，他知道我们分手的消息时心都要碎了，但是我努力控制自己，把话咽了下去。

“我想到医院去看望他，”她说。“如果你——还有你妈妈——同意的话。”

“当然可以，”我回答说，不知道如何给她解释这一点：他显然不愿被人探视，他看到别人都活得好好的，觉得自己痛苦难熬。但是，我却无法把这一点解释给吉娜听，以免使她觉得见外。

"让帕特去看他吗?"

我吸了一口气。

"帕特想去看他,"我说。"可是,我爸爸眼下病情太严重。一旦病情好转,就可以让他去。但是,现在去可能会使他俩都受不了。"

"你是怎样对帕特说的?"

"爷爷病了,病得厉害。他只是一个五岁大的孩子,是我父亲在这个世界上最疼爱的人,我怎么可能对他说,爷爷要死了? 怎么办? 我不知道。"

"帕特的事情我们需要谈一谈,"她说。"我知道,现在谈这件事不合适。还有,你父亲的事情需要你处理,我真的觉得内疚。但是,你应该知道,我希望帕特尽快回到我的身边。"

"你要帕特?"

"对。我们不要像上次那样吵架,好吧? 我不会把他带到国外去。我已经回到了伦敦。理查德和我正在这个地区找房子。帕特甚至也不用转学。"

"那位理查德老兄怎样?"

"很好。"

"还是处于半分居状态?"

"已经彻底分手了。他妻子回美国去了。呃,我知道这看来快了一点,我们其实已经在商量结婚的事情了。"

"什么时候?"

"处理了我们离婚的事情以后。"

我哭笑不得。

"算我倒霉,"我说。"离了婚就结婚? 爱情的力量可真大呀。"

吉娜甚至尚未和我谈及离婚细节。我们对分居的事情谈了许多。但是,我们尚未谈到离婚手续。

"求你了,哈利,"她说话的语气中带有一种冷冰冰的味道。"不要恶意攻击,行吗?”

我摇了摇头。

“吉娜,你以为你可以随心所欲地回到我和帕特的生活中来,在你当初离开的地方重新开始吗?你以为因为亚洲的经济奇迹实际上并非那么神奇,你就可以把帕特要回去吗?”

“我们当初是有约定的,”她说着猛地发起火来,我以前从来没有见过她有这么大的脾气。“你心里一直明白,帕特将要和我一起过。无论我在东京还是回到这里,我一直都打算和他在一起。你怎么会认为你有权不放人?”

“因为他和我在一起生活幸福,”我回敬道。“还有,因为我有能力做到这一点。当初我们过得并不怎么样,但是我已经学会了,明白吗?后来已经有了改进,现在一切良好。他对现状感到满意。他没有必要与你和另外一个男人一起过,与你在酒吧里找到的那个讨厌男人一起过。”

她撇了一下嘴,那样子我以前从来没有见过。

“我爱理查德,”她说。“但是我也希望帕特由我来抚养。”

“我们并不拥有他,这你是知道的。我们并不拥有自己的孩子,吉娜。”

“你说得对——我们并不拥有自己的孩子。不过,我的律师会说,夫妻所有的权利都是平等的,孩子应该由母亲抚养。”

我站起来,把几个硬币扔到桌子上。

“不过,我的律师会说,你和理查德爱怎么胡搞都行,”我说。“而且,我的律师——当我聘请了律师之后——还会说,孩子应该和父母之中更具抚养能力的一方一起过。那就是我,吉娜。”

“我不愿恨你,哈利。不要教我如何恨你。”

“我不希望你恨我。可是,你难道看不见已经出现的变化?我已经学会了如何担当起父母的责任。你不能随心所欲地这样回来,然后把他从我这里夺走。”

“你有没有搞错,”她说。“你不过才照顾他两个月,就自以为可以取代我?”

"是四个月,"我纠正她。"再说,我也不想取代你,我只是找到了自己的位置。"

希德看我一眼,说要请我吃饭。我并没有饿,但是我答应了,因为我太疲倦,没有力气和她争论。而且,因为我还有事情问她。

我吻了吻帕特,让他和佩吉一起看《珀卡宏塔斯》。比安卡一脸不快地在厨房里忙着,嘴里嚼着口香糖,因为不许她在室内吸烟。

"开我的车还是开你的?"希德问。

"我的,"我说。我们开车出门,来到位于上行街和利物浦街之间的一家店面不大的印度餐厅。把莫里斯F型跑车的破顶篷粘在一起的胶带干了,已经开始脱落,在疾风中就像船帆一样啪啪直响。

摆在我面前的菜品一点也引不起我的食欲,我恹恹地扒了一点到自己的盘子里,心里觉得空荡荡的。

"挑你喜欢的吃一点吧,宝贝,"她说。"只吃喜欢的。但是,还是吃一点,好吧?"

我点了点头,满怀感激地对着这位非凡的女人笑了笑。她在十几岁时就失去了爸爸,我几乎要问她是在何时何地失去亲人的。但是,我觉得应该按预定计划行事,在晚上分手时提出这个问题。是的,最好按预定计划去做。

"如果你不喜欢,我们今晚不一定去看这部电影,"她说。"电影不重要,我们可以放弃它,去做你喜欢的事情。我们可以谈一谈,或者,我们什么事情也不做。我们甚至不一定要说话。"

"不,我们去看电影吧,"我说。于是,我们开车到了苏荷区,去看一部名叫《天堂电影院》的意大利片子。那部电影叙述的是一个年轻人和当地一家影院的老放映员之间的友谊。

希德往往善于选择影片,建议的片子都是她知道我一看就会喜欢的。那些片子带有字幕,担纲的明星是我在两年之前就喜欢上的。

但是,在这部片子的接近尾声时,我发现自己渐渐冷静下来。那位脾气暴躁的老放映员在影院的一场火灾中双目失明。他叫那个目光中充满天真的少年离开他们所居住的村庄,再也不要回来了。

那个名叫托托的少年离开了故乡,后来成为一位著名的电影导演。他整整在他乡过了三十年,直到安葬老放映员艾尔弗雷德的那天才回到了小村庄。就是这位老人教他爱上了电影,然后把他送离故乡。

“但是,为什么艾尔弗雷德叫那孩子永远也别回那小村庄去?”在老康普顿街的人流中漫步时,我问希德。“他俩为什么不能一直保持联系?老人是看着那孩子长大的,他却以那样的方式要孩子离开,那种方式看来很残酷。”

“因为艾尔弗雷德知道,在那个小村庄里,托托永远也找不到他所需要的东西,”希德笑着说,乐意讨论这部片子。“托托必须摆脱束缚,以便学到艾尔弗雷德已经知道的事情。*生活并非像电影里那样——生活要艰难得多。*”她挽起我的胳膊,笑了起来。“我们讨论这样的东西时,我很开心,”她说。

我的莫里斯F型跑车停在杰拉德街尽头的大型停车场里。停车场在谢夫茨伯里大道的消防队后面,是唐人街的停车场。我们上了车,但我却没有发动汽车。

“我希望我们住在一起,”我说。“你、佩吉、我,还有帕特。”

那双我喜欢的眼睛露出了真正惊讶的神色。

“住在一起?”

“你的公寓我们四个人住太小了,”我说。“所以,最好的办法是你搬过来和我们一起住。你觉得怎么样?”

她摇晃着美丽的脑袋,显得迷惑不解。

“你眼下真的很难,”她说。“你爸爸的病情。还有吉娜的事情。你经历了这么多事情。”

“那和这些没有什么关系,”我解释说。“话说回来,可能有一点关系吧。但是,那并不是主要原因。我知道自己对你的感情。还有,我觉得你对我的感情也是一样的。我希望我们两人在一起。”

她笑了，再次摇了摇头，态度比刚才显得更坚定。

“不行，哈利。”

“不行?”

“对不起。”

“为什么不行?”

这是一个毫无意义的问题，只有小孩才这样问。但是，我却不得不问。

“因为你想要的是一个生活经历比我简单的人，”她说。“没有孩子。没有前夫。没有原来婚姻生活留下的痕迹。你知道你想要这样的人。还记得帕特生日那天你的感觉吗？还记得吗？你我都明白，我俩的事情是没有什么结果的。”

“我什么也不明白，”我说。

“你觉得你想要一个能用爱情改变你的生活的人。但是，你其实并不需要爱情，哈利。你无法面对真正的爱情。你要的是浪漫。”

她讲这番话时满怀柔情，这使我觉得更难受。这番话既不带愤怒，也不含恶意。它们给我的印象是，她看来真的为我感到难过。

“那也没有什么错，”她说。“你就是这样的人，这想法在许多方面也是对的。但是，它在我俩的关系中却行不通，因为谁也无法使热情和鲜花那样的东西保持一辈子。有孩子在身边，这做不到。当孩子不是你亲生的时尤其如此。”

“我们可以保持，”我强调说。

“不行，”她说。“我们会重蹈覆辙，走入你和吉娜当初的困境。而我不希望那样。我不能那样——带着佩吉不行。说一说卿卿我我的无聊话没错，来一点浪漫情调也没错，但是，我想要的是一个在我变老时能够为我揉脚的人，一个即使在我老到忘记把钥匙放在什么地方时仍会说爱我的人。这就是我想要的。我想要一个能够和我一起安度晚年的人。所以——我真的抱歉——我认为那不是你想要的。”

她伸出手来，想抚摸我的脸，但是我转过身去，不记得以前在什么地方听过这些话。我们在地下停车场里默默地坐着，我们的上方是唐人街的全部重量。

“我原以为,你不愿让佩吉看见你和别人维持短期关系而心理受到伤害,”我说。

“我宁愿她看见那样的情况,而不是看到最终会出问题的长期关系,”她说。“帕特和佩吉将来仍是朋友。她也会去看你们。但是,这样做会使我俩少受许多痛苦。”

“这样做?”我问。“听你的口气,我们像是要分手似的。”

“不是分手,”她解释说。“我们仍然可以做朋友。不过,那天在你儿子的生日聚会上,我看着你时突然觉得,佩吉和我不是你想要的。真的不是。”

“我知道一个女人说‘我们仍然可以做朋友’这句话意味着什么,”我说。“它的意思是出去时关上房门。就是这个意思,对吧?”

“不要想得那么糟,哈利,”她说。“每天都有人在分手。那并不是世界末日。”

癌症的特点是,它比你预计的还要糟糕。癌症具有某种淫秽成分,可以使人的想象力相形见绌。无论癌症今天以何种新的猥亵形式来折磨人,它总是可能在明天使你变得更加糟糕。

每天他们都给我父亲注射吗啡,他的皮肤已经不再具有正常人的鲜活颜色。尽管给他戴上了氧气面罩,他仍然必须吃力地呼吸才能吸入一点氧气,而那样小的吸入量是不足以维持人的正常活动的。

有时候,他眼里的雾状会逐渐散去,那雾状是疼痛和止痛剂造成的。当它散去时,我在那双满是泪水的眼睛里看到后悔和恐惧,我明白这就是死亡,这就是生命的终结,肯定是的。

“我爱你,”我告诉他,伸手握住他的双手,那三个字我以前从未亲口对他说过。

我对他说这样的话,因为他的病情肯定不可能变得更糟,然而,他的病却真的恶化了。这就是癌症的特点,它总是可能比人预想的更加可怕。

于是,我第二天又去了那间人满为患的病房,坐在他的床前,握着他的手,而且——这次我哭得更厉害——我又告诉父亲我爱他。

第三部　你猜怎么啦？

31

伊曼的动作一下子凝固了。

如果你坐在演播室廉价的观众席上，摄影机和工作人员遮挡你的视线，你可能注意不到那一瞬间。如果你在这个电视无所不在的国家的某个地方刚刚转向这个频道，如果在你的起居室里电视只是增加了一种乱哄哄的声音，如果这一档节目在你的生活中并不是像在我生活中这么重要，你也可能注意不到那一瞬间。

但是，我在导播室里一个监视器上看到了他失去控制的样子。我知道，无论一个人面对镜头长达六十年还是仅有六十秒，这种时刻都可能出现。在那一瞬间，什么自动提示器呀，什么脚本呀，什么排练呀，全都无效。在那一瞬间，人失去了控制。

“我来自吉尔卡尼，在这里见到离婚的情况，简直大吃一惊，”他说着眨了眨眼睛，脸上突然现出惊惶的神色。“非常吃惊——”

他两眼盯着红灯下面那个没有文字的无情的显示屏，脑子里一片空白，突然说不出话来。他不只是忘记了台词。他完全失去了信心，就像一个在钢丝上行走的演员朝下看时，想象自己的身体摔在离自己很远很远的地面上。演播室里有人在咳嗽。那里寂静得似乎可以听到他的神经断裂的响声。

“接着说，接着说，你能行，”我低声叫道。他眨巴着眼睛，吸了一口气，突然回到了他的钢丝上。

“在这里，当一个女人和一个男人见面时，她心里想，这是不是我希望我的孩子和他共度周末的那种男人？”

观众哄堂大笑，伊曼战战兢兢地走到了钢丝另一端。他又讲了一个笑话，但是却仍然浑身颤抖,惊魂未定,努力使自己不往下面看。

“有时会出现这样的情况,”我说着,把他带到绿色房间的一个安静的角落里。“就在你以为主持水平已经炉火纯青,怯场是别人会遇到的情况时,怯场的事情却出现了。”

伊曼吮吸着啤酒。

“我没有料到会遇到这样的情况,哈利。现在我明白了,我的大脑会突然封闭起来,我不知道自己是不是能够每周到演播室去亮相。”

“在成千上万的人观看你的节目的时候,你的大脑有可能突然变为一片空白,这一点你得学会适应。”

“真倒霉。”

“你能够对付的。”

“但是,问题是——我不能。在故乡人的眼里,我可能显得信心十足。但是,那是在做戏,不是真的,哈利。我上台之前常常在化妆室里大口大口地呕吐。我在凌晨三点钟惊醒,梦见自己在众目睽睽之下失去了声音。我受不了了。我太紧张了。”

“你不紧张,”我说。“你是太兴奋了。”

“我在上台之前为什么会呕吐呢?”

“那是兴奋。你觉得自己就要出去亮相,为全国观众带去欢乐。你觉得兴奋。谁不会这样呢?”

“我为什么会做噩梦呢?”

“那和神经无关。那是兴奋造成的。去学一学主持人的咒语,反复吟诵它——我不紧张,我兴奋。”

“我不紧张,”伊曼说。“我兴奋。”

“这就对了。”

有人走了过来,一手拿着香肠卷,一手端着一杯白葡萄酒。他告诉伊曼,那是他所主持的最为成功的一期节目。

“你要酒吗?”他问我。

“对不起,先生们,”一个块头有纵帆船那么大的黑人保镖说,声音在我们听来像是两个抽水马桶发出的。“这里要求穿规定的服装。”

“规定的服装?”我问道。

“套装。领带。正式服装。”

还好,这时候一名白人保镖认出了伊曼。

“让他们进去,克里斯,”他说着,撩起了那条红色天鹅绒绳子。“你近来好吗,伊曼?”

每个人脸上都笑容可掬。请进,请进。我和我的明星伙伴一起走进了那家灯光昏暗的俱乐部,我突然觉得自己从来没有这么严肃。

酒吧里四处都是半裸的姑娘——不,应该是裸露着四分之三胴体,或者说裸露着百分之九十胴体的姑娘。她们在已经就座的生意人面前不停地扭着身子,晃着屁股,跳着舞蹈。那些男人们的眉毛上挂着汗珠,大腹便便的身体已经被欲望和啤酒折腾得无法动弹了。姑娘们的吊袜带全都系在大腿根部,上面塞满了面额为十英镑或二十英镑的票子。

“不要太激动,”伊曼说。“她们的眼睛全盯着你的钱包呢。”

我们到了楼下,一名身穿紧身白色芭蕾舞短裙的黑人姑娘满脸堆笑,叫着伊曼的名字问好。她把我们领到靠近舞台的一张桌子前。在舞台上,几个姑娘穿着高跟鞋,身体的隐秘处挂着用牙线织成的内裤,在立柱上滑动表演。

她们——还有她们那些折磨着在场的中层白领的几乎全裸的姐妹们——正在为一名美国女歌手伴舞。那位我根本不可能记住名字的歌手对既当妓女又做情人的做法大唱赞歌。她唱的是一首新歌。我发现,我熟悉的大都是一些老歌。

一瓶香槟酒上来了。我告诉伊曼我要啤酒,但是他说,我们这样的桌子只能点香槟酒。在我们就座的地方必须上香槟酒。

一名身穿一次性晚礼服、身体曲线分明的金发女郎出现在我们身边。她冲着我莞尔一笑,好像已经等了我一辈子似的。

“要跳舞吗?”

这个鬼地方。或许我可以跳跳舞。

“好吧,”我说着站了起来,开始一步一步地跳起了捷格舞,那种一瘸一拐的步伐在这个国家里叫舞蹈。我感觉良好。这首歌颂妓女情人的歌曲并非像我想象的那么难听。

“停下,”情圣维纳斯不耐烦地说。我发现她讲话带有伯明翰口音。“你不跳。你坐在那里。”

她指着房间里那些瘫倒在椅子上、情欲横流的生意人。“我为你跳舞,好吗?你坐在这里观看。不能动手。一曲十英镑。这是最低价。”

“待一会儿再说吧,”我说罢坐下,喝了一大口香槟酒。情圣维纳斯转眼便失去了踪影。

“放松一点,哈利,”伊曼笑着说。“你不紧张,你兴奋。”他拍了一下我的后背,接着吼道。“我爱你,你这个狗杂种。过得怎么样?”

“不错,”我回答说。“我老爸得了癌症,我妻子——我前妻——想要儿子的监护权。”

他看着我,脸上露出真正关注的神色。他手里端着香槟酒,周围游动着裸体舞女,能够做到这一点并不容易。

“你爸爸怎么样?”

“病情稳定,”我回答说。“那是医生们的说法,意思是没有明显恶化。如果他保持这种状态,或许能够回家。但是,他回家养病并不能使病情好转。”

“伊曼,我可以为你跳一曲吗?”一名长发齐腰的年轻亚裔姑娘问。

她是在场惟一的亚裔姑娘。这里有几个黑人姑娘,但是大多数姑娘都留着金发，有的金发是天生的，有的是染的。观看她们颇像翻阅《花花公子》杂志。这里是金发女郎占统治地位的场所。

“过一会儿再说吧，”伊曼说着转身对着我，那一位亚裔姑娘消失在人群中。“我对你爸爸的事情感到难过，哈利。还有，你前妻火上浇油的做法也很讨厌。但是，开心一点吧，你这个可怜的家伙。”他端起酒杯一饮而尽，然后又把酒杯倒满。“你至少还有希德。她是一个很好的姑娘。”

“已经完了，”我说。

“你要跳舞吗？”一位金发女郎像空气一样翩然而至。

“不，谢谢，”我说。她走开了，并没有在意我的回答。“我和希德——我们俩一直有些问题。”

“问题？”伊曼问。“在颁奖典礼上，你们看上去相处得不错。”

“只有我们两人在一起时的确很好。但是，她有孩子。我也有孩子。他们是很棒的孩子。可是这意味着，她有前夫，我有前妻。问题在于——我不知道该怎么说——人太多了。”

“这就是你所说的问题？”

“唉，最大的问题是她把我甩了。不过，她甩我的原因是我有时候觉得人多了太压抑。还有，因为她认为我想要——这话说起来愚蠢——某种完美的爱情。或许她是对的。她可以面对那些东西。但是，由于某种原因，我却不能。”

“因为你是一个浪漫男人，哈利，”伊曼说。“因为你相信那些老歌里唱的东西。不过，那些老歌不可能帮助你面对现实生活。它们只能使你厌恶真正的生活。”

“那些老歌有什么不好？在那些老歌里，至少不会有人觉得既当妓女又做情人是一件了不起的事情。”

“你这是爱上了爱情，哈利。你是爱上了爱情这个概念。希德是一个很好的姑娘，她的独特之处在于你不能拥有她。那才是在感情上真正吸引你的地方。”

他的话不对。我想念她。我特别想念我们睡觉时她抱着我的方式。大多数夫妻在睡觉时都背靠着背。她不是这样。她蜷曲着身子偎依着我,试图使我俩变为一体。我知道,那样做是可笑的,那是一个不可能实现的美梦。不过,那是她使我梦想的美梦。我的脑海里一出现我们再也不能那样睡觉的念头,我就觉得难以忍受。

"她与众不同,"我说。

"看一看四周,"伊曼说着,动手为我斟酒。我伸手盖住杯子。我酒量不大,而且已经有了醉意。"有什么? 这里有上百个姑娘吧?"

我四下环顾。在房间里,身穿芭蕾舞短裙的姑娘们手持电筒,端着盘子在那里等候,数十名姑娘四处游荡。还有数十名姑娘在那些生意人面前有节奏地扭动着身子。他们有的三五成群地斜眼看着她们,一副嬉皮笑脸的样子,接着又全都腼腆地坐在那里——对,是这样的——当有人出钱叫人跳舞时,他们实际上满脸虔诚。

我心里想,要使我们男人来劲简直太容易了。我无法想象任何女人在见到男人屁股时会浑身酥软,随即从口袋里把钱掏出来给男人。

瞧一瞧那些男人对着美丽的女性肉体时垂涎三尺的嘴脸吧。那些充满青春活力的肉体,那些在某些部位经过外科医生妙手塑造的肉体。人们很容易相信,做男人就像被人用锁链和乡村白痴绑在了一起。

"一——二——三,"伊曼在开始数那些姑娘时,把剩下的香槟酒全倒进了杯子。"八——九——十——"

"对,"我说,"可能有一百个。"

"她们个个都别有韵味,哈利。这么多与众不同的姑娘,我数都数不过来。世界上与众不同的姑娘多得是。"

"和希德不一样,"我说。

"母牛,"伊曼说,"长着头发的大母牛,哈利。"他一口喝干杯里的酒,伸手拿着酒瓶要倒,发现瓶子已经空时显得吃惊。他又要了一瓶酒,接着伸出一只胳膊搂着我。"你会喜欢的,哈利。你喜欢这样的折磨,因为这比和女人一起生活要简单得多。"

"你醉了。"

“我可能醉了，哈利，不过我懂得女人。你可能懂得怎样做电视节目——愿上帝爱你，让你活下去，因为你懂得怎样做电视节目，多次帮我这个从吉尔卡尼来的人挽回了面子——但是，我懂得女人。我还知道，假如你和希德一起生活七年，你会另有新欢。因为我们总是这样的。”

“那也不见得。”

“总是这样的，”他说。“那些老歌不会告诉你这些。那些老歌唱的是发现的爱，失去的爱。勇敢的爱，永恒的爱，甜蜜的爱，酸楚的爱。但是，它们没有说变得索然无味的爱，衰老不堪的爱。人们不写这样的歌曲。”

“不，他们要写，”我大声说。

“您要跳舞吗？”一名穿着透明晚礼服的姑娘问。

“不，谢谢你，”我回答说。“《我们的爱情去向何方》、《你没有给我送花》、《你已经失去了爱的感觉》——他们写了许多关于爱意不再的歌曲。”

“但是，他们使这种感情听起来充满英雄气概，”伊曼说。“而实际上却不是这样。那是枯燥而愚蠢的。看看你周围吧，哈利，看看这个房间里的情况吧。男人凭什么会愿意只和一个女人厮守？我们的天性可不是这样的。”

“你的天性不是这样的，”我反驳说。“但是，那是因为你所关心的只有你那令人讨厌的小鸟儿，尽量为它找到更多的去处。”

“不是我的鸟儿，哈利。”

“抱歉，伊曼。我坚持我的说法。你那令人讨厌的小鸡鸡。”

“不是我的鸟儿，哈利。是我的种子。”

“好吧，你的种子。”

那个留着齐腰长发的亚裔姑娘走了过来，坐在伊曼的大腿上。她在他那黑糊糊的、没有剃须的脸颊上优雅地一吻。

“我叫玫慕，”她告诉我，我回应说，“哈利。”然后，我们相互握手，似乎要谈什么生意似的。真滑稽，在那个弥漫着恶臭烟雾、充斥着赤裸肉体和中年人梦想的房间里,竟然还讲究礼节,竟然还相互握手介绍,竟然还在交钱的同时悄悄地递上名片。

这就是那地方的奥妙之处——男人们被吹捧得晕乎乎的,真的相信他们有了机会,似乎那些姑娘等着被人邀请,去某个假冒的法国餐厅大吃一顿。实际上,她们在那里只需送一送秋波,翘一翘屁股,唱一唱关于既当情人又做妓女的新歌,就能把每个男人变成她们的取款机。

玫慕开始给伊曼跳舞。她将撩起的衣衫举过头顶,把健美的娇小胴体慢慢地展露在他的面前。在这个金发女郎一统天下的地方,这个身材矮小的亚裔姑娘——她是哪个国家的?印度尼西亚的?泰国的?——竟能拥有一席之地,其中的缘由我这下明白了。

"这就像希思罗快车,"伊曼说。

"你他妈的这是在干什么?"我问道。

"希思罗快车,"伊曼解释说。"开往希思罗机场的列车。你没有注意到?就在帕丁顿广场外面,你路过那个停放着铮亮新车的巨大场地。过一小段路程还有一个场地。不过,那是锈迹斑斑、破烂不堪、烧痕累累的旧车,层层叠叠地堆在那里,成了废钢铁。"

"看来这里有什么东西我没有弄明白,伊曼,"我说。"你说这里的生活像希思罗快车?"

"我是说,男女关系就像那些汽车,"他说,"那些汽车当初闪闪发光,全部簇新,使人觉得它们会永远保持下去。结果呢,最终全成了无用的东西。"

"你是魔鬼,"我说着站了起来。"我喝醉了。"

"哦,别走,哈利,"他哀求说。

"我得去我父母那里接孩子,"我说。"我是说,我母亲那里。"

我吻了吻他的脸颊,然后和玫慕握手——我没有和玫慕吻别,和伊曼握手。出于某种考虑,看来那是最好的结束方式。当我向房门走了一段时,突然想起在什么地方听说过玫慕这个名字。

而且，我知道伊曼的想法是错误的。与我这种相信所有老歌都是为一个女孩创作的可怜工薪族相比，一个人如果总是欲壑难填，不能满足，不能见好就收，最终会有更大的失落感和孤独感。

那些四处滥交的男人并不自由。真的不自由。他们不可能不怀疑，他们想要的女人也和他们一样见异思迁，所以，他们最终比任何人所受的约束都大。他们会觉得，就像一首新歌所歌颂的主角，那些女人和他们一样地不受约束，一样地叛逆不忠，一样地随时准备另寻新欢或者拈花惹草。

他就在俱乐部外面，和其他脱衣舞娘的男友一样，在阴暗处等候。不知为什么，我知道他在那里。

我还知道，他和其他脱衣舞娘的男友们没有两样，尽管他们花哨的轿车就停在街道边上——或者就他而言，停在那里的是那辆宝马牌大摩托。他看上去并不开心。那些脱衣舞娘的男友们没有一个显得开心。

他们站在那些等着揽客的出租车司机身后。司机们互相聊着天，见到有人从俱乐部出来，便前去搭讪——先生，要出租车吗？上哪里？去伊斯令顿十镑行吗？——但是，那些男友们却一动不动，孤单单地在那里静候。他们给人的感觉是他们实现了自己的梦想，然而，那梦想给他们带来的却只有嫉妒和反感。

我看见他在那里等候，他却没有看见我。我看见他和其他开车前来接人的男人们一样，在夜色中苦苦等候。

吉姆·梅森，希德原来的帅哥男友，在那里等候他的玫幕完成夜里的业务。

32

医院的探视时间现在已经毫无意义。父亲清醒的时间完全取决于疼痛程度和吗啡作用之间的此消彼长。

我们可能一个上午都坐在他的身边，而他可能在整个探视过程中沉睡不醒——如果可以把那种药物导致的在医院中的休息状态称为睡眠的话。最后，镇静剂的作用逐渐减弱，在肿瘤再次开始使他感觉到痛苦之前，他可能会醒来和我们说话，两只泪水流淌的眼睛充满痛苦，充满惨不忍睹的悲伤。然而，那就是我苦苦等候的时刻。

凌晨，他动了一下，用舌头舔了舔干燥的嘴唇，使我从时醒时睡的状态中清醒过来。病房里没有人说话，只有睡在对面那张床上老人的打鼾声。我扶着父亲在床上坐起来，用一点水打湿他的嘴唇。

他开始大口喘气——他现在总是需要喘气——我给他套上氧气面罩，抓住他的手，看着他急不可待地吸入一些氧气。就这么一点点空气，就这么一点点水。看着他靠这一点点东西维持生命，我的心都碎了。

他取下面罩，面部痛苦地抽搐着，我心里再次想到，怎么没有人说过这样的痛苦有多难受。但是，我仍旧无法确定什么东西更糟糕——是眼睁睁地看着他在痛苦中煎熬呢，还是看着他的心灵被吗啡麻醉，不再是他真正的自我。是痛苦，我心里判定。看着他被痛苦折磨更加糟糕。

他把目光转向我，绝望地摇了摇头，然后把目光移开。

我伸手抓住他的手，紧紧地握住，知道他的精神正在一点一点地失去。他是一个勇敢的人，但却不能战胜这种在夜里出现的悲伤，这种使我觉得完全无力回天的悲伤。

也没有人说起过这样的悲伤。人们对痛苦的心理准备是不充分的。人们可以猜想癌症患者濒临死亡的痛苦。但是,伴随所有那些肉体痛苦的是一种绝望感,那感觉无论注射多少吗啡都无法排除。

“心里最难受的,”父亲在黑暗中低声说,“是明白自己将会怀念什么东西。我说的不是那些还没有出现的事情——帕特的婚礼,看见你们最终安居乐业——而是那些人们认为理所当然的东西。看帕特骑自行车,给他讲故事,睡觉前和他吻别。看他手舞光剑在花园里跑来跑去。所有这些非常值得留念的小事情。”

“你会很快回家的,”我安慰说,仍然心存幻想。因为我们就是这样想的,因为没有其他办法,即使在生命充满痛苦时仍不放弃求生的欲望。

但是,他不是在对自己开玩笑。也不是对我开玩笑。

“我想我的花园。你母亲。她做的饭菜。你制作的电视节目。”

我既感到满意又觉得困惑:他把我的工作和他的妻子、孙子和花园相提并论。而且,我也有些愧疚——觉得自己在有机会时还做得不够,我应该做成更多事情来给他留下好的印象,获得他的赞许。他见到的只有两档电视节目和一桩破裂的婚姻。如此而已。

当然,总是有帕特。而且我知道,他在这个世界上最疼爱的就是他的孙儿了。这使人觉得,帕特仿佛是我送给他的最好礼物。

父亲想坐起来。我按了一下控制病床升降的按钮,它在寂静的病房中吱吱地响了一阵,父亲上半身被抬了起来。这时,他俯身抱着我,我把一个枕头放在他的背后,他那没有刮去胡须的脸庞贴着我的脸。

我所熟悉的老牌香料和老霍尔本牌面霜的气味已经不复存在,取而代之的是医院的气味,是疾病和化学药品的气味。在这里,既没有香烟,也没有剃须之后涂抹的面霜。那一切对他来说都已成过去。

帮助他移动身体仍然使我觉得怪怪的。在我童年和青年时代,父亲拥有力量这一无法否定的事实产生了巨大的影响,他的力量如今已经荡然无存。这使我有一种世界末日即将到来的感觉,似乎某种不可改变的自然法则已被毫不客气地颠覆了。

我有生以来第一次发现,他所拥有的巨大力量并不是我爱他的原因。

我曾经一直相信,他坚忍不拔的品格——那种老派的坚忍不拔的品格在他获得的勋章中得到了证明和体现——是他成为我心目中英雄的原因。

此时此刻,在我帮助他喝水,帮助他在病床上坐起来时,我发现我爱他的原因与我母亲、我儿子爱他的原因相同。

我爱他,是因为他品格高尚,是因为他充满爱心,是因为他拥有与体力毫无关系的勇敢。

"什么也别对你母亲说,但是,我知道自己是无法回家了。"

"别这样说,爸爸。"

"我知道我不行了。我能够感觉到。我想看看帕特。"

"好的。"

有一件事情他没有说出来。他不用说出来。而且,有些事情令人感到太痛苦,根本没法说出口来。但是,我们两人心里明白,我们谈论的是死亡。

"如果你觉得没有什么难处,"他说。"如果你觉得不会对他产生太大的刺激。这个得由你来决定。你是他父亲。"

"我下次就带他来。不过,你现在还是睡一会儿吧,爸爸。"

"我不疲倦。"

"让眼睛休息一下吧。"

帕特和一个长着深色头发的男孩一道走出校门,那男孩手里摇晃着一个印有哥斯拉图案的饭盒。

"想去我家看《星球大战》吗?"帕特问他。

"是大屏幕,还是小屏幕?"那个男孩问。

“大屏幕。”

“好吧。”

“爸爸,可以吗?”

在吵吵嚷嚷、笑声不断的人群之中,我寻找着一个熟悉的面孔。我知道,在这熙熙攘攘的下午三点半的人流中,那个面孔会是庄重而沉静的。一个小姑娘长着棕色眼睛,手里拿着一个带有《珀卡宏塔斯》图案的三明治盒子。但是,她不在那里。

“佩吉在哪里?”

“佩吉今天没有上学,”帕特说。“查利去我们家里行吗?”

佩吉没有上学?我低头看了一眼查利。查利抬起头来看着我。

“我没有问题,”我说。“但是,我们得先去问一问查利的妈妈。”

帕特和查利立刻开始欢呼,笑着推了一下对方。那个印有哥斯拉图案的饭盒猛地撞击了我膝盖一下。

我已经开始想念佩吉了。

我打开前门,发现萨莉站在门外,那双疲惫的眼睛从油腻的刘海后面瞅着我。

“没想到还会见到你,”我说。

“我是来道歉的,”她说。

我让她进来。

帕特和查利坐在沙发上,吵着怎样放《星球大战》录像带。查利想要快进,跳过那些表现爱情和思考的部分,直接从战斗场面开始。帕特——他历来都讲究完美——想要从头到尾看一边。萨莉向房里探了一下头,给帕特打了一个招呼,我们一起进了厨房。

“我一直在想那天的事情,”她说。“我也觉得,我让那帮人到这里来是干了蠢事。”

“假如你当时多动脑筋想一想,结果可能要好得多。”

"我明白了,"她说,刘海后面的眼睛怯生生地望着我。"对不起。那天能再次见到史蒂夫——我不知道该怎样说——我感到开心。"

"嗯,这个我能理解,"我说。"我每次看见史蒂夫,心里都会扑通一跳。"

"你不喜欢他,"她说。"你这是在开玩笑。"

"情况怎么样?我是说你和史蒂夫的关系。"

"全完了,"她说着,两眼顿时泪水汪汪。我突然觉得,自己对不住这个生性腼腆的孩子。"他这回又把我甩了。他得到他想要的东西以后总是这样。"

"对不起,"我说。"说实话,我并不怎么喜欢史蒂夫。但是,我知道你喜欢他。他现在有多大?十五岁?"

"十六岁。"

"你会遇到别人的。我不会对你说,你小小年纪不懂得什么是爱,因为我觉得实际情况并不是这样的。但是,你还会遇到别人的,我可以肯定。"

"没什么,"她说着,吸了吸鼻涕。我递了一张纸巾给她,她大声地擤鼻涕。"没什么关系。我今天只是想为那天的事情向你道歉。我还想说,假如你再给我一次机会,让我给你带小孩,再也不会出现那样的事情了。"

我仔细地打量着她,心里明白,有人帮助帕特总要好一些。我原来拥有的支撑体系突然消失。爸爸住进了医院。希德走了。我甚至已经开始考虑找比安卡来了。现在,只有我和儿子,有时候,我们觉得难以对付日常生活事务。

"你来吧,"我说。"我可以用一个帮着照看孩子的人。"

"那就好,"萨莉说着笑了。"那样我就有钱用了。"

"仍然和格伦一起住?"

"嗯。不过,我有点儿,怎么说呢,我怀孕了。"

"瞧你的,萨莉。是史蒂夫的孩子?"

"我没有和别人。"

"史蒂夫对他自己当父亲的事情会怎么说呢?"

“他不怎么想要。我想想他的原话是什么——刮下来,让它死掉。他要我弄掉它。”

“而你想生下这孩子?”

她想了片刻。只有片刻。

“我看生下来好一些。我总想有某种完全属于自己的东西。某种我可以去爱,而且可以回报我的爱的东西。而这个孩子,这个孩子会爱我的。”

“你爸爸知道这件事情,对吧?”

她点了点头。

“这是我有一个总想当嬉皮士的爸爸的惟一好处,”她说。“他面对这样的事情时不会感到太焦急。我十三岁的时候,肚子被人搞大了,他知道以后反应很冷静。少年妈妈怀孕的事情不会使他觉得担心。当然,他知道我不想做人工流产时,有一点吃惊。”

“可是,你将来怎样去抚养这孩子呢,萨莉?”

“给你带孩子挣钱啊。”

“那一点钱可不够哦。”

“我们会想办法的,”她说。这使我第一次对年轻的人自信不那么羡慕了。“我和我的孩子。”

萨莉和她的孩子。

母子俩生活上不会有什么问题,前提是由政府出面担任代理爸爸,因为史蒂夫尚不能承担父亲的重任。我不知道自己为什么要劳神费力地上税。我可以直接把税金放进萨莉的童车,省去中间人这一环节。

上帝。我现在真的开始像我老爸那样思维了。

“萨莉,孩子和玩具熊可不一样,”我说。“小孩子可不会只是乖乖地躺在那里,不会逗你开心。你一旦有了孩子,就不会再有自由了。我不知道怎样给你解释。但是,孩子就像拥有你的心灵似的。”

"那就是我想要的啊,"她说。"我想要拥有我心灵的东西。"她摇了摇头,轻言细语地反驳我。"听你那口气,好像生孩子是一件坏事。"

格伦来接她。父女俩刚要离开,马迪就来找我谈婚礼安排的事情。我正准备介绍,格伦和马迪却像两个老朋友一样互致问候。这时候我想起来了,他们在我的婚礼上曾经见过面。

于是,我就动手煮咖啡,他们两人开始回忆二十世纪七十年代辉煌一时的《流行音乐排行榜》。那时候,马迪每逢星期四晚上都要去听音乐会,格伦偶尔也参加那样的演出。萨莉在一旁看着他俩,脸上露出了年轻人那种不屑一顾的讥讽神色。等到格伦和萨莉离开之后,马迪告诉我,他睡眠有问题。

"每个人都有那样的感觉,"我安慰他说。"在结婚之前,你有一些疑虑是自然的。"

"我担心的可不是结婚的事情,"他解释说。"我担心的是我们的节目。你听到了什么意见没有?"

"什么样的意见?"

"你听说我的节目明年没人预订吗?"

"你的节目?你在开玩笑。他们是绝对不会放弃《马迪·曼访谈》的,对吧?"

"他们肯定会的。现在的说法是,访谈类节目正在逐渐消亡。"马迪摇了摇头。"这就是当今世界所面临的问题,哈利。人们已经开始对人本身感到厌倦了。"

"男人的寿命没有女人的长,"我新聘的律师说。"我们患癌症的风险比女人更大。我们自杀的概率比女人更高。我们失业的可能性比女人更大。"他那光滑的胖脸微微一笑,仿佛他说这些只是一个大玩笑。他的牙齿细小而尖锐。"但是,由于某种我至今还无法确知的原因,塞弗先生,妇女们被视为是受害者。"

奈杰尔·巴蒂是我们节目组里的两个小伙子——一个是灯光指导,一个是音响监督——推荐的。他们在过去一年中都有烦人的离婚经历。

据说，巴蒂自己也有一两次烦人的离婚经历，而且他是男性权利的狂热信徒。在他看来，什么男性长期失业呀，什么男性癌症呀，什么男性进了车库不关发动机呀，这一切绝不仅仅是口号——它们是一种真实的方式，一种将要诞生的新宗教。

尽管巴蒂身材矮小，尽管做工考究的服装掩饰了他肥胖的腰身，尽管他脸上架着一幅牛奶瓶底那样厚的眼镜，然而，他看上去就像一名职业拳击手。我知道他和我有相同的境遇，心里的感觉顿时好了许多。

"我现在得提醒你，在这样的案子中，法律对父亲一方不利，"他说。"法律应该对子女有利。在理论上法律对子女有利。在理论上，子女是首先考虑的问题。但是，实际情况并非如此。"他用厌恶的、愤怒的目光看着我。"法律对母亲一方有利，塞弗先生。几代在政治上保持正确的法官们认为，子女利益已经被置于服从母亲利益的地位。在我们正式开始之前，我想提醒你这一点。"

"你有什么办法使我得到对儿子的监护权吗？"我问道。

"现在已经不叫监护权了，塞弗先生。虽然传媒如今仍然谈什么监护权争夺战，自从一九八九年实施《子女法案》以后，父母中任何一方就不再去争得对其子女的监护权了。他们被授予居住权。你要得到对你有利的居住令。"

"我要？"

巴蒂点了点头。

"居住权代替了监护权，消除了决定子女住处过程中的对抗性质。居住令并不剥夺任何一方的父母责任。对法律进行的修订使人们明确，子女不是可以被人赢得或者失去的财产。根据居住令的条款，子女可以和你住在一起。但是，子女并不属于你。"

"我不明白，"我说。"那么，获得居住令与争夺监护权这两者之间有什么区别？"

"没有什么区别，"巴蒂笑着说。"对抗性质并没有变。不幸的是，与改变人性相比，改变法律要容易得多。"

他仔细看了看放在桌上的文件，赞许地点了点头。

“离婚已经是明摆着的事情了。依我看来，你和你儿子处得相当不错，塞弗先生。他对学校满意吧?”

“非常满意。”

“他见他的母亲?”

“她在任何时候都可以见到他。她知道这一点。”

“可是她却想把他要回去，”奈杰尔·巴蒂说。“她想要居住权。”

“就是这个问题。她想他和她住在一起。”

“她和别人同居?”

“什么?”

“你的前妻有男友吗，塞弗先生? 有与她同居的男友吗?”

“有的，”我说。他把吉娜与理查德的关系降为同居那样不值一提的事情，对此我心存感激；他不理会戴在她左手中指上的那枚大钻戒，对此我心存感激。“她现在和她在东京遇到的某个男人同居。”

“让我们把这一点弄清楚，”他说。“她离家出走，把孩子留给了你?”

“嗯，大概是这样的吧。她搬到她父亲家去住的时候，实际上把帕特——我们的儿子——带走了。但是，在她去日本时，我把他接回了家。”

“这么说，她离开了自己的小家，自愿把孩子交给你照管，”奈杰尔·巴蒂说。“然而，她现在回到了这里，决定要在一段时间内担负起母亲的角色。”

“她说她意识到她非常爱他。”

“我们会注意这一点的，”我的律师说。

33

我父亲的体重一天天下降。他从来都不是一个瘦弱的男人，现在他的两颊凹陷，颈部的皮肤开始松弛，和乱蓬蓬的胡须一起往下耷拉着。他越来越像某个与我素不相识的陌生人。

即使他那结实有力的臂膀也失去了昔日的力量，那些昭示他对母亲、对突击队忠诚之心的文身也像上个世纪遗留下来的老照片，已经模糊褪色了。

我每次见到他，都觉得他瘦了许多，骨头更加突出，清晰可见地支撑着缺乏阳光照射的皮肤。我意识到那皮肤可能从此再也见不到阳光了，心里不禁一震。

但是，他却笑容满面。

他坐在病床上笑容满面。那笑容是发自内心的——既不是故作勇敢，也不是强装或者勉强的，而是见到他孙子时真诚、喜悦的笑容。

"过来吧，宝贝，"父亲叫道。帕特快步超过我母亲和杰克叔叔，到了我父亲的病床前。父亲伸出右手，一条正在进行静脉输液的管子插在他手腕的血管上。"你瞧老爷爷这个样子。"

在杰克叔叔的车里，帕特兴奋得活蹦乱跳——被特许放假一天，况且是坐在豪华轿车的后座上，而不是我那辆已被划破的跑车座位上。可是，他现在沉默不语，小心翼翼地到了病床前，看见了他爷爷那瘦骨嶙峋、长满胡须的面孔。

"到这里来，"父亲伸出那只没有连接管子的手说，沙哑的声音充满深情。帕特爬到了床上，静静地靠在父亲那可怜的胸膛上。爷孙俩默默相拥。

我母亲看了我一眼。她是反对带帕特来探视的。

我们无法知道，我们到医院时父亲是否是处于清醒状态。很有可能就在我们寻找泊位停车的时候，父亲觉得剧痛难忍，医护人员会给他注射麻醉剂。那样，帕特看到的会是处于吗啡的控制之下，昏昏沉沉，已经失去知觉的爷爷。也有可能他正在吃力地大口喘气，胸部不停地起伏，口鼻处扣着氧气面罩，两眼因为疼痛和恐惧而充满泪水。也有可能——尽管她没有说出口来——他已经死了。

所有这些情况都可能出现，甚至很有可能出现。在她家的厨房里，妈妈想到可能使帕特遭受这些可怕情况的折磨时，泪流满面地生我的气。

我当时拥抱着她，告诉她不会有什么事情的。可是，我的预料错了。眼下的情况并非如此——他爷爷备受病魔的折磨，躺在病床上与死人为伍。这种奄奄一息的惨状在电视或电影里是看不到的；这种奄奄一息的惨状充满痛苦，伴随着药物和悲伤。这一切最终将使他失去他爷爷。帕特身临此境，不禁感到震惊和绝望。我自己在心理上尚未做好面对死亡的准备，所以没有理由相信，一个观看《星球大战》录像片长大的五岁孩子会比我更成熟。

是的，让帕特来有些欠妥。但是，它却是必要的。我父亲和我的儿子需要见上一面。他们需要看到，他们之间的血脉联系仍然存在，而且将一直存在下去。他们之间的爱将一直存在下去。他们需要明白，癌症是无法毁灭亲人之爱的。

而且，我也知道——我只是知道而已——如果帕特在那里，我父亲是不会被麻醉剂搞得失去知觉的，是不会被憋得喘不过气来的。

从理性的角度讲，没有理由认为，他的孙子在那里这样的情况就不会出现。但是，我深信不疑，我父亲要保护帕特，不会让他看见死亡的恐怖。我那时仍然相信，父亲身上存在着一种战无不胜的力量。我无法不那样想。

“你很快就会回家吧？”帕特问。

“得等一等再说，”我父亲说。“要听一听大夫们的意见。要看你老爷爷的病情是不是好转。学校的情况怎么？”

“很好。”

“那辆自行车呢？那辆旧风铃牌车？”

“不错。”

“去掉护轮以后骑起来更好玩吧？”

“嗯，”帕特说，“可是，我很想你哦。”

“我也想你呀，”父亲说着，用力搂住他。帕特长满金发的脑袋靠着他身上的蓝色条纹睡衣。那样的睡衣是供老人用的，他在家时是绝对不会穿的。

这时，父亲向我点了一下头。

“该走了，”我说。

那就是我父亲和他心爱的孙子最后道别的情景。他坐在病床上，深爱他的亲人们围在他的身旁，然而他最终还是孤独的。我们待的时间有五分钟，还是一个小时？我说不上来。但是，我知道，他现在想要我们离开。

于是，我们离开了正在用手摆弄氧气面罩的父亲。他背部蜷曲，满面胡须，比我想象的苍老了许多，一名年轻护士在他的床前轻声说着什么。

此时此刻，最令人感到恐怖的情况出现了。死亡降临时那种可怕的、完全的分离，病入膏肓的人所体会到的那种可怕的孤独感。没有人提醒你会出现这样的情况。

他气若游丝，痛苦又开始袭来，我们却把他留在了那间拥挤不堪的病房中。冬日的阳光从没有清洗的大窗户外射进来，背景是白天电视节目的嘈杂声。我们离开他。最终，我们能够做的不过如此。

我们回到汽车里的时候，帕特忍住了眼泪，为某种他无法用语言说明白的事情生气——不，他感到非常愤怒。我试着安慰他，但是他却置之不理。

看我儿子的那模样，他好像觉得自己受到了欺骗。

希德的公寓前面停着一辆面包车。

不是那种可以装下一个大家庭全部物品的大型货柜车，不是那种可以放下舍不得扔掉的钢琴、旧家具和多年积累下来的各种旧物的大卡车。那是在导购杂志封底上刊登广告的搬家公司使用的车子,特别适合于轻装旅行的小家庭。

我看见两名身着T恤衫的年轻人正慢慢地把一张儿童床往车厢的后部挪动。希德和佩吉住在顶楼,可是那两个年轻人给人感觉是,他们正在干一件相当轻松的活儿。

佩吉出现在门口,手里拖着冰箱大小的填充玩具。她那棕色眼睛露出严肃的神情,对我的出现并不显得吃惊。

"瞧一瞧我给你带来了什么,"我说罢,掏出一个斜眼睛玩具娃娃。那个男娃娃穿着笔挺的银色裤子,淡紫色上衣像是小夜礼服。那是一个改变了性别的芭比娃娃。

"迪斯科·肯,"她说着,伸手接了过去。

"你把他忘在我那里了,"我说。"我想你可能想他回家。"

"谢谢你,"她说。真是一个懂礼貌的小姑娘。

这时,希德来到她的身后,手里抱着许多简装本图书。

"你瞧哈利给我拿来了什么,"佩吉说。"迪斯科·肯。我一直在找他。"

希德叫她上楼,到她的房间去查看是否留下了东西。佩吉把那个冰箱大小的填充玩具放在人行道上,手里拿着迪斯科·肯,走进了房子。

"你怎么样?"我问道。"你留下了什么东西吗?"

"没有,"她说。"我觉得大概全都在这里。"

两名搬运工人从我们身边走过,进了房子。

"不给我打一声招呼就搬家啦?"我说。"你我总算朋友吧。"

"我本来是想告诉你的。只是——我不知道——这样处理最简单。对大家都简单。"

"我去餐厅找过你。"

"我辞职了。"

“他们也是这样告诉我说的。”

“我们搬到城市的那一端去。到诺丁山去。”

“去西伦敦?”

“上帝,不要做出这副吃惊的样子,哈利。我是美国人。对我来说,从城市的这端搬到那端并不是你想象的那么困难。听我说,我表示歉意,不过我真的很忙。你想要我做什么?我相信,你到这里来肯定不只是为了送那个迪斯科·肯。”

“送迪斯科·肯是原因之一,”我说。“但是,我也告诉你,你错了。”

“什么事情?”

“我们俩的事情。你在我们俩的事情上做错了。如果我们分开,那么,我这一辈子也就完了。”

“别这样说吧,哈利。”

“真是这样的。我知道,你是不相信人在世界上只有一个梦中情人这个观点的,可是我相信。是你使我相信这一点的,希德。况且,我们相信什么这并不重要。这种观点只对我们两人适用。它是有效的。我一直在考虑这个问题。我没有别的机会——只有你,你是我得到幸福的惟一机会。即使还有别的机会,我也不会要。正如奥利韦亚·牛顿·约翰对约翰·特拉沃尔塔所说,你是我的梦中情人。”

“难道不可以反过来说?难道约翰·特拉沃尔塔没有对奥利韦亚·牛顿·约翰说这样的话?”

“有可能吧。”

“哈利,”她说。“有一件事情你必须明白。我要回到佩吉的父亲那里去。吉姆和我准备再试着过一段时间。”

我愣愣地看着她,两名搬运工人抬着床垫,从我们之间经过。“快要搬完了,”其中一个人说。他们又进了房子。

“抱歉,”她对我说。

“但是,你爱他吗?”

“他是我女儿的父亲。”

“但是，你爱他吗？”

“算了吧，哈利，你是一直对家庭破裂持批评态度的嘛。你一直觉得难以与血缘关系竞争，一直反对你说的讨厌的现代世界把家庭搞得四分五裂的做法。你应对我的做法表示高兴才对呀。你应为我祝福。”

“但是，你得爱他才行，希德。如果你不爱他，这一切都毫无意义。你爱他吗？”

“我爱他，行了吧？我爱他。我对他的爱从来没有停止过。他已经和他的女朋友——就是那个泰国脱衣舞娘——分了手，而且对我保证说，他已经和她完全断绝了往来。所以，我要再试一试。”

“她不是跳脱衣舞的。她是跳大腿舞的。”

“她干什么都无所谓，”她说。“但是，佩吉听说我们准备和好的消息后非常高兴。所以，即使你恨我，你也应该为她感到高兴啊。”

“我不恨你。我是绝对不可能恨你的。”

“那么，就为我祝福吧。”

“我为你祝福，”我说，心里真的这样想。她应该得到幸福。佩吉也应该得到幸福。我轻轻地吻了一下她的脸颊。“只是别对我说，我不认识你，行吗？”

我让她俩继续忙着搬家。现在，无论我说什么听起来都是虚假的，自私的，好像都是要她与我重归于好的甜言蜜语。

现在，她准备回到丈夫身边，我终于看到了核心家庭的局限性。我这时意识到，爸爸、妈妈和孩子就是一切。

但是，即使你们不相爱，你同样有理由和迪斯科·肯住在一起。

“我得到了另一方的回音，”奈杰尔·巴蒂说。“你前妻说，她在婚姻关系存在期间对你是一直忠实的，而你却与一个同事通奸。”

“嗯，那是事实，”我说。“但不过是一夜情而已。我并不是说，这是鸡毛蒜皮的小事，但是——”

“她还说，在你的监护期间，你儿子的头部受了重伤。”

“这是什么意思？听起来像是我虐待了他似的。他摔了一跤，明白吗？那一事故发生在社区公园里。他掉进了游泳池，把脑袋摔破了。或许，我没有尽到责任。或许，我应该把他看紧一点。她真的认为那事故没有使我一直感到内疚吗？不过，至少我是在那里照料着他，而她却在东京和男朋友一起大吃油炸鱼。”

律师仔细看着摆放在办公桌上的文件。

“她好像还认为，你没有适当地起到父亲的作用，对儿子所看所听的东西控制不够。”

“那是在胡说。”

“她认为，你让他观看没有经过审查的暴力影片，观看含有成人内容的录像。她还说，她上次去看儿子时发现，他有一盘下流的、含有成人内容的歌曲。”

我觉得脸颊因为愤怒而发烧。

“那个该死……该死的……”

我无法找到合适的字眼。没有什么语言可以表达我的愤怒。

奈杰尔·巴蒂哈哈大笑起来，好像我终于开始明白离婚是怎么一回事了。

34

“我可以看一看那勋章吗?”

“当然可以,”我母亲说。

她走到音响旁边的柜子跟前,我可以听到她轻轻翻动那些保险单、银行结算单、信件和家里历年保存的重要文件的声音。

她手里拿着一个暗紫色的小方盒子。盒子里衬垫着紫色天鹅绒,有一个略显陈旧的银质勋章。我父亲的勋章。

那勋章的绶带呈蓝白两色,两条宽的白色条纹中间夹一条窄的白色条纹,将蓝色背景分为两道。在国王头像的旁边刻着“奖给功勋卓著者”这几个字。

盒盖上印着皇家许可证,它上方的白色绸缎上印着制作厂家的名字:“伦敦城水道街六十号 J. R. 冈特父子有限公司蒙皇家特许制作”。我回想起来,自己小时候总觉得那个公司——它还在吗?如果我去找,它还在那个地方吗?——的名字像是嘉奖令的一个组成部分。

我轻轻地把勋章取出来,它的重量使年届三十的我略略一惊,那感觉和我儿时拿着它时完全一样。

“帕特曾经喜欢玩你爸爸的勋章,”母亲笑着说。

“你让帕特玩这个?”我有些不相信地问。

“他喜欢把它别在我的身上,”她笑着说。“我只得扮演那部电影结尾处出现的雷拉公主。”

“是雷娅,妈妈。她叫雷娅公主。”

时间已经是后半夜，我们太疲惫了，无法在他的病床旁继续坐下去，但心里却非常不安，无法入睡。于是，我们喝了一杯热茶——那依然是我母亲对待任何事情的态度。

她去用水壶烧水，我手里捧着沉甸甸的勋章，想起了小时候所玩的游戏是如何教我成为父亲那样的人的——一名战士，一个与泪流满面的女人吻别，离家从戎，走向战场的男人。

我回想起在田野里，在后街上玩的那些游戏。看来，它们不仅是一些崇尚男人美德、带着稚气的娱乐形式，而且也让我们为下一次战争做好准备，为我们的诺曼底、敦刻尔克、卡西诺山战斗做好准备。

我们这一代人用玩具枪——或是被当做枪支的棍子，或是被当做枪支的手指，或是其他任何可以被当做枪支的东西——来玩战争游戏，但是没有人会认为，那样的东西不健康，是令人讨厌的。然而，我们年轻时见到的那些战争全是局部的、小规模的、上了电视的。对没有身临其境的非战斗人员来说，那些战争就像电子游戏一样，既不真实，也没有什么生命危险。

我们这一代是最后一代摆弄玩具枪支的人，比我们自己所意识到的要幸运得多。在成长的过程中，没有等待着我们去参加的战争。没有德国人或者日本人要我们去对付。

妻子是我们所要对付的人，我们这一代男人有幸享受和平。离婚法庭是我们进行自己的卑鄙小型战争的场所。

我常常看到父亲身上的伤疤，所以心里明白，战争并非约翰·韦恩所主演的电影那样简单。但是，那些战争的幸存者——那些拖着伤残的肢体回家的人——找到了他们的终身伴侣。哪一样东西好些？是战争还是完美的爱情？是和平还是得以维持五年、六年或者七年的爱情？谁是真正的幸运儿？是我父亲还是我自己？

“你喜欢这个姑娘，对吧？”妈妈说着回到了房间里，两只手端着热气腾腾的杯子。“我是说这个女人。希德。你很喜欢她。”

我点了点头。

“我希望我们能够在一起。就像你和爸爸那样。如今要做到这一点似乎是不可能的。”

“你的怀旧情感太重了，”她态度和蔼地说。“你以为过去全是美酒和鲜花。然而，实际的情况要难得多。”

“可是，你和爸爸的婚姻是幸福的。”

“对，我们是幸福的，”她说罢，把目光移向我无法确定的某个地方。“我们是幸福的。”

我认为——我曾经也是幸福的。

我回想起童年，回想起那个阳光灿烂的八月。就在那个八月初，为期六周的长假刚刚开始，我知道我们要开车到乡村俱乐部去。在那里，父亲和叔叔玩飞镖，给我和堂兄们买柠檬汁和油炸薯条。我们几个孩子在草地上玩耍，母亲们坐在大木桌旁边，像穆斯林那样离男人们远远的，守着自己的婴儿车开怀大笑。

要么是在某个假期里——比如说圣诞节。那时，我的叔叔和婶婶们会一边玩扑克，一边抽烟、喝酒。在圣诞后礼盒日[①]那天，男人和孩子们会在雾霭缭绕的厄普屯公园里高兴地踢足球。

要么是在公共假日里，我们会到海边去，手里拿着裹着大团粉红色棉花糖的小棍，扑面而来的是海洋和油炸洋葱的气味。要么我们会到赛狗场去。妈妈会在六号狗上下注，因为她喜欢那条狗的颜色，喜欢那条有着黑白相间毛色的狗挂上红色号码牌的样子。

我对在郊外住宅区度过的童年心存感激之情——什么驾车兜风呀，下注不大的赌博呀，到外地去的一日游呀。对那些日子的回忆使我怀念充满生命力和爱意的童

---

① 礼盒日：英国和部分英联邦国家的法定假日，在圣诞节的次日，如遇星期天则推迟一天。按礼俗人们在这天向雇员、仆人、邮递员等赠送盒装节礼。

年，怀念那一段快乐成长的美好时光。那时候，世界小姐出现在电视节目里，妈妈和婶婶们身上穿的是迷你裙。

尽管我儿子的童年拥有更多的物质享受，但也有父母离异带来的使人麻木的情感缺失。

作为一个五岁儿童，他勉为其难地使用人际关系的技巧和情感面具，在他的母亲、母亲的男友、他的父亲和他受伤的心灵的夹缝中艰难地挣扎。对他来说，录像机和跑车上的座位似乎就是对所有这一切的小补偿。

我觉得，吉娜和我——还有成千上万与我们有类似境遇的夫妻——没有给下一代留下多少遗产。

“我们婚姻美满是因为我俩的共同努力，”母亲说。“因为我们希望它美满。即使在我们贫穷的时候，即使在我们无法有孩子的时候，我们也没有放弃。你应该为幸福婚姻努力奋斗，哈利。幸福是不会自己从天上掉下来的。”

“你以为我没有为幸福努力奋斗吗？你以为我还努力得不够？没有像爸爸那样努力吗？”

我很想知道她相信什么。曾几何时，我年轻气盛，觉得父母除了他们那精心照料的花园和过分暖和的起居室之外，对其他事情一无所知。可是，我现在的看法已经不再如此。

“我觉得，你已经作了许多努力，哈利。但是，你有时太勉强自己。你不可能完全像你父亲那样——世界已经变了。时代已经变了。你得进行不同的斗争，你不可能期望有人在你的胸前挂上勋章。你独自照管孩子——你觉得你父亲可能做到吗？我爱他超过了爱自己的生命，可是他却不懂得这一点。你的坚强得以不同的方式表现出来。你得成为另外一种铁汉子。”

我把勋章放回盒子，这时电话响了。

母亲瞟了一眼座钟，然后看着我，已是悲泪盈眶了。这时刚过凌晨四点，电话可能是杰克叔叔从医院里打来的。

我们两人心里都明白是怎么一回事情。

我们紧紧相拥，电话铃声在门厅里响着。它不停地响着，响着。

“我们应该在那里守着他，”母亲说。这句话她在未来的日子里会反复地念叨。“我们应该在那里。”

这就是幸福结局的样子，我想到这里，心里悲痛万分。

你和某人厮守一生，如果他们在你之前离去，你觉得好像失去了自己的全部肢体。

至少，我们这一代——游戏人生、虚度年华的一代——不会确切地体会这种肢体分离的痛苦了。在我看来，我们这一代将不会有属于自己的幸福结局了。

我拿起电话，杰克叔叔告诉我，我父亲已经去世了。

早上，我听见帕特在地板上拖着脚步走向玩具盒，便立刻上楼去看他。我父母一直把他的玩具盒放在第二间卧室里，那曾是我的卧室，帕特待在他们家时都在那里睡觉。

他蹲在玩具盒前面，抬起头来，两只手握着星球大战的玩具小人，一副睡眼惺忪的样子。我把他抱起来，亲吻他散发着甜味的脸蛋儿，然后在床沿坐下，让他坐在我的腿上。

“帕特，你爷爷昨天夜里去世了。”

他看着我，眨着蓝色的眼睛。

“爷爷病了很长时间，现在不用再受痛苦了，”我说。“现在，他已经安息了。我们应该对此感到高兴，对吧？他已经不再遭受痛苦的折磨了。他永远也不会感到痛苦了。”

“他现在在哪里呢？”

我无言以答。

“嗯，他的遗体在医院里，然后会被埋葬。”

我意识到，我对殡葬程序简直一无所知。

他们在什么时候去医院搬运他的遗体？在葬礼之前，他们把他放在什么地方？所谓的他们是一些什么人？

“我们现在感到悲伤，”我说。“但是，总有一天我们会感谢爷爷的一生。我们会意识到，我们是幸运的——我有幸的是他当我的父亲，你有幸的是他当你的爷爷。我俩都很幸运。但是，我们今天无法感受到这种幸运。爷爷死得太突然了。”

帕特点了点头，一副非常懂事的样子。

“他还在医院吗？”

“他的身体还在医院里。可是，他的灵魂已经离开了。”

“他的灵魂是什么呢？”

“就是使爷爷成为他那样的男人的生命火花。”

“灵魂到什么地方去了呢？”

我深深地吸了一口气。

“有的人觉得，灵魂升上了天堂，在那里永远活着。有的人觉得，灵魂只是消失了，人会永远睡觉。”

“你相信什么呢？”

“我觉得灵魂会继续活下去，”我回答说。“我不知道它是在天堂里，还是在别的什么地方，在我完全不了解的某个地方。但是，灵魂是不会死去的。它继续活着。即使它只活在我们所爱的人的心里。”

“那也是我相信的噢，”我儿子说。

我驾着莫里斯F型跑车在故乡小镇的正街上慢慢地行进，出现在我眼前的景象已是面目全非了。跑车被毁坏的顶篷在凛冽的风中啪啪直响，如同一张被撕破的船帆。

我原来熟悉的那些商店和小餐厅已经改换门庭，全变成了房地产商的办公室，变成了大型连锁店的分支机构。难怪我们英格兰人现在要急不可待地挥舞国旗来提醒自己:和爱尔兰和苏格兰一样,我们的根基也是深厚而确定的。这就是我的故乡。但是,它和其他地方已经没有什么不同了。

我没有发现任何我熟悉的东西,后来终于在那家名叫"红狮酒吧"的一个角落里看见了杰克叔叔。正街上的这家老字号酒吧似乎在一种非官方保护令的庇护之下得以幸存。他坐在那里喝着矿泉水,手里捏着一支香烟,墙上挂着铜制鞍具饰件,橡木屋梁下烟雾缭绕。

"我对你爸爸的死感到难过,哈利。"

"谢谢,杰克叔叔。"

"你要喝点什么?我们这就说吗?"

"直接说吧。"

我开始面对殡葬事宜程序,杰克叔叔坐在我的身边。我思维迟钝,尚未从睡眠不足,从得知父亲已经不在人世这一噩耗时产生的震惊中缓解过来。不过,性格坚强、不停抽烟的杰克叔叔在那里帮了我很大的忙。

我们驾着莫里斯 F 型跑车到了医院,从接待室取出了那个装着父亲遗物的小包。

里边装有夹着他孙子照片的钱包,他的老花眼镜,他的假牙。

这就是他遗留下来的全部东西,医院的人冷冰冰地把它递给了我,连一句表示慰问的话也没有。他们为什么应对他的去世感到难过?为什么他们应对我表示难过?他们根本就不知道我父亲。我们继续下一件事情。

因为某种使人弄不明白的行政方面的原因,我们得到一个我从未去过的小镇进行死亡登记,但那个小镇里有"汉堡大王"和"护肤大全"的连锁店,使人感到眼熟得乏味。

在那里,我们加入了注册生死的行列,我们的后面是一对为新生婴儿登记的年轻夫妇,前面是一位给亡夫登记的老太太。我真的很想知道,为什么奈杰尔·巴蒂对男人比其配偶早死的现状耿耿于怀。不用到这个鬼地方来该是一件令人感到多么欣慰的事情,不用孤身一人苟活于世该是一件令人感到多么欣慰的事情!

最后,我们到故乡的殡仪馆去。和那家酒吧类似,这是我记忆中另一个面貌依旧的地方——酩酊大醉,突然死亡,这是英国城镇正街上终年可见的两大景观。

在我小时候,那家死气沉沉的殡仪馆好像总是关闭着,大橱窗里铺着黑色丝绸,一个个白色墓碑陈列在那里。这个供应死人用品的地方现在好像也是关着的。我小时候发现自己不会长生不老时,曾经悄悄地经过那个地方。现在,我走了进去。

还好。杰克叔叔用一只手轻轻地握着我的肩膀,我平静地和殡仪馆的人商量父亲葬礼的具体安排,似乎这样的事情我每天都会遇到。我们面前放着死亡证明,因此和那位一身黑衣、面色阴沉的老人商谈父亲葬礼事宜就显得非常自然了。惟一使人觉得奇怪的事情出现在那一瞬间:那位殡仪员几乎是面带歉意地拿出一本色彩光鲜的小册子。我得为父亲挑选一口棺材。

那小册子和其他宣传资料类似,照片很有品味,印刷十分精美。那位殡仪员一一给我介绍那些棺材,从最便宜的松木材料的开始,一直到价格最高的型号——一口用硬质木材制作的大号棺材,里面衬着红色缎子,外面装饰着铜质大手柄。

我的第一个反应是选最贵的——还是多花一点钱吧,给我老爸用的东西应该尽可能好一些。但是,我的第二个反应是那一款最贵的显得太花哨,我爸爸永远躺在里面不合适。

我犹豫片刻,后来告诉殡仪员,我们挑选价格仅次于那一款的。杰克叔叔和我回到街上之后,我对自己的选择感到满意。

"你老爸见到那一口奢侈的棺材可能会大发脾气,"杰克叔叔咧嘴笑着说。

"你说的是那口最贵吧的?"我笑说。"对,我觉得太贵了一点。"

"金色手柄,红色天鹅绒衬里!"杰克叔叔说罢咯咯笑了起来。"那样子不是棺材,却像法国妓院!"

"说到进坟墓的事情,"我笑着说。"假如我们挑选的是那一口棺材,我知道爸爸会怎么说——你们以为我是谁呀？是他妈的拿破仑呀?”

我能够听到父亲说话的声音。

从今以后,我再也听不到他的声音了。

我会永远听从他的教诲的。

35

“两只鸭子到一家酒店下榻，”伊曼说。“那是吉尔卡尼镇上最高档的。对这两只鸭子来说，那可是一个销魂的周末。可是——别急，听我说——当他们进了房间之后，却发现没有避孕套。公鸭子说，别着急，我叫客房服务生送几个上来。于是，他拨通了客房服务电话。后来，一个小伙子拿着避孕套来到他们的房间。小伙子问，你要我把这项消费记在账单上吗，先生？公鸭子回答说，你觉得我是某种性变态的家伙吗？”

伊曼一言不发地把话筒从架子上取下来。后期制作人员将把笑声的录音加上去。

“我对那只鸭子深表同情，”伊曼说着，从舞台的一端踱向另一端。这一天的舞台似乎比往常明亮一些，台下观众的穿着显然也比往常的漂亮一些。“因为在吉尔卡尼镇上根本没有什么性知识教育。我爸爸曾经告诉我，男人在上面，女人在下面。所以，在我第一次正式交女朋友的那些日子里，我女朋友和我睡的是上下铺。你瞧，在我的家乡，性是遗传的东西——如果你爸爸妈妈没有一起睡觉，很可能你也不会和异性睡觉。”

他把话筒放回架子上，笑呵呵地走到灯光下。

“幸运的是，我现在已是情场高手——不过，那仅仅是因为我自个儿做了大量练习。谢谢各位，晚安！”

观众发出了雷鸣般的掌声，伊曼轻快地走到舞台的一侧。一名手拿记事本、头戴耳机的漂亮姑娘递给他一瓶啤酒。这时，他看上去像是要晕倒了，一条腿跪在地上,手里抓着啤酒瓶子,转身对着一只沙桶——真的装着沙子的小桶,而不是作摆设的东西——呕吐起来。

“停机,快停机,”导演叫道。

我一个箭步冲上台子,蹲在伊曼的身边,伸出一只手搂着他颤抖的肩膀。玫慕站在我的旁边,大眼睛里流露出关切的神色,身上穿着衣服,我都认不出她了。

“别怕,伊曼,”我安慰说。“那只是一个啤酒广告而已。”

“我不害怕,”他有气无力地说。“我这是激动。”

我可不激动。我心里害怕。非常害怕。

我父亲——我父亲的遗体——停放在殡仪馆。我就要见到它了。

殡仪员曾经提到过瞻仰遗体的可能性——瞻仰安息之中的亲人的遗容。他当时平静地告诉我,言语中流露出提供这项免费服务所具有的自豪。在我的脑海里,这次见面——我们父子之间的最后惜别——具有无法估量的重要地位。

当我见到那个给予我生命的人躺在灵柩里时,我心里将有何种感受呢?我会失声恸哭吗?看到我的保护人等着被安葬的样子,我心里能够受得了吗?我不能自持,觉得自己难以面对那一时刻,觉得自己的精神会完全崩溃,觉得岁月在我身上留下的痕迹会被全部抹去,自己会再次像儿童那样失声恸哭起来。

当我见到他躺在那里的时候,他已经死去这一残酷的事实将会驱散任何残留在我脑海里的侥幸和怀疑。我能够接受这一点吗?这是我想知道的答案。我已经明白了,扮演父亲的角色并不能使一个人真正成年。是否得安葬自己的父亲之后,一个人在心理上才能真正有成年人的感觉?

在“红狮酒吧”里,杰克叔叔坐在那个老座位上等我。我出发前问母亲是否和我一起来,她摇了摇头,把脸转向了一边。我不责怪她。但是,我需要知道,我心理上是否能够承受我孤身一人这个自我意识。

当然,我并非孤身一人。我还有母亲,她卧室里的灯光彻夜不灭,有生以来第一次孤身一人的状态使她不知所措。

还有帕特，他从见到吉娜的喜悦状态突然跌落到家里那种令人窒息的悲伤之中。

还有希德——她仍然存在，只是消失在这个城市的某个地方，和某个男人一起生活着。

可是，我父亲却走了，我身上的某个部分感到了孤独——这份孤单将会伴我度过余生。

即使在我们之间关系紧张的时候，父亲也总是我的盾牌，我的保护人，我最可靠的同盟。即使在我们出现口角，产生纠纷的时候，即使在我使他感到失望的时候，我心里总是明白，他肯定会尽力帮助我。现在，这一切都已不复存在。

杰克叔叔掐灭了手里的卷烟头，一口喝干剩下的矿泉水。我们一起默默无言地向殡仪馆走去。进门时一个小铃铛响了，告知有人到来，杰克叔叔伸出一只手握着我的肩膀。我叔叔不愿见到他哥哥的遗体，他来这里是为了我。

那位殡仪员正等着我们。他把我们领进一个布局像更衣间的接待室。房间的两侧挂着厚重的帘子，被分隔为六七个单独区间。我吸了一口气，然后屏住呼吸，他撩开一道帘子，让我们看到已经人殓的父亲。

然而，那不是我父亲。已经不是了。他的面部——灵柩的盖子只挪开了一点，那是我们能够见到的部分——呈现出我以前从未见过的神情。他看上去并不安详，并没有呈现出睡眠状，并没有惯用于描述死者的字眼所说的那种样子。他面无表情。不，不仅是那样——那面孔和他没有任何关系，既没有痛苦和疲惫，也没有他的任何特征。我当时的感觉就像敲了一阵门后，却发现那里空无一人。不，不仅是那样——那感觉就像我们走错了地方。塑造我父亲的生命之火已经熄灭了。我这时确信，他的灵魂已经飘走了。我来这里是为了寻找我的父亲，是为了向他作最后的道别。可是，在这里我却没有找到他。

我想见帕特。我想把我的儿子搂在怀里，告诉他我俩一直迫使自己相信的事情都是真的。

36

我通常待在室内，站在窗户后面，透过百叶窗看着那辆银色奥迪车沿着街道蜿蜒而下，寻找一个可以停车的泊位。但是，今天我却到了外面，看见他们到来。我已经熟悉那汽车，已经熟悉车内乘客的位置。

帕特的金发脑袋出现在后座上，他正低头看他得到的一件什么新玩意儿。吉娜在前座上，正转过头和他说话。驾驶座上是那个使人难以捉摸的理查德，那个处于半分居状态、样子很酷、信心十足的男人。瞧他那神气，似乎驾着那辆奥迪车接送吉娜和帕特是一件天经地义的事情。

我从未和他说过话。他们送帕特回来时，我从未见他下过车。他肤色黝黑，身体强壮，戴着眼镜，穿着合身的套装，长着克拉克·肯特式的漂亮脸蛋。在我家门前有一个狭窄的泊位，我看着他非常老练地倒车，让奥迪停了进去。那个浑蛋。

在通常情况下，吉娜会敲门，向我打招呼，然后快速地和帕特吻别。交接过程保持基本的礼貌，我们所能做到的不过如此。当然，我们尽量不发生摩擦。那不是为了我们自己，而是为了我们的孩子。但是，我今天在门口等候他们。她对此没有显得吃惊。

"喂，哈利。"

"嗨。"

"看一看我有什么！"帕特挥舞着他的新玩具——一个面带怒色、手握巨型激光手枪的塑料太空人。他从我旁边擦身而过，进了房子。

"对你爸爸的死我很悲伤，"吉娜说着在门口停下了脚步。

“谢谢。”

“我真的感到悲伤。他一直待我很好。他是我所遇到的最温文尔雅的男人。”

“他很喜欢你。”

“我也很喜欢他。”

“谢谢你给帕特买的玩具。”

“理查德在哈姆莱商场给他买的。”

“理查德那家伙。”

她瞟了我一眼。

“我得走了,”她说。

“我原以为你不喜欢帕特摆弄枪支玩具。”

她摇了摇头,微微一笑。那种笑的意思是:这一点也不可笑。

“如果你真想知道,我的看法是,这个世界上已经存在足够的暴力,用不着给孩子灌输枪支是一种娱乐方式的概念。行了吧?可是,他想要那支枪。”

“我是不会把他交给你抚养的,吉娜。”

“这事得由律师来决定。不过,我们不应该——”

“为了照料我的儿子,我改变了自己的生活。我找了一份非全日制工作。我学着如何料理家务,那样的事情我以前想都没有想过。我给他准备吃的,张罗穿的,照料他睡觉。我还回答他提出的问题,在他心情不好和受到惊吓的时候安慰他。

“这些事情我差不多是独自一人干了多年。”

“我想说明的就是这一点。我自己学会了如何照料孩子——你原来也是这样做的。可你现在却跑回来对我说,这全结束了。”

“在过去几个月中,你做得很好,哈利。但是,你想要得到什么?要勋章吗?”

“我不需要什么勋章。我只干了自己分内的事情。我知道那没有什么了不起。但是,你对我的要求可太高了,吉娜。我学会了如何当好帕特的父亲——我当时是迫不得已,行了吧?你现在却要我改变,似乎那一切都没有发生。可我做不到。我怎么可能做到？告诉我怎样做吧。”

“有什么问题吗？”理查德说着，下了奥迪车。

他居然还长着两条腿。

“回到车里去，理查德，”吉娜说。

“对啊，回到车里吧，理查德，”我说。

他回到车上，戴着眼镜的眼睛不停地眨着。

“你们得决定想要的是什么，吉娜。你们两个。”

“你这是什么意思？”

“我欣赏对子女负责的男人。我欣赏尽力抚养子女的男人。但是，你却不应随心所欲。你不可能要求我分担抚养孩子的事情，然后，在你心血来潮的时候叫我靠边站，似乎我还像我们的父辈那样，似乎照料孩子只是女人的事情。下次见你律师的时候记住这一点。”

“你可不要忘了这一点，哈利。”

“哪一点？”

“我也是爱他的。”

帕特坐在他房间的地板上，把一盒玩具倒出来。

“你玩得开心吗，宝贝？和妈妈、理查德在一起开心吗？

我说话的口气愉快得荒唐可笑，就像娱乐节目主持人宣布大奖得主时的模样，但是，我决心要使帕特适应这些新安排。我不想他每次出去同他母亲和他母亲的男友一起玩耍时，心里产生背叛我的感觉。但是，我也不想他出去过得太开心。

“还可以，”他说。“理查德和妈妈吵了一架。”

非常好的消息。

“为什么吵架，宝贝？”

“我把口香糖弄在那辆破车的座位上了。”

“但是，你喜欢理查德呀。”

“他还可以。”

我心里对这个素不相识的男人涌起一阵同情。还说不上一阵。只是有那么一点点。不过，也算是一阵吧。

他所选择的就像戏剧中一个无法演好的角色。如果他试图在帕特面前担当父亲的角色，他肯定会以失败告终。如果他决定只以朋友的身份出现，那也是一种失败。不过，理查德至少有选择的机会。

谁问了帕特是否想在那辆银色奥迪的后座上吃口香糖？

希德在一家有名的亚洲风味餐厅里工作。那样的餐厅如雨后春笋，开始在城里出现，其中一家供应泰国风味鱼肉饼、日式面条、越南风味凉春卷。好像那些东西来自同一个国度，好像整个亚洲大陆变成了为西方供应食品的大厨房。这家餐厅里光线充足，摆放着漆得明亮的黄色桌椅，看上去像是画廊或者牙医诊所。

我从街上看见希德把两盘热气腾腾、像是马来西亚咖喱大龙虾的东西放在两个年轻女人面前，她们笑着向她表示谢意。

像在这里工作的其他招待员一样，她上身穿着白色 T 恤衫和经过浆洗的白色围裙，下面是黑色的裤子。头发比以前剪得短了一些，几乎有一点像男孩的样式。她去了一趟理发店，头发就从斯科特·菲茨杰拉德笔下的女人发式变成了甲壳虫乐队的齐耳短发。我知道，当一个女人剪掉自己的头发时，那意味着出现了某种重大变化，但是，我记不清楚是何种变化了。

她转身朝餐厅的后部走去，对站在吧台后面的那个年轻黑人说了什么，逗得他哈哈大笑，然后消失在厨房门里。我在靠近门口的桌子边坐下，等着她的身影出现。

这时是下午三点多钟，餐厅里的顾客寥寥无几。除了我和那两位嚼着辣味大虾的年轻妇女之外，剩下的就只有三个同在一桌的生意人了。他们享用着美味午餐，面前摆满喝得瓶底朝天的日产朝日牌啤酒瓶子。一名年轻招待员把菜单放在我就座的桌子上，这时，希德砰的一声推开厨房门走了出来。

她用手把托盘举得和她的头部一般高，上面是三瓶啤酒。她也没有注意到我，把啤酒摆在那三个酩酊大醉的生意人面前，没有理会涨红面孔上斜视的眼睛，实际上并没有在意我们的存在。

“你几点睡觉啊，”他们之中的一个问。

“你说的不是怎样睡觉吧？”她说罢转过身去，他们哈哈大笑起来。她终于看见了我，慢慢地走到我的跟前。

“您要点什么？”

“我们一起过后半辈子好吗？”

“不听这个。来点面条怎么样？”

“好吧。有没有粗的那种？”

“汤面？当然有。我们有用大虾、鱼肉、蘑菇和其他好原料煲汤做成的粗面。”

“其实，我并不饿。但是，这是巧合，对吧？我们这样相遇。”

“肯定是啦，哈利。你怎么知道我在这里上班？”

“我不知道。这是我在过去几天里找过的第四十二家餐厅了。”

“你真是疯了。”

“为了你而疯狂。”

“发疯而已。你爸爸怎样？”

“明天举行葬礼。”

“上帝，对不起。帕特好吗？”

我吸了一口气。

“爷孙俩的关系很密切。这你是知道的。对他来说是一个巨大的损失。我不知道——他在努力面对。我母亲也是这样。我希望我们能够尽快了结葬礼的事情。”

“办完葬礼之后可能最难受。因为大家都回去了，生活又重新开始，而你却仍在悲痛之中。有什么我能做的事情吗？”

“有。”

“什么事情?”

“你可以让我送你回家。”

“你别这样老跟着我,”她说,我们已经走过了诺丁山那些行人稀少、两边修建着白色建筑的小街。“该停下了。”

“我喜欢你的头发。”

她用手抓住一把头发。

“这样既对你不好,也对我不好,”她说。

“哦,我可不知道。看样子没有那么严重吧。”

“你明白我说的是什么。”

“我想我们成为一家人。”

“我以为你讨厌那样的家庭——那种有别人的孩子,有别人原来配偶的家庭。我以为你想要的是关系简化的生活。”

“我要的不是关系简化的生活。我要的是有你的生活。还有佩吉。还有帕特。也可能还有我们俩的孩子。”

“那样的家庭?你的孩子、我的孩子、我们的孩子互相争吵?你会觉得讨厌的。你真的会觉得讨厌的,哈利。你可能撑——唉,我不知道你能撑多长时间。”

“如果和你在一起,我是绝不可能讨厌生活的。听我说,我们父亲的手臂上文着几个字,就在那突击队佩剑的图案下面。那几个字是:团结一心,战无不胜。那就是我对我俩的想法。”

“你要去文身?”

“不。”

“去当兵?”

“我说的意思是,如果我俩在一起,什么样的困难都不在话下。我不知道我们会有哪种家庭生活——因为我们以前从来没有这样的家庭。但是我知道,它比我们各自组成家庭好一些。还是考虑一下吧,好吗?"

"好吧,哈利。我今天晚饭时和我丈夫谈一谈。"

我们在一幢陈旧的白色联排别墅前停下了脚步。那幢建筑在四十年以前被改造成了公寓。

"就在这里,哈利,"她说。

这时,吉姆突然从前门蹿了出来,手臂上着石膏,系着绷带,嘴里高声喊叫:"别纠缠我的妻子,你这个浑蛋!"他老练地抡起飞腿,用穿着靴子的腿踢了我嘴上一脚。

我往后一扬身体,被踢破的牙龈冒出了鲜血,两腿动弹不得。我立刻意识到这两处伤。

吉姆对武术略知一二。他又从摩托车上摔了下来伤了手。

我从靠在身边的几个垃圾桶旁一跃而起,举起拳头迎战向我扑来的吉姆。但是,希德这时已经站到我们两人中间,伸手抓住他骨折的胳膊,他立刻大叫起来。

"当心我这破手,喂!"他大声斥责她。不过,他还是让她扶着进了大门。他转过头来冲着我咆哮。

"如果我再见到你,"他说,"你的牙齿就全没啦。"

"那也不会是第一次。"

我没有向他解释,我在五岁时被一条对人友好的狗扑倒,摔掉了牙齿。那样的话讲出来会使我大失水准。

他走进了房子,手里托着缠着石膏的胳膊。我听到一个人的哭声很像佩吉的,他们一定住在底楼的那个套间里。希德转过头来看着我。

"求你离开这里,哈利。"

"想一想我刚才的话吧,"我吃力地说,肿起的嘴唇血糊糊的。"请考虑一下我的建议。"

她摇了摇头——我知道这是在犯傻——但是,我觉得她开始真的喜欢我了。

“你还不死心,对吧?”她问道。

“这是从我父亲那里学的,”我说。

这时,她关上了那个白色房子的大门,回到她自己的生活中去了。

37

离我老家一英里的山坡上有一个教堂。

小时候，我曾经在夏天的月夜里偷偷跑到那里去，有时溜进教堂的墓地，一边喝着苹果汁，一边把玩我朋友的那支小口径气枪。

我们并没有看上去那么胆大。附近稍有风吹草动——微风吹过树林发出的呼呼声，树叶落在冰冷墓碑上的沙沙声，教堂里古老木头发出的吱吱声——我朋友和我会吓得拔腿就跑，生怕鬼魂出现在我们面前。可是，我父亲如今将被埋葬在这里。

我在报童骑自行车的叮当声中醒来，《太阳报》从门上的邮件孔里塞进来，收音机模糊不清的声音从厨房里传来。在半睡半醒的那一刹那，我的感觉就像平常的早晨。

但是，吃过早餐以后，我们穿上了黑色丧服。我儿子和我穿着白衬衣，系上黑领带后觉得不自在，坐在老屋里我的卧室的地板上，翻着那一盒盒照片，通过看我父亲——他爷爷——的形象得到些许安慰。

时光向后移动，过去的岁月一点点地展现出来。这里有父亲和帕特在一起的色彩鲜艳的照片：爷孙俩正在开启圣诞节礼物盒；帕特骑着那辆装着护轮的风铃牌自行车；金发碧眼的帕特在学走路；他爷爷笑呵呵地抱着安睡中的帕特。

还有许多已经褪色的照片：我爸爸、妈妈、吉娜和我在我们的婚礼上；我和爸爸在后花园里手挽手，我那时十几岁，傻乎乎地笑着，爸爸五十多岁，身体健康，为他的花园感到自豪，为我感到自豪。还有再早些年的照片——那是在堂兄的婚礼上，我十一岁，看上去傻乎乎的，父母当时还年轻。

有的照片可以追溯到我刚记事甚至更早的时候：一张黑白照片是父亲和我骑着马在索尔兹伯里平原上，我留着平头。还有一张黑白照片是在大风吹拂的海滩上照的，哈哈大笑的父亲高高举着我。另外一些褪色的黑白照片有的是父亲身着戎装照的，有的是在父母亲的婚礼上照的。

没有父亲小时候的照片。我知道，这是因为他们当时很穷，买不起照相机。我感觉却是，他的生活是在和妈妈组成小家庭以后才开始的。

有人开始陆续送来鲜花，放在楼下。帕特和我走到临街的父母房间的窗前，看着花店的人把鲜花从面包车上卸下来。没过多久，包着塑料纸的花束便覆盖了门前的花园，那使我想起了戴安娜王妃去世时的情景，皇家宫殿的黑色栏杆前面是一片花的海洋。这不过是花店老板在那天的一笔生意而已，然而，他看来真的被这场面感动了。

"我真希望我认识这个人，"我听到他对我母亲说。我知道他说的是心里话。

灵柩送到教堂时我们笑了。那是悲观失望的笑，那种笑是一道阻止泪水的大坝：你担心一旦让泪水开始涌出就永远流个不停了。但是，那好歹总是笑吧。

我们跟在灵柩后面走进教堂，有我母亲、儿子和我自己。可是不知道什么原因，四个抬灵柩的人在门口却停下了脚步。母亲在我和帕特中间，我们搀扶着她，母亲一直走着，目光呆呆地看着地上。当她的头碰着她丈夫的灵柩时，她突然停了下来。

她向后一退，用手抹了一下前额，看一看有没有出血，然后瞟了我一眼，我们两人都笑了起来。我们听见了父亲的声音，听见了那种深情的老伦敦腔调："你这是在干什么呀，老太婆？"

后来，我们走进冷冰冰的教堂，那感觉如同进入了梦境，所有你认识的人全在这里：有家里的亲戚、朋友，有过去和现在的邻居，还有系着皇家海军突击队领带的男人——他们当初相识时还是风华正茂的青年，现在已是年逾古稀的老者了。吊唁的人一排接着一排，有的看见父亲的灵柩后已经痛哭起来。

我们三个人在教堂座位的前排。曾几何时，“我们三个人”的意思是父母和我。现在，它的意思是我母亲、我儿子和我。人们全都低着头，看着铺在地上的石板，没有笑声，牧师开始吟诵《圣经》中的《以赛亚书》——“他们将把利剑化为犁耙，把尖矛化为钩镰，国家之间将不以武力相对，也不再练兵习武。”

在布道中，他谈到骁勇战士变为和平使者的故事——勇敢的武士变为充满爱心的丈夫，变为和蔼、慈祥的父亲，变为关心邻里的居民。我看得出来，那位牧师为这场布道下了很多工夫，他在此前和我母亲、叔叔们，和不是我家亲戚的埃塞尔大婶谈过。但是，那位牧师从来没有见过我父亲，所以绝不可能真正了解父亲，了解父亲的生活。

母亲选择的一首老歌开始在摩肩接踵的教堂里回荡，这时候我不禁心里一紧，深深地感觉到我们失去的那一切的分量。

与那些赞美诗、布道和善意的老生常谈相比，与父亲认识的所有人相比，最使我感动的还是这一首老歌。辛纳特拉年轻时的声音充满活力，非常纯正，全无他后来所表现出来的那种矫揉造作和玩世不恭的态度。那歌声渐渐响起，在小教堂里回荡。

我母亲一动不动，但是我可以感觉到她握紧了帕特的手，似乎担心她自己会被那歌声送向某个时空，送向她只能在卧室里独对残灯孤影入睡的某个将来时刻，送到已经失去、无法追回的某个过去的地方。

有一天

我心情沮丧，

世界冰凉，

想起你，

想起你今夜的美丽容颜，

我将热血沸腾。

我能够听到父亲在抱怨母亲选的这首歌曲，他的声音满怀着对终身伴侣的惊讶，她总是像往常一样给他带来惊喜。

"不要唱辛纳特拉早期的歌曲，亲爱的！不要唱他早年为哥伦比亚广播公司录制的那些令时髦少女神魂颠倒的曲子！如果你想选择辛纳特拉的歌曲，从他二十世纪五十年代录制的《国会山专集》里去挑吧。什么《宝贝之歌》呀，什么《天使眼睛》呀，什么《凌晨歌声》呀，诸如此类的沙龙歌曲的都行。但是，不要挑早期那些歌曲！迪安·马丁的歌曲有什么不好吗？我一直喜欢听老迪诺的那些歌曲。"

的确如此。父亲最喜爱的歌手是迪安·马丁。尽管他也喜欢辛纳特拉，然而过多的浪漫柔情对我老爸说来不太合适。他更喜欢迪安·马丁的坚毅内在。当然，那一首歌并不是父亲挑选的。那是母亲定的。那与他对自己的看法无关。它反映了她对他的评价，对他的了解，对他的挚爱。

但是你英俊潇洒！
你热情的笑容
你温柔的脸庞
令我情不自禁
爱你
今夜的美丽容颜。

几个殡仪工抬着我父亲的灵柩——轻一点，请轻一点——出了教堂，来到了墓地。葬礼的种种仪式已使我们眼花缭乱，我们跟在后面，到了布满白色墓碑的斜坡上一处新掘的墓穴前。

那个新墓穴位于一长排坟墓的尽头。父亲的墓碑将会加入到斜坡上的白色墓碑之中，成为它们的一员。有朝一日，在这个教堂举行了更多的葬礼之后，将很难找到父亲的安息之处。不过，现在还不是如此。今天还不是如此。今天，我父亲是这个永恒之地的新来者。今天,很容易找到他的坟墓。

他的墓碑就在那里。新做成的白色石碑,上半部分刻着父亲的墓志铭,字母上涂抹着发光的油漆,下半截是留给另外一个人用的。将来的某一天,他的妻子——我的母亲,帕特的奶奶——的墓志铭将会刻在上面。

墓碑上写着:杰出服务勋章获得者帕特里克·威廉·罗伯特·塞弗。那样的名字是过去时代的遗风,那时的平民百姓尽自己的记忆力之所能,尽孩子姓名长度之所能,爱取一长串名字。在父亲的生卒日期下面有这样一行字:敬爱的丈夫、父亲和爷爷。

牧师口里念念有词地说着:来自尘土,归于尘土,来吧,圣父所保佑的孩子们,去接受创世之初就为你们准备妥当的天国吧。然而,回响在我耳际的只有那一首老歌的片断,那一首要人们永不变心的老歌的片断。

我们站在掘好的墓穴边沿,站在众多来此吊唁的人们的前列。他们之中有的我并不认识,有的是我家的世交。但是,我认识的那些人都已风采不再——我记得叔叔们中年时快乐的样子,记得婶婶们中年时的靓丽容颜,记得他们那时拥有新车、靓装,夏天在海滩上休闲,他们的孩子们有的尚未成年,有的已安家立业。

现在,那些熟悉的面孔比我想象之中的更加苍老,他们三四十岁时拥有的自信已和岁月一起悄悄溜走。他们来此为我父亲送葬,他是他们那一代人中的先行者,这一定使他们觉得,死亡突然变得非常实在了。他们为他哭泣,他们也为自己哭泣。

我可以看到远处的田野,我儿时曾在那里游荡。那些田野在隆冬时一片深棕色,就像运动场一样,方方正正的,四周围着枝枯叶落的树木。

如今的孩子们还在那片荒草丛生的田野里玩耍吗?我总觉得这种可能性不大。然而,我却清楚地记得那里的每一条清澈小溪,每一条泥泞沟渠,记得浓密灌木丛中的那一潭死水,记得驱赶我们这帮城里孩子——我和我的朋友们——的那些农夫们。

在这山坡上,目前尚没有在附近可见的开发住宅和建设购物中心的迹象。在这山坡上,印入人眼帘的只有田野。在这山坡上,人们觉得这是真正的乡村。

这就是我父亲当年逃离城市的原因。那一片片我儿时玩耍的田野正是我爸爸梦寐以求的地方,如今他将要被安葬在那里。

这时,我周围的人已经哭成了一片——那哭声伴着悲伤所带来的痛苦,比刚才更响,使人难以抑制。我抬起头来,看见我所爱的那些人们脸上流淌着泪水。我父亲的亲兄弟们。我们的邻居们。我的母亲和我的儿子。

但是,我站在那里,眼睛里却没有泪水,看着他们把父亲的灵柩慢慢地放入刚刚挖好的墓穴。我一只手紧紧地搂着正与她孙子一起抱头痛哭的母亲,另一只手伸到我身上的那件黑色上装的口袋里,握住父亲的那一枚银质勋章,好像绝不会让它离开。

38

“这世界在变，”奈杰尔·巴蒂说。“二十世纪七十年代已经一去不复返了。这并不是《克莱默夫妇》。在居住权案子中，法律对母亲一方有利——而且将来总会是这样的。但是，如今人们逐渐认识到，可恨的一方并非总是男人。”

“我一想到让我儿子跟着别的家伙一起长大，心里就觉得讨厌，”我说，这更像是自言自语，而不是向律师在陈述。“我一想到让他和对他漠不关心的人住在一幢房子里，心里就觉得别扭。那个人感兴趣的只有他母亲。”

“那样的事情不会发生。不管她提出什么，毕竟是她抛弃了你们父子俩。而且，你在照料儿子期间很称职。不管她向她的律师说什么都无济于事。”

“我无法相信她会说我是一个不负责任的父亲。如果她好说好散，我会尊敬她的。可是，这——它使我火冒三丈，你知道我的意思吧，奈杰尔？”

“我知道。”

在我眼里，我的律师已经不再是那个巴蒂先生了。如今他是奈杰尔。如今他已经给我讲述了他的遭遇。

七年之前，他认识了一位在伦敦的一家高级律师事务所工作的法国女人，并且和她结了婚。他们在这里安了家，一年后有了一对双胞胎女儿。但是，他们的婚姻关系两年之前破裂，他的妻子——很快就会成为前妻——决定回到法国去。她征得上诉法院的同意，将女儿带出了英国。从那以后，奈杰尔就再也没有见过她们。

“这样一来，我的孩子将会失去父母中一方，而且无疑会憎恨另外一方的，”他说。“这一切都归咎于那个愚蠢的法官，他认为母亲是父母中最重要的一方。我的遭遇也没有什么特别的——很多父亲都和他们的子女失去了联系，因为他们当初所娶的女人想要惩罚他们。”

我对他深表同情。这时已经是傍晚，清洁工们正在位于伦敦西区的他那间空荡荡的办公室里忙碌着。他坐在办公桌旁，望着汉诺威广场上拥挤的车流。

“如果我的孩子和父母住在一起，情况当然会好一些。但是，要实现这一点——实现让她们拥有父母这个不可能达到的目标——就得在一定程度上进行妥协。然而，居住权案子是不搞妥协的。他们所关心的不是哪一种办法对孩子最有利。他们应该考虑什么方案对孩子最好，但是，在实际操作中却并非如此。他们结果全都只考虑母亲一方的要求。”

他取下眼镜，揉了揉眼睛。

“虽然法律试图减轻居住权所带来的痛苦，但是，它还是以父母中的一方取得胜利，另一方遭到失败而告终。法律只能这样。失败的一方通常是男性。但是情况——这是在过去二十年中出现的变化——并非总是如此。我们能够打赢这场官司。我们应该获得胜利。”

“可是，她的确爱他。”

“什么？”

“吉娜爱帕特。我知道她是爱他的。”

奈杰尔翻动着摆放在桌上的报纸，几乎是替我觉得尴尬。

“我无法确定这一点是否真的与本案有关，你说对吧？”他问。

我从窗户边看着他们。吉娜从奥迪车前排的侧座下来，接着让帕特从后座下来——帕特给我说过，理查德给车装上了儿童保险锁。然后，她蹲在人行道上，使她和帕特一样高，伸出手来拥抱着他，让他那长着金发的脑袋靠在她的脖子上，充分享受把帕特交给我之前的最后几秒钟时间。

吉娜站在车门边上——我们已经无法交谈了，但是她仍然要等到看见我时才会上车。我看着帕特沿着小道跑到门口，眼里噙着泪水，我心想，他像世上其他孩子一样,应该得到父母的关爱。

后来,帕特在他房间的地板上玩着星球大战玩具。

“帕特。”

“嗯?”

“你知道现在妈妈和我的关系不太好吗?”

“你们互相不说话。”

“那是因为我们这段时间在吵嘴。”

他一声不响地用天行者卢克敲打千年猎鹰。我在他身边坐下。他仍然用卢克敲打着。

“我们两个都很爱你。这你是知道的,对吧?”

他没有说话。

“帕特?”

“我想是吧。”

“而且,我们都想和你一起生活。你想和谁住在一起呢?和我吗?”

“嗯。”

“还是和妈妈呢?”

“嗯。”

“不能和我们两人。这一点你明白,对吧?不能和我们两人。现在不行了。”

他靠在我的怀里,我紧紧抱住他。

“宝贝,这太难了,对吧?”

“太难了。”

“可是,这就是我们吵嘴的原因。我想要你待在这里。可妈妈想要你和她住在一起。她和理查德。”

“嗯,可我的东西怎么弄?”

“什么?”

“我的这些东西。所有的东西全在这里。要是我到那里去住——我怎么弄这些东西呢?”

“那不成问题,宝贝。我们可以把你的东西搬过去。这一点你不用担心。重要的是你想住在哪里。我想要你住在这里。”

他抬起头来看着我。那一双眼睛是吉娜的。

“为什么?”

“因为你应该这样做,”我说。即使在我斟酌这些字眼时,我也不知道这是否真是实话。

在过去的六个月里,我独自一人照料帕特,自己的生活已经发生了许多变化。和伊曼一起制作节目只是支付抵押贷款的一种方式,而不是向我或者向其他人证明我的价值的方式。工作已经不再是我的世界的中心。我的世界的中心是我的儿子。

每当我感到自豪,感到恐惧,感到惊讶,感到别的什么提醒自己仍然活着的东西时,那都不是因为任何发生在演播室里的事情。那是因为帕特学会了系鞋带,或是因为他在学校里受到欺负,或是因为他的言行让我感受到爱的力量,或是因为某一件事情使我觉得,我儿子是世界上最漂亮的孩子。如果他离我而去,我会觉得自己失去了一切。

“我只是想要对你最有利的办法,”我对他说,心里第一次怀疑自己想要的真的是对他最有利的办法呢,还是对我自己最有利的办法。

“她十八岁时,你爸爸和我在帕拉斯剧院看见她,”我母亲说。“人们管她叫来自泰格湾的姑娘。”她的那双蓝色眼睛激动得发亮——我原来怎么没有注意到她的眼睛有这么蓝?在昏暗的阿尔伯特剧院里,我母亲的眼睛就像“蒂凡尼”珠宝店橱窗里的陈列品,不停地闪闪发光。

父母亲虽然晚上通常待在家里,但是每隔半年左右会去看一场演出——在皇家节日剧院看托尼·本内特的表演,在西区看新编的《俄克拉荷马》或者《男人与玩偶》。所以,我今天请母亲来到阿尔伯特剧院观看演出。那一直是她最喜欢的演员——那位来自泰格湾的姑娘。

“谢利·巴瑟!”母亲叫道。

父母亲曾经拽着我来看过几场谢利·巴瑟的演出,我长大以后便对观看她的演出表示抗议了。在阿尔伯特剧院里,此时此刻出现在我们眼前的是背景各异的观众,这和我年轻时的情况迥然不同。

在剧院里找座位的观众中,有头戴乌兹别克式帽子,留着经过修饰的眉毛的非常英俊的小伙子们,有行动迟缓的老人,有穿着乡村俱乐部正式运动上衣的男士,有留着规规矩矩的玛吉·撒切尔发式——我母亲那一代人晚上外出玩乐时以那样的打扮为荣——的妇女。

“我没有料到老谢利在同性恋中竟然这么走红,”我说。“我想这也有道理——那些小伙子们喜欢娱乐业的艳丽与个人悲剧的混合体。她就是我们这个时代的朱迪·嘉兰。”

“同性恋?”我妈妈疑惑不解地问。“什么样的同性恋?”

我示意那些穿着维尔塞斯牌和普拉达牌服装的青年男子,他们的打扮在身穿羊毛和聚酯纤维服装的人群中显得非常突出。

“你周围的人全是,妈妈。”

我母亲身边的一个小伙子———位模特打扮的男子长得非常漂亮,看上去不会是异性恋者——好像是得到了什么暗示,这时站起来,伴随着乐队刚刚奏出的《钻石永在》的旋律,激动地尖叫。

“我们爱你,谢利! 你是最棒的!”

“哼,他可不是什么同性恋,”妈妈轻声说,满脸严肃。

我哈哈大笑,伸手搂着她,吻了吻她的脸颊。她身体向前倾斜,转向出现在舞台阶梯顶端的谢利·巴瑟——她身上的晚礼服亮光闪闪,看上去像是童话中的神灯,两手十分夸张地在空中挥舞。

"你是怎样熬过来的,妈妈?"

"我熬过什么呀?"

"失去爸爸以后,你是怎么继续生活下来的?我的意思是,你以前一直都和他一起生活。我无法想象填补那样巨大的缺失会有多难。"

"我是无法摆脱的,这一点毫无疑问。我永远也无法摆脱。我想念他。我感到孤独。有时候我害怕。我仍然得开着电灯睡觉。"

她看着我。谢利·巴瑟正在舞台的前面走动,观众中响起了雷鸣般的掌声,花束像雨点一样朝她撒去。是的,她肯定是我们这个时代的朱迪·嘉兰。

"可是,我得学着放弃,"母亲说。"那也是一个方面,对吧?"

"一个方面?"

"爱一个人的意义的一个方面。真正地爱一个人的意义的一个方面。如果你爱一个人,那么,你就不会仅仅把他看做你自己的延伸。你对他的爱不会仅仅出于自己的考虑。"

母亲转身面向舞台。在昏暗的阿尔伯特剧院里,我可以看见她蓝色的眼睛中闪烁着晶莹的泪珠。

"爱意味着知道什么时候应该放弃,"她告诉我。

39

“你疯了，”奈杰尔·巴蒂说。“你要自动放弃孩子？就在我们能够打赢和你前妻的官司时，你却要把孩子交给她？她会喜欢你这样干的——这一点你心里明白，对吧？”

“我这样做不是为了她，”我解释说。“我这样做是为了他。”

“你知道世界上有多少男人希望处于你的位置？你知道我在这间办公室里见过多少男人？哈利，那些大男人都是一副哭哭啼啼的熊样，愿意放弃一切去保住孩子。谁愿意放弃他们自己的权利？而你却要扔下他不管。”

“不，我不是要扔下他不管。我不是要抛弃他。可是，我知道他很想和吉娜在一起。他努力不表露出来，因为他觉得那样做会伤害我，背叛我，对我不好。要么他们母子俩重新建立某种联系，要么她会成为他只能在周末见到的人。我看得出来，这样的情况已经出现了。”

“这是谁的错呢？”

“我知道你感到失望了，奈杰尔。可是，我只为我的儿子着想。”

“你以为她离家出走时为他着想了吗？你以为她当初坐在出租车里，赶往希思罗机场时为他着想了吗？”

“我不知道。我只是觉得孩子需要父母双亲。即使父母离异的孩子也不例外。父母离异的孩子尤其需要父母的爱。我尽自己的力量来实现这一点。”

“他将如何面对和她住在一起的那个家伙呢？就是那个理查德？你对他一无所知。你乐意把自己的儿子交到他手里吗？”

“我并没有把帕特交给任何人。他是我儿子，而且将永远是我儿子。我是他父亲，而且将永远是他父亲。不过我得假设，吉娜还没有彻底讨厌男人。”

“如果你问我的话，看来她对他妈的怪人感兴趣。你知道会出现什么样的情况，对吧？你会成为一名周末父亲。你星期天下午坐在“快递披萨店”里，面对这个曾经是你儿子的陌生人，绞尽脑汁地寻找话题。”

“帕特和我绝不可能变成那样。”

“不要打这样的赌。”

“我并不是说，这就是我本来想要的。但是，难道你不明白？我们一次又一次地把自己的生活搞得乱七八糟，而遭殃的总是我们的孩子。我们继续建立新的伴侣关系，总是从头再来，总是以为我们有回到正常生活的机会，而为此付出代价的是这些破裂的婚姻所留下的孩子们。他们——我的儿子、你的女儿们，以及成千上万与他们的遭遇类似的孩子们——带着那些使人抱憾终身的伤痕活在世上。这样的事情再也不能继续下去了。”我无奈地耸了耸肩，心里明白他已经讨厌我了。“我不知道，奈杰尔。我只是努力去做一个好父亲而已。”

“通过放弃儿子来做好父亲。”

“我觉得自己只能做到这一点。”

“一个可行的办法是，”我告诉帕特，“你想留多少东西，就留多少东西在我们家里。你的房间将永远是你的。绝对没有人去动它。你在任何时候都可以回来。待一天，待一晚上，或者永远住下去都行。”

“永远吗？”帕特问，推着风铃牌自行车走在我身边。他的声音很低。

“你将和你母亲一起过。但是，没有人强迫你待在那里。我们两人都会抚养你的。而且，我们两人都希望你开心。”

“你们不吵架了吗？”

“我们正在设法停止争吵。因为我们两人都非常爱你，都想要找到对你最有利的办法。我并不是说,我们将来绝对不会吵架。但是,我们正在想办法做到这一点,懂吗?"

"你们和好了吗?"

"没有,宝贝。我们两人一起生活的时间已经过去了。不过,我们两人都是爱你的。"

"我在妈妈那里睡什么地方呢?"

"她要为你准备一个房间。那会是一个大房间——你可以在地板上摆弄那些星球大战玩具,播放劲舞音乐,让那些邻居们去发疯。"

"你不会让任何人动我原来的房间吗?"

"任何人都不能。"

"甚至你也不能吗?"

"我也不能。"

我们到了我家附近的那个公园。湖边的小路弯弯曲曲地在我们前面延伸。这是他喜欢骑那辆风铃牌自行车的地方。那时,他骑车飞奔而过,天鹅见他过来,会立刻从湖边飞起来。但是,帕特现在没有骑车的意思。

"我是喜欢现在这样的,"他说。他的话使我觉得非常难受。"我是喜欢现在这样过的。"

"我也喜欢,"我说。"我喜欢早上给你做早餐。我还喜欢下午看你把那些玩具摆放在地板上。我喜欢我们一起吃中国快餐或者披萨,一起坐在沙发上看电影。一起上公园。我喜欢所有那一切。"

"我也一样的。我也喜欢哦。"

"我们将来仍然会那样做,对吧?没有人可以阻止我们。那样的事情绝对不会结束。除非你将来长成大人了,想和你的朋友待在一起,想抛下你老爸了。"

"那样的事情永远不会出现嘛。"

"但是,好好去试一试,好吧?我的意思是,和你妈妈一起生活。因为她非常爱你，而且我知道你也爱她。那样很好。我感到高兴。你们两人都爱对方，我感到高兴。虽然看见你离开使我感到伤心，但那并没有结束任何事情。你任何时候想回来，都可以回来。所以，努力和妈妈一起开心地生活吧。好吗？”

“好吧。”

“嗯，帕特？”

“什么事情？”

“我为有你这样的儿子而自豪。”

他扔下自行车，猛地扑进我的怀里，把脸紧紧地靠着我，我觉得自己被他内心深处的东西感染了。他占据了我的全部感官——他那乱蓬蓬的金发，他那细腻光滑的皮肤，他所特有的泥土和砂糖的气味。我的漂亮儿子，我心里念叨着，嘴里舔着我们泪水的咸味。

我心里涌起千言万语，可是却找不到恰当的词汇。我想要对他说，这办法并不完美。这办法将来也不可能完美。我还没有愚蠢到不知道这一点的地步。但是，事到如今，这可能是我们可以想到的最佳方案了。它并不完美。因为在我的一生中，惟一完美的东西一直是你。

我的漂亮儿子。

我的漂亮儿子。

我的漂亮儿子。

吉娜把帕特带进他的新房间，我站在他们那套公寓的中间，手里抱着装有星球大战玩具的盒子，心里有一种前所未有的失落感。

“来，把这些东西交给我吧，”理查德说。

我把那个玩具盒子递给他，他接过去，放在桌子上。我们看对方一眼，尴尬地笑了笑。他和我预料的不同——显得谦恭一些，温柔一些，没有我想象中的那么傲慢。

“今天对吉娜非常重要，”他说。

“今天对我们大家都非常重要，”我说。

“那当然，”他立刻说。“不过，吉娜——嗯，这你是知道的，她是天秤座的。房子、家庭——这对她来说非常重要。”

“对。”

他的言行略微出乎我的预料。但是，那当然并不意味着他就不是一个坏杂种了。

“帕特呢？”他问道，“他是什么星座的？”

“‘请清扫我房间’星座，”我回答说。

吉娜从帕特的新房间里出来，对我一笑。

“谢谢你帮他把东西搬过来。”

“没事儿。”

“还要谢谢你为他所做的一切，”她说。就在那一瞬间，我又发现了那个曾经爱我的吉娜。“我知道他对你来说非常重要。”

“爱意味着知道什么时候应该放弃，”我告诉她。

我没有注意到它正朝我驶来。我把莫里斯F型跑车驶入主车道，一辆黑色出租车突然转向，试图躲让我，喇叭高叫，轮胎冒烟，那司机的面部气得变了形。人们扭头看这个开着一辆破烂顶篷跑车的白痴。

我把车开到街边停下，坐在那里大口喘气，努力让怦怦直跳的心脏缓解过来，街道上的车流在我身边呼啸而过。我的两手颤抖。我紧紧地抓住方向盘，直到自己的手指发白，双手停止颤抖。

后来，我开着车慢慢地回家，每个动作都格外小心。因为我知道，我的心在另外一条路上，它一直想着那张我见过的父子在一起的黑白照片。那照片在一个相册中，旁边写着一首讲述陌生人到了天堂的老歌片断。

“无论结果如何，爸爸，”我大声喊道，真的需要和我老爸谈谈，真的需要知道他的想法。“我这样做到底对不对？”

40

那教堂我们是先闻其声，后见其形。

我们乘坐的黑色戴姆勒豪华轿车左转，驶入法琳顿路，沿着那条通向泰晤士河的狭窄小巷行进。这时，教堂的钟声为马迪和苏波恩这一对新人敲响。

我们再次左转，进入漂亮的克拉肯维尔广场，那教堂矗立在我们面前，好像插入了蓝天。在轿车的后座上，身穿套装的马迪紧张不安地挪动着身体，目光斜视着那些在教堂入口处领取胸花的来宾。

“我们要不要再转几圈？”他问道，“让他们再等一会儿？”

“那是新娘干的事情，马迪，而不是你。”

“你肯定带上了——”

我伸出手来，让他看那两枚金戒指。

他点了点头。

一切就绪。

我们下了戴姆勒轿车，这时钟声震耳欲聋，使人的脑子里只想着那一下接着一下的撞击声。马迪的手不停地摆弄着套装的纽扣，将它们反复解开，扣上。我们沿着陡急的石阶梯走向教堂，笑容满面地向认识的甚至不认识的人点头致意。我们刚上了一半，马迪被脚下的什么东西绊了一下，身体一个踉跄，我急忙伸手拉住他的胳膊。

马迪拾起一个用塑料做成的八英寸大小的小玩具人。那小人穿着一件淡紫色的上衣，笔挺的银色裤子，里面是白色丝绸衬衣。他好像系着印度式腰带，又像是腹部裹着厚厚的绷带。他脚上的白色鞋子已经丢了一只。

“这个鬼东西到底是谁?”马迪问,“利博蕾斯?”

“不是利博蕾斯,”我说着,从他手里接过那小人。“这是迪斯科·肯。”

阳光透过装着彩色拼花玻璃的窗户洒进教堂。在那个背景的衬映下,一个小姑娘顺着教堂的通道飞快地跑了过来,一只手按住戴在头上的帽子,那帽子的颜色和她身上穿的黄色节日服装完全一样。

“佩吉,”我喊道。

“迪斯科·肯,”她说着,从我手里接过小人像。“我一直在找他。”

这时,希德出现在我的面前,那顶黑色大帽子下面的眼睛望着我。那顶帽子稍微大了一点。或许,那是她在剪掉头发之前买的。

“我在里面,”马迪说。“在圣坛上。”

“是在圣坛那里,”我说。

“我知道自己该在什么地方,”他说。

“祝你好运,”希德对着他一笑。

我们目送着他离开,然后长时间互相对视。

“没有想到会在这里见到你,”我说。

“我是新娘那方的。”

“当然。苏波恩很喜欢你。嗯,过得怎么样?”

“不错,不错。真的不错。帕特怎么样?”

“他现在和吉娜住在一起。看来这办法还行。你一会儿会看见他的。”

“帕特会来吗?”佩吉问。

“他是婚礼上的小傧相。”

“好哇,”她说罢,转身蹿入教堂。

“他开心吗?”希德问道。我知道这对她真的很重要,我想要拥抱她。

“和吉娜的男朋友有一些方面需要互相适应。他有一点另类。他不喜欢帕特用那把光剑敲他的脑袋。我一直告诉帕特，孩子，别这样，别这样。如果你想揍他，照着他的眼睛打。”

她摇了摇头，哈哈大笑起来。

“你在什么场合才不这样开玩笑，哈利？”

“我不知道。”

“你仍然去看他吧？”

“一直去的。每个周末都去，平时还有一次。我们还没有决定学校放假时该怎么办。”

“可是，你仍然想他吧。”

“那感觉就像他仍然住在家里。我无法解释清楚。即使他已经走了，我觉得他仍然在我身边。在他曾经待过的地方有一个巨大的空白，他不在场时给人的感觉和他在场时一样强烈。”

“孩子即使已经离开，可依然在你的心灵中拥有一席之地。这就是为人父母的感觉。”

“我想是这样吧。吉姆好吗？”

“我不知道。我的办法没有付诸实施。甚至想试一下的做法都是错误的。”

“别这样说，你那样做是为了佩吉。”至少，我希望她是为了佩吉才想那样尝试。我希望她尝试的原因不是由于她如今依然像过去那样爱着他。“为了佩吉，值得去试一试。”

“你真的这样想？”

“当然。”

她示意一辆从教堂前缓缓驶过的戴姆勒轿车。在轿车后座上，有一名身披白色婚纱的女人和一名神情紧张的中年男子。那辆轿车随即消失在街道的角落处。

“苏波恩和她父亲正围着教堂转悠呢，”希德说。“我们最好进去吧。”

“好吧，待会儿见。我们可以一起吃肉馅酥饼。”

“再见,哈利。”

我目送她走向教堂座位中新娘一方的位置,她用手抓住帽子的边沿,好像怕它飞走似的。这时,身穿定做套装的帕特来到了我的身边,伸手拉一下我的衣袖。他看上去衣冠楚楚,颇有水手的味道。我伸手搂住他,看见吉娜和理查德正沿着教堂门前的阶梯往上走。

“我跟你说过,我们是无法把车停在离教堂这么近的位置的,”他说。

“我们最终还是停在了那里,对吧?”她说。“那样做使我失去了什么东西吗?”

他们看见了我,随即停止了争论,一声不吭地从一名迎宾员手里接过胸花,然后走进教堂。我冲着帕特一笑。

“我喜欢你的新衣服。感觉怎么样?”

“不舒服。”

“可是,你看上去很漂亮。”

“我不喜欢套装。它太像校服了。”

“我想你说得对。套装太像校服了。你这个周末还没有什么安排吧?”

他点了点头。

“想干什么?”

他考虑片刻。

“开心的事情。”

“我也想。我们这个周末找点开心的事情干干。不过,我们现在是在干活儿,对吧?”

“我们是仆人。”

“你可以做仆人。我可是男傧相哦。我们可以去参加婚礼了吗?”

他耸了耸肩,咧开嘴笑了。

我的漂亮儿子。

我们步入教堂。教堂里飘着百合花的香味,除了从古老窗户孔那里射进的一缕缕甜蜜阳光之外，其他地方显得又冷又暗，女人们都带着帽子。帕特在我前面跑着，脚上新鞋的后跟踩在石板上吱吱地响。

我目送他跑向在圣坛那里等着我们的马迪跟前，心里不禁一震，既觉得非常高兴，又感到非常难过。

我不知道。我心里似乎觉得，他已经长大成人了。

牧师是一个高个子，年龄不大，表情紧张，是那种出身于英国中部的上层社会，受到英国教会派遣，进入伦敦市内教堂工作的性情温顺的人。他说，在最后审判的那一天，人们将要道出内心的所有秘密。他讲话时喉结不停地上下移动。

牧师看着马迪，然后目不转睛地盯着他提问，好像真的想要得到诚实的回答：在你们的一生中，你愿意爱她，使她幸福吗？你愿意在她健康和患病时一样地尊敬和照顾她吗？你愿意抛弃杂念，对她忠贞不渝吗？

这时我想到了马迪。他那一长串逢场作戏的婚姻关系最终总是以在星期日报纸上被曝光而告终。那些被他很快搞上、接着又很快抛弃的女人发现，陪他睡觉并非是在娱乐业中立足的第一个阶梯。

后来，我看着与父亲站在一起的苏波恩，那张爱尔兰人的面孔在白色婚纱后面显得苍白而麻木。我不禁想到——尽管时间和场合都不合适——她在已婚男人面前，在用锁链把自己套在树上的男友面前所表现出来的弱点。但是，这些东西今天看来都没有多大意义了。那些曾经受到伤害、大讲马迪坏话的情人们已经没有多大意义了，所有那些最终击败苏波恩，把她打入可怜的次要地位的妻子们已经没有多大意义了。所有这一切已经被他们两人抛在了后面。

他们两人今天好像都得到了救赎，被这些爱情和奉献的承诺更新，被山盟海誓所更新——即使我敢肯定地说，马迪根本不知道誓言为何物，根本不知道如何发誓。我从心里对他们两人深表同情。

而且，我无法在自己心里找到任何愤世嫉俗情绪的痕迹。因为这也是我想要的。这就是我想要的一切。去爱,去珍惜。

我转过身体,偷偷地瞟了一眼教堂里的人。希德的目光从帽檐下盯着神父。我刚刚能够看到佩吉的头顶。帕特与我对视,接着粲然一笑,我再次感到,他是一个非常漂亮的小孩。我朝他挤了一下眼睛,然后转过身来,神父这时在讲如何始终保持完美的爱情,保持夫妻的和睦。

就在神父提问的时候,我也不禁扪心自问。例如,在佩吉的生活中,我是否真能扮演正面角色?我和佩吉之间永远也不可能建立由血缘形成的融洽关系,在我确知这一点的前提下,我是否真能够抚养好那个小姑娘?我是否真的具有男人的勇气,去抚养另一个男人的孩子?

我将如何处理和希德的关系?我们的关系是否能够长期保持下去,超过通常见到的五年、六年或者七年?我们是否能够永远相守,相互爱慕,互相珍惜?我们其中之一——几乎可以肯定是我——是否最终会把关系弄糟,和别人相好,离家出走?我是否真的相信,我们的爱情有那么伟大,有那么坚贞,足以在这个糟糕的现代世界上占有一席之地?唉,我是否真的相信?真的相信?真的相信?

"真的,"我大声说道,马迪这时用我从未见过的异样的目光看着我,似乎我是一个怪人。

我用一把银匙敲了敲香槟酒杯,然后站起来,以男傧相的身份致词。

这时,婚礼早餐已毕,在场的所有亲友和同事已经酒足饭饱,等着享受笑料,我低头看了一眼自己的稿子。

那些大都是伊曼撰写的笑话,全写在明信片的背面上。它们看来已经毫无用处了。

我吸了一口气,然后开始发言。

"一位伟大的思想家曾经说过,你在岁月的河流中漂浮,生活似乎波澜不惊,后来出现一位陌生人,他的名字叫爱情。"我夸张地停了一下。"是柏拉图?维特根斯坦？笛卡尔？不，那是南希·辛纳特拉。她的话千真万确，睿智的南希。离开了那位陌生人，生活的确显得是那么平淡，那么空虚。实际上，当我认真思考之后，觉得情况还要糟糕得多。"

他们不知道我在说什么。我想当时我自己也不知道。我揉了揉猛烈跳动的太阳穴。我口干舌燥。我喝了一大口水，但仍不见效。

"更糟糕，糟糕得多，"我喃喃自语，试图整理出自己的思路。它应该与今天的重要意义有关，它会使马迪和苏波恩永远记住他们此时此刻的感觉。

我的目光掠过人头攒动的餐厅，落在希德的身上，希望从她那里得到某种鼓励的表示。但是，她却低头看着盘中剩下的甜食。佩吉和帕特在桌子之间跑来跑去。有人在咳嗽。一个婴儿在令人烦躁地啼哭。人们开始不安地躁动起来。有的人起身去找卫生间。我飞快地瞟了一眼稿子。

"别急，我这里有精彩的东西，"我说。"有人说，当你进入别人的怀抱时，爱情便开始了；当你的手进入别人的洗碗槽时，爱情就结束了。"

两位醉眼蒙眬的大叔哄笑起来。

"一对缺乏经验的新婚夫妇去找大夫，想问一问怎样做爱，"我说。

一位略带醉意的大婶吃吃地窃笑。

"那位大夫和新娘一起做爱，然后问新郎有什么问题。那位新郎说，我明白了，我每隔多久得把她带到这里来一次？"

这个笑话引起了人们的反应。伊曼哈哈大笑起来。但是，我却觉得明信片从自己发抖的手指之间滑落下去。我实际上再也用不着稿子了。我无法使用它。

"不过，我真正想说的意思是，我希望——听我说——苏波恩和马迪记住，没有爱情的生活根本不算生活。这是南希·辛纳特拉说的。如果你发现了自己的梦中情人，你绝不应该错失良机。这是我说的。"

我举杯向苏波恩和马迪祝福。希德抬起头来，看了我一眼，随即又用帽子遮挡住了她的视线。

“女士们，先生们，小伙子们，姑娘们，请你们举起酒杯，向这对漂亮的新人祝贺。”

我走下主宾台时伊曼一把拉住了我。

“干得真漂亮，”他说。“不过，下次应该讲两个关于新郎干母羊的笑话。”

音乐响了起来，我这时才发现，我还从来没有看过她跳舞。

我不知道，她是像与她同名的女性那样擅长舞蹈，还是一名彻头彻尾但却招人喜爱的笨拙舞者。

我不知道，她是舞姿优雅地旋转移动，还是在那里畏缩地挪动僵硬的碎步，一脸茫然，手足无措。我不知道她的舞姿是像希德·查里西，还是像锡德·詹姆士。但我知道，无论她跳得怎样我都不在乎。

可以肯定，看见希德舞步笨拙与看到她舞姿优美一样，都会使我感到伤心。我自己很想与她共舞。

音响师正在播放《你跳舞之前把我唤醒》，那一首老歌带有某种愚蠢的欢快气氛在舞池中弥漫。

马迪和苏波恩跳起了看上去有些危险的吉特巴舞。当新郎试图把新娘举起来时，他的脸上涨出了暗红色。伊曼站在那里，两腿就像生了根似的，胳膊不停地摆动，仿佛他是住在西班牙的伊维萨岛上的乡下佬，而不是出生于英国的克拉肯维尔的城里人。玫慕在他的身边游荡，撅着嘴，咬着牙，显得脏兮兮的，跳着只有她才知道名称的舞步。

帕特跳着他刚学会的舞步，一连串动作怪异的小步跳跃使他转了一个圈。吉娜看着他，一边拍手，一边哈哈大笑。理查德和一位伴娘跳着舒缓的慢步舞。我母亲和神父跳着华尔兹。

萨莉在那一边，肚子挺得高高的，脚步吃力地挪来挪去，看上去颇有讽刺意味，因为正在播放的是那种使老年人感觉年轻的音乐。

格伦也在那里，闭着眼睛不停地挥动双手，似乎沉迷在伍德斯托克的泥地里。突然，大厅里呈现出完美的聚会气氛，因为这时格伦的舞姿和伊曼的完全相同。

但是，我没有看见希德和佩吉。

马迪把苏波恩放下来，以便喘一口气。我碰了一下她的胳膊，大声问她，想使自己的声音盖过乔治·迈克尔的歌声。

“苏波恩，希德在哪里？”

“她们得提前离开去赶飞机。她们要回美国去。”

“去多久？”

“再也不回来了。她没告诉你吗？”

在奥斯特里公园绿带以西的某个地方，我把莫里斯跑车扔在了高速公路坚实的路肩上。几天之后，我对着伦敦的街道详图想找到那个位置，可是却发现它离城市太远，没有被标在地图上。我的感觉是自己把汽车扔在了远在天边的地方。

但是，开车去追显然来不及了。在通往希思罗机场的公路上，车辆停着一动不动。然而，每隔几秒钟就有一架大如巨轮的喷气式飞机呼啸起飞，从我头上冲向天空。没有办法。我的莫里斯跑车无法送我向前了。

我钻出汽车，发现自己不知道她们母女俩搭乘的是哪一家航空公司的班机。维京大西洋航空公司的航班从第三候机厅离港，英国航空公司的航班从第四候机厅离港。我没有时间同时去两个地方。该到哪一个候机厅去呢？我是选择理查德·布兰森拥有的航空公司呢，还是选择世界上最受欢迎的航空公司？

我沿着高速公路向前跑，飞机从我头上呼啸而过，冲向蓝天，我身上的套装后摆随风飘起。

无论她们最终搭乘哪一个航班都没有关系。在我赶到离港大厅时，那天前往美国的所有航班全都起飞了。

候机厅里的人流渐渐离去。旅行的人们已经身在空中。来送别的人们离开这里，已在回家的路上。我站在国际出发厅的大门口，汗水湿透了身上的套装，垂头丧气地叹息。我来得太晚了。

这时，我突然看见他躺在地上——就是那个身穿紫色宴会服装的小玩具人。迪斯科·肯。我把他拾起来。他的银色裤子脏得一塌糊涂，剩下的那一只鞋也不见了。

这时，希德和佩吉出现在我的面前，手里拿着登机卡，几只箱子摆在她们的脚下。她们两人身上仍然穿着宴会服装。

“你的致词棒极了，”希德说。

“你难道不觉得它应该更传统一些？你不觉得应该——这你是知道的——加上一点新郎干母羊的笑话？”

“不，那不合适。”

“你们误了机？”

“我们是有意放弃的。”

我迷惑不解地摇了摇头。“是你决定的，”我说。

“最好是这样，”她说。

佩吉从我手里接过迪斯科·肯，然后抬起头来望着希德，似乎在问下一步该怎么办。

傍晚时分，一辆黑色出租车慢慢地往城里行驶。希德凝视着西线高速路上的第一幢高层公寓，陷入了沉思，佩吉在我的怀里进入了梦乡。

有时候，这个孩子可能显得非常成熟，非常有自制力，非常有自信心。然而，她这时坐在我的腿上，脑袋轻轻地靠着我的胸膛，好像根本没有重量似的，好像她只是一个婴儿，人生才刚刚开始，生活将慢慢地向她展开。

佩吉在梦中听到了卖冰激凌的货车敲响的铃铛声，微微地动了一下，那声音来自伦敦西部迷宫般街道的某个地方。它远远胜过任何鸟儿的吟唱，胜过任何绽放盛开的花朵，是寒冷、黑暗的日子最终已经结束的信号。春天就要来了。因为卖冰激凌的小贩已经在那里的某个地方出现了。

我从黑色出租车的后座上向外望去，无法确定他在那四通八达、安宁寂静的郊区街道上的哪一个位置。然而，那一下接着一下的铃铛声在我的脑海里回荡，如同童年时代的记忆，如同婚礼钟声的梦想。